KB093287

Fantasy Library XXVIII

이슬람 환상세계

イスラム幻想世界

ISURAMU GENSOU SEKAI
by Katsura Norio
Copyright ⓒ 1998 by Katsura Norio
All rights reserved

Korean translation Copyright ⓒ 2002
by Dulnyouk Publishing Co.

Original Japanese edition published by Shinkigensha
Korean Translation rights arranged with Shinkigensha
through EntersKorea Co., Ltd, Seoul, Korea

──────────── 이슬람 환상세계 ⓒ 들녘 2002 ────────────

지은이 · 가쓰라 노리오 | 옮긴이 · 이만옥 | 펴낸이 · 이정원 | 펴낸곳 · 도서출
판 들녘 | 초판 1쇄 발행일 · 2002년 6월 18일 | 초판 2쇄 발행일 · 2007년 12
월 10일 | 등록일자 · 1987년 12월 12일 | 등록번호 · 10-156 | 주소 · 경기도
파주시 교하읍 문발리 출판문화정보산업단지 513-9 | 전화 · (마케팅) 031-
955-7374 (편집) 031-955-7381 | 팩시밀리 · 031-955-7393 | 홈페이지 ·
www.ddd21.co.kr | 값은 뒤표지에 있습니다. 잘못된 책은 구입하신 곳에서
바꿔드립니다.

═══════════ ISBN 89-7527-199-4(04830) ═══════════

이슬람 환상세계

가쓰라 노리오 지음

이만옥 옮김

들녘

들어가는 말

이 책에는 이슬람 세계의 무서운 괴물과 화려한 영웅, 불가사의한 마법이 많이 등장한다.

이슬람 세계에 대해 잘 모르는 사람이라 할지라도 '알라딘과 마술 램프'나 '알리바바와 40인의 도적' 같은 이야기를 한 번쯤은 들어봤을 것이다. 그런 이야기가 탄생한 중앙아시아에서 북아프리카에 이르는 지역을 통칭해서 이슬람 세계라고 한다. 이슬람교라는 종교를 믿는 사람들이 많기 때문이다.

우리들이 살아가는 지구에는 여러 종류의 민화나 전설이 존재하는데, 그런 이야기들은 모두 그 지역 사람들의 삶과 종교에 뿌리를 두고 있다. 따라서 이슬람 세계의 민화나 전설을 읽으려면 우선 그들이 신봉하는 이슬람교에 대한 이해가 선행되어야 한다. 이는 유럽의 민화와 전설을 접할 때 기독교에 대한 지식이 필요한 것과 마찬가지다.

그러면 여기서 이슬람교가 과연 어떤 종교인지에 대해 알아보도록 하자.

이슬람교는 유대교나 기독교처럼 유일신을 믿는다. 유대교와 기독교, 이슬람교는 원래 같은 뿌리에서 나온 것으로, "신은 오직 한 분이며, 세계의 종말이 오면 인간은 모두 신 앞에 불려나가 천국과 지옥으로 갈라지게 된다. 이 땅에서 신의 가르침에 따라 올바르게 살면 천국에 들어갈 수 있다"고 이야기한다.

그러나 이 종교들이 비록 같은 뿌리에서 나왔지만 서로간에 무시할 수 없는 차이점도 많다.

유대교에는 '선민(選民) 사상'이라는 것이 있다. 이들은 "우리 유대인은 신의 특별한 보살핌을 받는 선택받은 민족"이라고 주장한다. 이집트나 바빌로니아 같은 강대국의 틈바구니 속에서 오랜 세월 고난을 겪는 동안 이 같은 사상이 탄생했다고 한다.

기독교는 유대교에서 갈라져 나온 종교로서 모든 인간은 신 앞에 평등한 존재라고 주장한다. 그리고 사람은 누구나 원죄를 가지고 태어났지만 신의 아들인 예수가 인간을 대신해 십자가에 못박힘으로써 그 죄가 모두 씻어졌다는 교리를 내세운다.

이슬람교는 유대교와 이슬람교의 영향을 받아 탄생한 종교다. 기독교와 마찬가지로 신 앞에서 만인이 평등하다는 면에서는 같지만, 예수는 신이 아니라 단지 예언자(신의 이야기를 대신 전해주는 자)에 불과하다고 주장한다. 그래서 "신은 몇 차례나 인간 예언자를 통해 올바른 가르침을 베풀었지만, 시간이 흐르면서 인간은 자신들의 의도에 맞게 가르침의 본뜻을 곡해하고 말았다. 그것이 지금의 유대교와 기독교다. 그럼에도 불구하고 신은 인간들에게 마지막 기회를 주었다. 그 결과로 태어난 최후의 예언자가 무하마드(마호메트)이며, 만약 그의 가르침을 따르지 않는다면 다시는 기회가 없을 것"이라고 이야기한다.

이런 가르침에 따라 신앙 생활을 하는 사람들을 이슬람 교도라고 지칭한다. 이슬람 교도는 7~9세기 무렵 주변 국가들을 정복해서 중앙아시아에서 북아프리카에 이르는 대제국을 건설했다. 7쪽 지도에서 짙은 회색 부분이 당시 이슬람의 지배하에 있었던 지역이다. 이 책에 소개하는 이야기의 대부분은 이 지역에서 나온 것들이다.

하지만 이슬람교는 그 후에도 중앙아시아와 중앙아프리카, 동남아시아 등으로 퍼져나갔다(엷은 회색 부분). 현재 신자 수는 불교도와 기독교도를 상회

한다.

　세계 어디서나 이슬람교를 신봉하는 집안의 아이들은 어릴 때부터 이 책에 나오는 요괴 '굴'이나 영웅 알리, 모습을 감추는 마법 같은 옛날 이야기를 들으며 자라난다. 따라서 그런 불가사의한 것들을 알아가는 과정은 이슬람 세계의 사람들을 이해하는 것과 밀접하게 연관되어 있다.

　아무쪼록 이 작은 책이 독자 여러분과 이슬람 세계를 이어주는 튼튼한 다리 역할을 해주었으면 하는 바람이다.

가쓰라 노리오

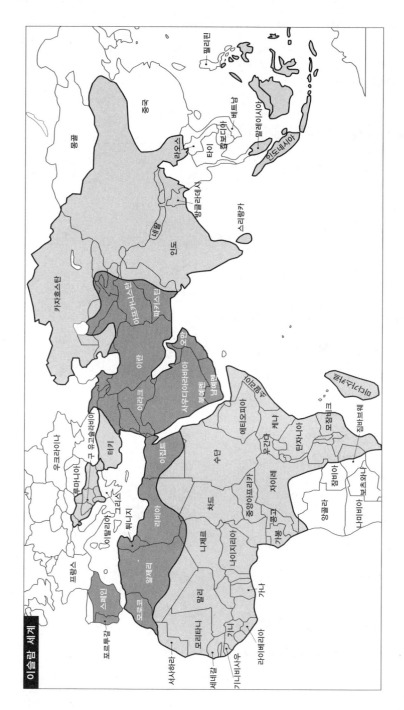

이슬람 세계

7

셋째 날 밤 — 마술의 세계 220

이슬람 세계의 형성

이 세계의 반은 낮으로, 나머지 절반은 밤으로 이루어져 있다.
낮 동안 무인(武人)은 여러 왕국을 무너뜨리고,
상인은 중국 비단과 서양의 호박(琥珀)을 팔며, 농민은 참깨와 옥수수를 기른다.
그러나 밤이 되면 모두 괴물과 환상, 진니와 굴, 칼리프와 시인,
마술과 영약 이야기에 귀를 기울인다.
먼저 낮의 이야기부터 시작해보도록 하자.
사람들이 낮에 했던 그런 일들을 책으로 기록한 것을 우리는 '역사'라고 부른다.

신비의 땅 아라비아

기원전 7세기 전까지 아라비아 지역은 역사책에 거의 등장하지 않는다.

아라비아 서쪽에는 거대한 비잔틴(동로마) 제국이 있었고, 그 동쪽으로는 페르시아의 사산 왕조가 자리잡고 있었다. 아라비아에는 이렇다 할 만한 것이 아무것도 없었다. 그곳에는 황량하기 그지없는 사막과 양을 기르는 소수의 유목민만 있었다. 유라시아 대륙의 동서를 연결하는 교역로였던 실크로드도 아라비아를 비켜갔다. 바깥 세계에서 보면 그곳은 사람이 살기 어려운 버려진 땅이나 다름없었다.

숲이 거의 없어서 드문드문 키 작은 나무와 풀뿐이고 모래언덕과 붉은 사암들이 황량하게 펼쳐져 있다. 또 수분이 적어서 어떤 나무라도 불을 붙이면 맹렬한 기세로 타오른다. 양이나 낙타의 배설물을 말리면 좋은 땔감이 된다.

이런 건조한 세상에서 태어났기 때문인지 사람들은 혈연관계를 대단히 소중히 여기며, 일찍부터 대가족 제도가 정착되어 많은 가족들이 함께 모여 산다. 그리고 유목을 기본으로 하는 이들의 생활을 지탱하는 것은 양과 낙타다.

낙타는 탈것으로, 양고기는 단백질 공급원으로 이용된다. 동물의 젖은 마실 것, 털은 의복, 배설물은 연료로 쓰인다. 이 두 종류의 동물을 최대한 이용해서 살아가며, 어쩌면 동물에 기생해서 살아간다고 해도 과언이 아니다. 만약 이런 모습을 로마나 페르시아의 대귀족들이 봤더라면 코웃음쳤을 것이다.

하지만 어느 날 그 로마와 페르시아에 아라비아의 사자(使者)들이 찾아왔다. 그들은 양을 치던 초라한 복장 그대로 왔을 뿐만 아니라 소금과 장뇌(樟腦)*도 구별하지 못해 궁정을 웃음바다로 만들었다. 그러나 그들은 비웃음 속

---

* 장뇌 : 섬유나 의복 등에 기생하는 벌레를 쫓는 약. 당시 장뇌는 지금과 달리 순도가 낮아서 검게 보였는데, 그 생김새가 암염(岩鹽)과 비슷했다.

에서도 태연히 말했다.

"우리에게 복속하시오!"

이 말에 궁정의 웃음소리는 더욱 커졌고, 아라비아의 사자는 그 자리에서 쫓겨나고 말았다.

다음 번에 찾아온 것은 사자가 아닌 군대였다. 그들은 자신들보다 몇 배나 많은 로마와 페르시아 군대를 단숨에 물리쳤다. 이번에는 아무도 웃는 사람이 없었다. 이것이 바로 이슬람의 대정복이다.

무명시대

'무명(無明)시대' 라는 말이 있다. '영웅시대' 라는 말도 있다. 사실 이 두 용

어는 기원전 5세기 말부터 기원전 7세기 초까지의 약 150년간을 지칭한다.
즉, 무명시대와 영웅시대는 같은 시대였다. 이 시기에 아라비아는 서서히 깨
어나기 시작했다.

그 무명시대의 초기에는 아라비아 주민의 거의 대부분이 유목민이었다.
당시 그들은 여러 종류의 신앙을 가지고 있었다.

- 태양과 달 외에도 돌과 나무, 샘 등 여러 사물에 신이 깃들여 있다고 생
  각했다. 계곡 사이에 있는 마을이나 사람들이 많이 모이는 장소에는 이
  러한 신들의 상(像＝우상)이 세워진 신전이 있었으며, 순례의 대상이 되
  었다.
- 화살점으로 운세를 점치는 것도 성행했다. 활통에서 화살을 하나 꺼낸
  다음 그것을 보고 길흉을 점치는 간단한 방법도 있었지만, 정식으로는
  신전에서 사제의 주관하에 이루어졌다. 이 화살점은 상당히 신빙성이 높
  았다고 한다.
- 경마(競馬)는 인기 있는 오락의 하나였다. 부족간에 경쟁이 벌어질 때는
  유혈 충돌이 생기는 경우도 적지 않았다.
- 자기 부족*의 남자가 죽음을 당하면, 그 하수인이 속한 부족을 찾아내 반
  드시 같은 수만큼 죽여야 한다는 율법이 있었다. 이것을 '피의 복수'라고
  한다.
- 부족간의 다툼은 일상적인 일이었는데, 내부적으로 100년 이상 지속된
  경우도 있었다.
- 전쟁에서 가장 큰 역할을 맡은 사람은 부족의 시인이었다. 시인이 전투

---

* 혈연 관계가 아닌 동족 의식을 가지고 있는 집단

실크로드와 해상 실크로드

비잔틴제국

콘스탄티노플

사마르칸트

장안

낙양

크테시폰
사산왕조 페르시아

광주

남중국해

알렉산드리아

메카

아덴

아라비아해

인도양

🔵 사막
➡️ 실크로드
┅➤ 해상 실크로드

가 시작되기 전에 던지는 저주는 어떤 창보다도 예리했다고 한다. 시인은 간혹 마주눈(신들린 존재 혹은 광인狂人)이라고 불리기도 했는데, 사막의 진니(정령)가 시인에게 영감을 불어넣어 주었다고 믿었다.

변화의 바람

고요하던 무명시대에 한 가지 큰 변화가 일어났다.

서쪽의 비잔틴 제국과 동쪽의 사산 왕조 페르시아 사이에 전쟁이 일어나 비단길이 막혀버리고 말았다. 이로 인해 상인들은 아라비아를 경유해 물품을 운반하게 되었다. 이것이 소위 '해상(海上) 실크로드'라는 것이다. 이 길은 다소 불편하기는 해도 전쟁은 피할 수 있었다.

메카라는 도시는 홍해 항에 가까워서 통상로(通商路)의 요지가 될 입지 조건을 충분히 갖추었을 뿐만 아니라 풍부한 샘도 있었다. 이곳에는 예로부터 많은 신들을 섬겨온 대신전도 자리잡고 있었다(이 신전의 이름을 카바 신전이라고 하며, 나중에는 이슬람의 최대 성지가 되었다). 이러한 입지 조건에 힘입어 도시는 자연스럽게 중계 무역의 거점으로 번영을 누렸으며, 많은 부족이 모이는 곳이 되었다.

따라서 메카에서는 오랜 유목 사회의 관습이나 원리가 그다지 큰 힘을 발휘하지 못했다. 이 도시에 사는 사람들이 모두 '피의 복수'라는 원칙을 지킬 수는 없었던 것이다. 하여간 그런 와중에 상인들 세계에서나 어울릴 법한 새로운 가르침을 설파하고 다니는 사람이 있었다. 그의 이름은 무하마드(마호메트)였다.

이슬람교의 창시자 무하마드

무하마드는 메카에서 큰 세력을 자랑하던 명문 쿠라이시족(族) 출신이었으나, 일찍부터 고아가 되어 많은 어려움을 혼자 힘으로 헤쳐나가야 했다. 그는 어른이 된 후에도 말수가 적고 사람들과 거의 교류도 하지 않았지만, 매사를 성실하게 처리해 큰 신용을 얻었다. 그리고 좋은 아내를 얻어 남부러울 것 없는 돈 많은 상인이 되었다. 하지만 내면적으로는 자신의 삶이 만족스럽지 못하다고 느끼고 중년 이후에는 혼자 산으로 들어가 명상에 잠겼다.

전하는 말에 따르면, 어느 날 밤 무하마드는 산 속 동굴에서 누군가를 만났다고 한다. 그것은 사람의 그림자였다. 그림자는 자루를 들고 있었는데, 그 속에는 책 같은 것이 들어 있었다. 그는 이렇게 말했다.

"읽어라."

무엇을 읽으라는 말인가?

그림자는 자루 속에 들어 있는 신의 계시를 읽고 사람들에게 전하라고 했다. 사실 그 그림자는 천사 지브릴이었다. 이렇게 해서 예언자가 된 무하마드는 신의 가르침을 전하기 시작했다. 그 내용은 다음과 같은 것이었다.

- 최후의 심판이 가까워 왔다. 그날이 되면 이 세상에 태어났던 모든 인간이 무덤에서 되살아나며, 유일신 알라는 이들을 모두 심판해서 천국과 지옥으로 보낼 것이다.
- 그때 구원을 받을 수 있는 사람은 부자나 자식이 많은 자가 아니다. 일생 동안 알라의 가르침을 따르고 선행을 쌓은 인간이다.
- 고아와 과부를 소중히 보살펴라. 아이를 죽여서도 안 된다(당시 아라비아에서는 여자에게 주어진 역할이 없었기 때문에 여자아이가 태어나면 곧바로 죽여버리는 일도 있었다).
- 예배와 기부(가난한 사람에게), 단식을 하라.
- 피의 복수를 하지 말라.
- 점을 치지 말라.
- 우상 숭배를 하지 말라. 단지 상(像)에 지나지 않는 것이다.

이런 가르침은 유대교나 기독교의 그것과 상당히 유사하다. 사실 무하마드는 유대교와 기독교 신자들과 교제하면서 그들의 교리를 자신의 교리로 받아들였다. 무하마드의 주장에 따르면, 유대교의 모세나 기독교의 예수도 자신과 같은 가르침을 설파했던 예언자였다. 하지만 시간이 흐르면서 사람들은 그들의 가르침을 곡해해 모세의 가르침을 선민 사상으로, 예수를 신으로 섬기는 잘못을 저질렀다는 것이다. 그리고 두 종교의 사제가 특권계급이 된 것도 잘못이라고 하였다.

교단

젊은 사람들을 중심으로 무하마드 주변에 사람들이 모여들기 시작했다. 처음에는 가난한 사람과 노예의 자식이 많았지만 나중에는 부자들도 그를 찾아왔다. 무하마드는 자신의 가르침을 따르는 사람들의 단결을 도모하기 위해 다음과 같은 조치를 차례로 취했다. 그 중 예배가 가장 좋은 예라고 할 수 있다.

예배는 하루에 다섯 번이고 같은 시간에 일제히 절을 한다. 그리고 일주일에 한 번은 모스크(예배당)에 모여서 기도를 드린다. 기도 후에는 일주일 만에 얼굴을 본 신자들과 인사를 나누며 세상사에 대한 이야기도 한다.

그리고 매년 1개월간의 단식도 있다. 물론 1개월 동안 아무것도 먹지 않으면 죽기 때문에 낮 시간에만 금식을 하고 해가 진 후에는 음식을 먹을 수 있다. 해가 뜨기 전에 식사를 하고 해가 지고 나면 그때 다시 식사를 하는 것이다. 그럼에도 불구하고 단식은 상당히 고통스럽다. 아라비아력(曆)은 태음력(太陰曆, 달이 한 번 차고 기우는 주기를 1개월로 계산하는 역법)이기 때문에 달과 계절이 맞지 않는 경우가 생긴다. 때문에 여름 낮 시간에 물을 마시지 못할 수도 있다. 이런 힘든 종교 의식을 함께 함으로써 강한 유대감이 생겨나는 것이다.

하지만 메카의 권세가들은 이런 새로운 가르침을 그다지 달가워하지 않았다. 자식들이 신흥종교에 빠져 가족들과 다르게 살아가는 모습을 그냥 보고만 있을 수 없었다. 그래서 처음에는 카바 신전에서 집회를 열지 못하게 하고 신도들도 모두 내쫓아버렸다. 그런데 그렇게 해도 뜻을 이루지 못하자 마침내는 무하마드를 죽이려고 했다.

무하마드도 그냥 앉아서 죽음을 당하지만은 않았다. 자신을 향해 다가오는 살기를 느끼고 메카를 떠나 북쪽에 있는 메디나라는 도시로 도망쳤다. 이것을 성천(聖遷)이라고 한다. 도망을 쳤다고는 하지만 무작정 메디나로 떠난 것은 아니었다. 사전에 제자들을 파견해서 메디나의 사정을 파악하고 있었던 것이다. 당시 메디나에서는 유력한 두 부족이 권력을 독차지하기 위해 내전을 벌이고 있었다. 양쪽 모두 내전이 지속되어서는 안 된다고 생각했지만, '피의 복수'라는 율법이 존재하는 한 갑자기 그만둘 수는 없었다. 무하마드는 이 끝나지 않는 싸움의 중재자로 나서서 두 부족을 화해시키고 충성을 서약받았다. '피의 복수를 중지하라'고 주장하는 무하마드는 양쪽의 중재인으로서 환영을 받았던 것이다.

그러나 그는 언제까지나 메디나에 머물 생각은 없었다. 승리자로서 고향 메카로 돌아가고 싶었다. 그래서 그는 메카의 경제력을 약화시키고, 자신을 따라온 이주자들의 생계를 책임지기 위해 메카의 대상(隊商)을 습격하기로 결정했다.

이슬람 세계의 남자들

무하마드의 교단에는 세 명의 걸출한 인물이 있었다.

아부 바크르 무하마드의 친구이자 늙은 상인. 체격이 빈약해서 목소리도 작고 자주 눈물도 비쳤지만, 사람들을 잘 보살펴 인망이 있었다. 그래서 "무하마드 보다 그의 영향으로 교단에 참여한 신도가 더 많았다"고 할 정도였다.

우마르 기골이 장대하고 돌처럼 단단한 주먹을 가지고 있었지만, 성격은 다소 삐뚤어진 인물이었다. 우마르는 그의 젊은 시절 친구들이 이슬람에 입문하는 것이 탐탁치 않아 무하마드를 싫어했다고 한다. 그런데 부족 고위층의 탄압으로 이슬람 신도들이 카바 신전에서 집회를 열지 못하는 상황이 벌어지자 이에 항의하며 이슬람에 귀의했다. 그의 완력 덕분에 이슬람 신도들은 카바에서 예배를 드릴 수 있었다.

알리 무하마드의 사위이자 양자로서 언제나 무하마드의 푸른색 깃발을 들고 뒤를 따랐다. 어려움을 피하지 않고 용맹하게 무하마드를 보좌했다. '척추를 끊는 것'이라는 명검을 휘두르며 모든 적을 물리쳤다.

무하마드가 교단의 심장이었다면, 아부 바크르는 양심, 우마르는 의지, 알리는 검(劍)이었다. 말하자면 최초의 이슬람 교단은 '무하마드 혼자만의 교단'이 아니라 '여러 명의 무하마드들로 이루어진 교단'이었다고 할 수 있다.

개선

이런 무서운 남자들이 메카의 대상을 약탈했다. 메카측도 이들을 정벌하

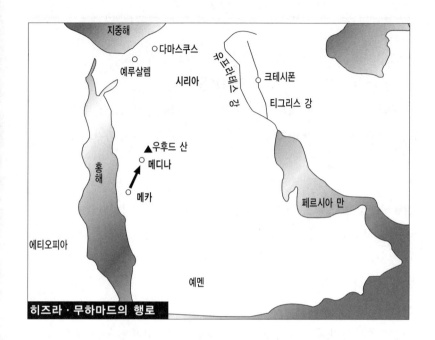

히즈라 · 무하마드의 행로

기 위해 메디나에 군대를 보냈지만, 무하마드 군대에 격퇴당하고 말았다. 그런 와중에 무하마드는 정략 결혼을 통해 세력을 확대하고 마침내 메카를 향해 진군하기 시작했다.

1만의 병력을 이끌고 메카로 잠입해 들어간 무하마드는 밤이 되자 모든 병사들에게 횃불을 들게 했다. 1만 명이 든 횃불을 본 메카 사람들은 전의를 상실하고 말았다. 무하마드는 마침내 승리자로서 메카에 입성했다. 그는 알리를 데리고 신전에 들어가 이렇게 외쳤다.

"신상을 모조리 부수어라!"

알리는 무수히 많은 신상을 깡그리 쓰러뜨렸다. 그러자 무하마드는 다시 이렇게 외쳤다.

"진리가 왔다. 그래서 허위가 쓰러졌다. 마침내 허위는 모두 사라졌다!"

칼리프들

무하마드가 죽은 후에도 그의 후계자들은 교단의 세력을 확대해 나갔다. 이 후계자를 칼리프라고 하며, 이들은 교단 내 유력자들의 회의를 통해 선출했다.

아부 바크르 초대 칼리프는 아부 바크르였다. 온건한 인격자였지만, 해야 할 일이 반드시 온건한 것은 아니었다. 무하마드가 죽었다는 소식이 전해지자 주변 도시들은 동맹을 파기하여 이슬람 세력권은 메카와 메디나만 남은 상황이 되고 말았다.

그래서 각지에 '가짜 예언자'를 내세웠는데, 이들은 무하마드와 같은 예언자 역할을 수행했다. 이들 중에 가장 강력한 힘을 가지고 있던 자가 예멘(아라비아 남부)의 무사이리마였다. 아부 바크르는 이런 가짜 예언자들을 조종해서 마침내 아라비아 반도를 통일했다.

우마르 제2대 칼리프인 그는 대외 확장을 계속해 주변의 여러 나라를 정복했다. 강한 의지의 소유자로 교단의 최고위직에 있으면서도 검소하게 생활한 것으로 알려져 있다.

카바 신전의 검은 돌(순례를 하는 모든 신도들은 카바 주위를 일곱 번 돌아야 하며, 그 사이에 이 돌에 입을 맞추고 손을 댄다)을 보고 "무하마드께서 너에게 입을 맞추지 않았다면 나도 입을 맞추지 않았을 것이다. 너는 단지 돌멩이에 지나지 않는다는 사실을 잘 알고 있겠지"라고 이야기한 것으로 유명하다.

그의 치세 동안 이슬람 교단은 역사적인 기적을 이뤄냈다. 불과 10년 만에 시리아와 이집트·이라크·이란을 정복했던 것이다.

그는 "살아남기보다는 죽음을, 굴욕보다는 영광을 기원하라. 맨바닥에만 앉을 것이며, 무엇을 먹든지 반드시 무릎 위에 놓고 먹어라. 장군과 병졸만이 아니라 하급과 상급, 주인과 노예는 조금의 차이도 없다"는 원칙을 직위 고하를 막론하고 이슬람군(軍)에게는 누구에게나 적용했다고 한다.

우스만 제3대 칼리프로서 우스만가(家)라는 명문의 수장이었다. 무하마드의 말을 정리해『코란』이라는 한 권의 책을 만들었다. 말년에는 판단력이 흐려져 자신의 집안 사람만을 요직에 기용했기 때문에 각지에서 폭도들이 밀어닥쳐 우스만은 메디나에 있는 자신의 집에서 한 발자국도 밖으로 나가지 못했다. 결국 집 안으로 쳐들어온 폭도들에게 살해당하고 말았다.

알리 제4대 칼리프. 3대 칼리프까지는 선대의 유언이나 유력자들의 회의를 통

이슬람 교도의 이름

이슬람 교도의 이름 중에는 상당히 긴 것도 많아서 외우기가 쉽지 않다. 하지만 몇 개의 단어를 알면 그리 어렵지만은 않다.
- 이븐~ : 누구의 아들이라는 뜻이다. 예를 들면 이븐 바투타는 바투타의 아들이라는 의미다.
- 압둘~ : 어떤 신의 신자라는 뜻이다. 예를 들면 압둘라는 알라의 신자, 압둘라흐만은 자비의 신 알라의 신자라는 의미다.
- 하즈~ : 이름이 아니라 '메카에 순례를 다녀온 자'라는 의미의 경칭이다.

이슬람 세계에서 혈연과 신앙을 무엇보다 중시한다는 사실은 사람들의 이름을 통해서도 확인할 수 있다.

해 결정되었으나 알리는 우스만을 죽인 폭도들의 추대로 칼리프가 되었다. 원래 알리는 비정치적인 인물이어서 정쟁을 피해 메디나로 이주했지만, 그것이 오히려 강점으로 작용했다. 그는 반우마이야 세력의 대표로서 우마이야가(家)와 맞서 싸워야만 했다.

우마이야 왕조

우마이야가(家)의 대표는 무아위야라는 인물이었다. 20여 년간 시리아 총독을 지냈기 때문에 현지에서는 제왕으로 불리기도 했다. 그는 당시 칼리프였던 알리를 시리아로 끌어들였고, 자신의 본거지에서 두 배나 많은 병력으로 알리의 군대를 맞았다. 그러나 알리군의 힘은 예상보다 훨씬 더 강력했다. 결국 무아위야군은 알리군에게 굴복하고 말았지만, 무아위야는 한 가지 간계를 생각해냈다. 긴 장대 끝에 코란을 묶은 다음 쫓아오는 알리군을 향해 "하느님의 성법(聖法)을 어길 셈이냐"고 외치면서 화평을 요구했다.

당연히 알리의 측근들은 추격을 진언했으나 알리는 코란의 말씀을 거역할 수 없어 화평을 받아들였다. 이에 반발한 일부 측근은 알리 곁을 떠나기도 했다. 하와리즈(이탈자)라 불리는 이들은 여러 나라로 흩어져 동굴 속에 숨어살면서 무아위야와 알리에게 암살자를 보냈다. 물론 반드시 제거해야 할 인물은 무아위야였다. 그러나 정작 암살로 쓰러진 인물은 경계심이 많은 무아위야가 아니라 알리였다. 알리가 죽은 후 무아위야는 칼리프 자리에 올라 "앞으로는 우마이야 가문에서 칼리프를 계속 승계할 것"이라고 선언했다.

이를 반대할 만한 용기를 가진 자는 아무도 없었다. 반대는 곧 죽음을 의미했기 때문이다. 이렇게 해서 이슬람 세계 최초의 왕조인 우마이야 왕조가 성립되었으며, 이들은 모든 권력을 독점했다.

그러나 남성답고 담백한 성격의 알리를 진정한 칼리프라고 생각하는 사람

아랍 제국의 판도

비잔틴 제국의 영역

로마
콘스탄티노플
사마르칸트
그라나다
다마스쿠스
바그다드
예루살렘
쿠파
알렉산드리아
바스라
메디나
메카

정통 칼리프 시대의 판도
우마이야 왕조의 판도
아바스 왕조의 판도

들이 많았는데, 흔히 시아파(派)라 불리는 이들은 하나의 세력을 형성해 지금도 이슬람 세계 내에서 강력한 영향력을 발휘하고 있다.

아바스 왕조

우마이야 왕조가 점차 몰락해가는 과정에서 두 가지 사상이 힘을 얻게 되었다.

- 이슬람 교도는 평등하다. 아라비아인이나 페르시아인, 이집트인 사이에

는 아무런 차별이 존재하지 않는다.

• 무하마드의 일족이 정치에 나서야 한다.

이로 인해 무하마드 숙부의 자손들로 이루어진 아바스 가문이 힘을 얻게 되었다. 아바스가는 시아파와 힘을 합해 아바스 왕조를 수립했다. 이 왕조의 토대를 구축한 인물은 알 만수르였다. 우마이야 왕조가 점차 힘을 잃어가자 각지에서 시아파의 반란이 일어났는데, 만수르는 그것을 이용해 왕조를 타도하고 시아파의 우두머리까지도 제거해버렸다.

흔히 '평안의 도시'라 불리는 바그다드 건설을 명한 것도 그였다.

평안의 도시 바그다드

알 만수르는 티그리스 강 유역의 작은 마을이었던 바그다드를 새로운 이슬람 왕국의 수도로 정했다. 5년간 10만 명에 이르는 기술자들을 동원해 삼중 성벽으로 둘러싼 원형 도시를 건설토록 명령했다.

무모해 보이던 만수르의 계획은 올바른 판단으로 결론났다. 바그다드는 비옥한 이라크 대지의 중심이었으며, 동서 교통의 요지였다. 또한 티그리스 강을 통해 바다로 진출할 수도 있었다. 만수르의 손자인 하룬 알 라시드의 치세 때는 인구가 150만에 이르러 세계에서 1, 2위를 다투는 대도시로 번영을 누렸다. 역사학자 일리인은 『인간의 역사』에서 칼리프의 궁전에 대해 이렇게 이야기했다.

혹시 『천일야화(아라비안나이트)』를 읽지 않은 사람이 있을까? 또 칼리프의 궁전에 대해 들어보지 않은 사람이 있을까?

그곳에서는 아름다운 기둥이나 호사스런 아치도 마치 사막의 신기루처럼 보인다. 또 그곳에서는 제아무리 무거운 돌이라 하더라도 예술가의 손을 거치면 그 무게를 잃어버리고 만다. 그곳에서는 분수의 물이 대리석으로 떨어지는지 아니면 대리석이 물로 흘러내리는지 도무지 알 수가 없다. 마치 석고로 만든 융단 같은 벽과 천장에는 이슬람교의 경전인 코란의 금언(金言)들이 기묘하게 아로새겨져 있다. ……이 궁전은 인간의 거주지 중에서 가장 멋진 곳이다.

일리인의 책에는 당시 사정에 대한 이야기가 여러 차례 나온다. 물론 그 이후에도 역사는 계속된다. 많은 전쟁이 있었고, 비록 짧게나마 평화의 시대도 있었다. 이름조차 들어보지 못한 종족이 나타났다가 사라지는 경우도 적지 않았다. 바그다드는 12세기에 칭기즈 칸이 이끄는 몽골군에 의해 불탔으며, 또 20세기에는 미군의 폭격으로 전쟁의 참화를 입었다.

하지만 그러한 흥망의 역사를 모두 좇을 수는 없다.

한낮의 열기가 잦아들면 모스크의 탑에서는 저녁 예배 시간을 알린다. 이윽고 땅거미가 지고 어두운 밤이 되면 수천 년 동안 이어져온 그 신비한 이야기가 시작된다.

용어 해설

본서에 자주 등장하는 용어 중에서 해설이 필요한 것을 다음과 같이 정리해보았다.

모스크 이슬람 교도들이 일주일에 한 번(금요일 저녁)씩 모여서 기도드리는 장소. 사람들이 모이기 때문에 그 주변에는 장(場)이 서기도 한다. 모스크 내에서는 각종 정보 교환이 이루어진다.

무슬림 이슬람 교도를 가리킨다.

사시(邪視, 사악한 시선) 이슬람 세계에서 널리 믿고 있는 미신. 질투나 분노에 찬 시선은 실제로 사람에게 해를 끼치는데, 이로 인해 많은 사람이 목숨을 잃었다고 한다.

수니파 이슬람교의 주류파.

술탄 각 지방의 왕. 칼리프로부터 술탄에 임명된 경우도 많았지만, 스스로 술탄이라고 칭하는 경우도 있었다.

시아파 이슬람교에서 두 번째로 신도 수가 많은 종파. 처음 네 명의 칼리프(아부 바크르, 우마르, 우스만, 알리) 중에서 알리만이 정당한 칼리프라고 주장한다. 시아파는 원래 '피(血)'를 의미하며, 처음에는 시아 알리(알리파)라고 했다. 이란 등에서는 이 파가 주류를 이루고 있다.

아바스 왕조 우마이야 왕조 다음에 들어선 왕조.『천일야화』에 등장하는 많은 이야기는 이 왕조의 전성기를 무대로 하고 있다.

아잔 이슬람 교도는 하루에 다섯 차례, 정해진 시간에 예배를 드린다. 이 예배 시간을 알리는 소리가 아잔이다. 말 그대로 '알림' 이라는 뜻이다. 그리고 모스크의 문 앞이나 탑 위에서 큰 소리로 알리는 사람은 '무아진' 이라고 한다.

알라 이슬람교의 유일신.

예언자 신의 뜻을 사람들에게 전하기 위해 특별히 선발된 인간. 모세나 예수도 예언자였지만, 이슬람 세계에서는 무하마드를 신이 인간에게 보낸 최후의 예언자로 보고 있다.

우마이야 왕조 이슬람 세계에서 최초로 성립된 왕조. 무아위야를 조상으로 한다.

이맘 수니파에서는 칼리프와 같은 의미다. 시아파에서는 알리의 피를 이어받은 시아파의 최고 지도자를 뜻한다. 일반적으로는 시아파 쪽의 의미로 사용된다. 또 모스크(이슬람 성전)에서 예배를 인도하는 사람을 흔히 이맘이라고 부른다.

진니 이슬람 세계에서 널리 믿고 있는 요괴. 인간의 눈에는 보이지 않으며, 하늘을 날아다니며 여러 가지 장난을 친다고 한다.

최후의 심판 이슬람 교리의 핵심이다. '최후의 심판' 날에는 지금까지 지상에 존재했던 모든 인간이 무덤에서 다시 살아나 알라신에게 심판을 받으며, 그 결과에 따라 천국과 지옥으로 나누어진다. 살아 있는 동안 신의 가르침을 지키며 선행을 쌓으면 천국에 들어갈 수 있다.

카바 메카의 대신전. 이슬람 이전에는 무수한 신상이 서 있었으나 지금은 검은 돌만 남아 있다. 이슬람교의 최대 성지로서 이슬람 교도들의 평생의 의무 중 하나인 성지 순례는 바로 이곳을 순례하는 것이다.

칼리프 전 이슬람 교도의 지도자. '후계자'를 의미한다. 무하마드의 후계자라는 의미다. 처음에는 교단 내 유력자들의 합의로 선출했지만, 우마이야 왕조 성립 후에는 세습제가 되었다. 그러나 아바스 왕조 때 칼리프는 실권을 잃고 유력한 술탄의 식객으로 전락했다.

코란 이슬람교의 경전. 무하마드가 신에게 받은 신탁을 후에 제자들이 정리한 책이다.

히즈라 622년, 무하마드가 메카를 떠나 메디나로 도망친 것을 가리킨다. 이슬람 세계에서는 이 해를 기원(紀元)으로 삼고 있다.

기괴한 환상의 세계

이 세상의 절반은 낮, 그 나머지 절반은 밤으로 이루어져 있다.

낮 동안 군인은 나가 싸우고, 상인은 장사를 하고, 농민은 밭을 간다.

하지만 밤이 되면, 누구나 이야기에 귀를 기울인다.

낮의 이야기는 끝났으니 이제 밤의 이야기를 해보자.

인간의 역사에서 낮 동안 벌어진 일은 빙산의 일각에 지나지 않는다.

그보다 훨씬 더 많은 일이 밤의 이야기 속에서 벌어지는 것이다.

그러므로 밤의 이야기를 해보자.

기괴함과 환상, 진니와 굴, 칼리프와 시인, 마술과 영약의 이야기를……

첫날 밤

괴 물 의 세 계

밤의 이야기 속에는 많은 괴물이 살고 있다.

구름 같은 마신 이프리트.

자유자재로 색깔을 바꾸는 식시귀(食屍鬼) 굴.

아이, 어른 할 것 없이 그 이야기에 즐거워하면서도 한편으로는 두려움에 떤다.

밝은 낮에도 괴물들은 이야기 속에서 자연스럽게 그 모습을 드러낸다.

"이프리트조차도 갈증을 참지 못할 만큼 거친" 황야,

"굴이 색깔을 바꾸는 것만큼이나 변덕이 심한" 미녀…….

이런 이야기는 수도 없이 많다.

이처럼 인간들은 괴물 이야기에 아주 익숙해져 있다.

그러면 오늘밤에는 이 괴물에 대한 이야기를 해보자.

진니

요 령 妖 靈

　진니는 이슬람 세계에서 널리 믿고 있는 정령이다. 사람의 눈에는 보이지 않으며, 하늘을 날아다니면서 여러 가지 장난을 친다고 한다. 인간에게 자신의 모습을 드러낼 때는 연기나 구름 같은 기체에서 하나의 개체가 되어서 현현(顯現)하는데, 잘생긴 청년이나 미녀, 혹은 뱀 같은 동물의 모습을 취하기도 한다. 또 때로는 해태 같은 형상으로 모습을 드러낼 때도 있다.

　선량한 진니도 있지만 악한 진니도 있다. 성격이 악한 진니는 인간의 뼈와

시체를 즐겨 먹는다. 대체적으로는 '장난을 좋아하는 심술궂은 정령'이라고 할 수 있다.

진니는 인간보다 훨씬 더 오래된 종족으로, 신에 의해 아담이 흙에서 탄생하기 2천 년 전에 '연기가 피어오르는 화염'에서 만들어졌다고 한다. 그 때문에 진니들은 증기나 화염으로 이루어진 신체를 가지고 있어서 혈관에는 피 대신 불이 흐르고 있으며, 중상을 당하면 모두 타버려서 산 하나를 잿더미로 만들 수 있다고 한다. 사람이 흙에서 태어나 흙으로 돌아가는 것처럼 진니는 불에서 만들어져 불로 돌아가는 것이다.

진니의 역사

고대 아라비아에서 진니는 신에 버금가는 존재로 널리 숭배받았다. 그리스인들이 숲에 사는 님프나 사티로스*를 공경했던 것처럼 아라비아인들은 사막의 진니를 공손하게 대했다. 진니는 토지의 영(靈)으로서, 아무리 넓은 사막이라도 각 지역을 담당하는 진니가 있다고 한다.

그러다 무하마드 시대에 이르러 진니는 어떤 특정한 지역과 관련이 있는 정령이 아니라 언제 어디서나 모습을 드러내는 존재로 거듭나게 되었다. 이들은 공중을 날아다니며, 사람들의 눈에는 보이지 않는 작은 신이었다. 메카 사람들은 진니에게 공물을 바치며 그들의 도움을 구하기도 했다.

그래서 이슬람교에서는 진니의 존재를 배척하지 않고 받아들였다. 무하마드는 굴(식시귀)의 존재는 인정하지 않았지만 진니를 부정한 적은 한 번도 없다.

『코란』에는 '진니'라는 제목의 독립된 장(章)이 하나 있다. 그 장에서는 진

---

* 사티로스 : 숲의 요정. 여성인 님프와 달리 사티로스는 산양의 발굽을 가진 남성의 모습으로 묘사된다.

니의 무리가 무하마드가 읽은 『코란』을 듣고 이슬람 교도가 되었다고 한다. 그에 관해 대략 다음과 같이 언급하고 있다.

이렇게 해서 우리 진니들은 신자가 되었다. 그러나 진니 중에도 고집이 센 자들이 있었는데, 그들은 '무하마드의 가르침은 올바르지 않다. 최후의 심판은 거짓일 뿐'이라고 생각했다.

우리들은 무하마드의 가르침이 진짜인지 거짓인지 하늘에 올라가서 확인해보기로 하고 천사들이 하는 천상의 어전 회의를 몰래 엿들었다. 만약 최후의 심판에 관한 이야기를 한다면 무하마드의 이야기가 맞는 것이다.

그러나 하늘은 무서운 천사와 함께 빛나는 별로 우리들을 공격해왔다(천사들은 별을 무기로 사용해서 침입자들을 쫓았다. 이 별이 흔히 말하는 유성이다). 그래서 우리들은 지상으로 되돌아올 수밖에 없었다. 결국 어디에서도 무하마드의 가르침에 대한 진위(眞僞)를 확인할 수 없었다.

그리하여 우리 진니 중에는 무하마드의 말을 듣고 이슬람 교도가 된 자들이 있는가 하면 그렇지 않은 자들도 존재한다.

그리고 "인간과 마찬가지로 진니 중에도 이슬람 교도와 알라신의 존재를 인정하지 않는 이교도가 있다. 무하마드는 인간만이 아니라 진니에게 보내진 예언자이며, 당연히 진니에게도 최후의 심판이 적용된다. 그래서 어떤 진니는 천국에 가고, 그렇지 못한 진니는 지옥에 떨어진다. 지옥의 불은 불에서 나온 진니조차도 불태워버릴 만큼 무시무시하다"고 한다.

『코란』에 나오는 이상 진니의 존재는 의심할 여지가 없다. 어느 정도 합리주의를 신봉하는 학자들조차도 진니의 존재에 대해서는 이의를 제기하지 않았다. 하지만 단지 한 사람, 11세기의 철학자였던 이븐 시나*만이 진니의 존재를 부정하며 "진니의 배후에는 아무런 실체도 없다"고 주장했다.

물론 그의 말은 무시되었다. 이슬람 세계의 거의 모든 민화와 설화, 일화집 속에는 위대한 힘을 가진 진니가 등장한다. 그런데 그 힘이란⋯⋯.

진니의 힘

진니가 가진 완력과 마력은 인간보다 훨씬 더 뛰어나다. 이들이 벽에 구멍을 뚫고 집에 들어가거나 천장에서 마루까지 파고들어가는 것은 아이들 장난만큼이나 쉬운 일이다. 진니를 만나는 것은 폭풍우 속을 걸어가는 것과 같으며, 대지조차도 진니에게 밟히면 요동을 친다. 진니는 한밤중에 사람을 대단히 먼 곳까지 데리고 가거나 길을 잃게 하기도 하며, 사람에게 들러붙어서 헛소리를 지껄이게도 만든다. 그리고 마지막에는 개나 원숭이로 변신한다.

진니들은 금은세공의 명수이기도 하다. 진니의 세공을 본 보석 세공사들은 이렇게 말한다.

"이보다 훌륭한 세공사는 아마 한 사람도 없을 것입니다. 인간은 이렇게 만들 수가 없습니다."

또 사람이 동물을 기르듯이 진니는 마법의 동물을 기른다. 진니의 말은 밤의 숲 속을 엄청난 속도로 달리며, 그 위에 올라탄 자를 이 세상과 다른 불가사의한 나라로 데리고 간다. 인간 세상의 말도 새끼 때부터 진니가 기르면 번개보다 더 빨리 달릴 수 있게 된다.

진니는 여러 모습으로 변신할 수 있는 능력도 가지고 있다. 토끼, 당나귀,

---

* 이븐 시나(980~1038) : 철학자이자 의학자. 그의 『의학정전』은 중세 이슬람 세계와 서구 세계에서 의학 교과서로 널리 사용되었다. 과격한 시아파의 일파였던 이스마일파에 동조했기 때문에 언제나 신변의 위협을 느끼며 유랑생활로 일생을 보냈다.

낙타, 개, 고양이, 개구리, 거북, 뱀 등 수많은 모습으로 변신할 수 있다. 대낮의 바자르(시장)에는 변신한 진니들이 모여든다. 그러므로 시장에서 당나귀를 발로 차거나 개를 괴롭혀서는 안 된다. 어떤 무서운 보복이 있을지 모르기 때문이다.

터키의 민화에 따르면, 무엇보다 진니가 좋아하는 모습은 한 가닥의 흰털도 없는 검은 고양이, 검은 개, 새끼 산양, 숫산양, 집오리, 수탉, 병아리와 함께 있는 암탉, 들소, 여우, 그리고 인간이다. 그 인간의 모습은 제각기 다른데, 구름처럼 거대한 거인의 모습으로 변할 때도 있다. 거인의 모습은 희고 투명하며, 모스크의 탑만큼이나 높다고 한다. 그리고 포대기에 싸인 갓난아기로 변신하는 경우도 있다.

진니는 때때로 살아 있는 생물이 아닌 것으로 변신하기도 한다. 황야를 휩쓰는 모래 회오리는 성질이 악한 진니가 도망치는 것이다. 만약 이런 진니를 만나면 "쇳덩어리여, 쇳덩어리여!" 또는 "알라신은 위대하도다" 하고 외치는 것이 좋다.

진니는 어디에나 모습을 드러낸다. 유성은 천국의 문으로 들어가려는 진니를 물리치기 위해 천사가 쏜 화살이다. 그리고 어두운 길에서 비틀거리면 진니와 부딪힐 가능성이 많으며, 잠을 자면서 이를 가는 것은 진니가 살그머니 다가왔기 때문이다. 발작성 병 역시 대부분 진니가 일으키는 것이라고 한다.

진니가 사는 곳

인간계에서 진니가 나타나는 지역은 크게 세 곳이다.

물 진니는 저수지나 우물을 근거지로 그 주변에 출몰한다. 이런 장소는 불가사의한 나라와 인간계의 경계다. 마찬가지로 밤의 물레방앗간이나 공중 목욕

탕에도 나타난다. 외딴섬이나 바닷속에도 진니의 거처가 있다.

빗속도 진니가 자주 나타나는 장소(?)다. "진니는 비를 좋아한다" 또는 "진니는 비를 싫어한다. 왜냐하면 비가 내리면 마법이 풀려서 그 정체가 드러나기 때문이다. 하지만 인간의 눈에 보이지 않는 진니들의 연회 모습도 비가 오면 볼 수 있다"는 말이 있다. 진니가 비를 좋아하는지 싫어하는지는 알 수 없지만, 사람들은 빗속에서 이들의 모습을 볼 수 있다고 생각했던 것 같다.

옛날에는 물이 거울의 역할을 대신했다. 물은 거울처럼 무언가를 비출 수 있기 때문이다. 오랜 세월 동안 여성들은 자신의 모습을 보거나 점을 치기 위해 물과 거울을 함께 사용해왔다. 그 때문인지도 모르지만, 거울 속에도 진니가 나타나므로 한밤중에 혼자 거울을 보면 진니에게 홀릴 수도 있다고 한다.

불 진니는 모닥불이나 아궁이 속에서도 잘 나타난다. 그래서 아궁이 쪽으로 머리를 가까이 두고 잠들면 위험하다고 한다.

경계 사물과 사물의 경계에도 진니가 숨어 있다. 예를 들면 지붕이나 창틀, 문지방, 물가, 시장, 동굴 등이 그런 곳이다. 당시 사람들은 동굴이 지상과 지하의 경계라고 생각했다.

터키의 민화에 따르면 진니는 주로 밤에 활동하며 새벽 기도와 함께 인간계에서 떠난다고 한다. 그들이 밤에 활동하는 장소는 폐허, 버려진 집, 묘지, 외딴집 등이다. 민가 중에도 진니가 나타나는 유령 집이 있다고 한다. 또 어떤 지방에서는 모스크에 나타나는 경우도 있다.

그러나 일부 장소에는 밤낮을 가리지 않고 나타난다. 예를 들면 화장실, 쓰레기가 쌓여 있거나 더러운 물이 고여 있는 오솔길, 나무 밑동이 드러나 있거나 진흙이 쌓여 있는 물가, 도랑 위에 세워진 벽의 토대, 집 안의 어두운 장소(위치 등) 등이다.

이 세상에 진니가 나타나는 곳은 대략 위에서 열거한 장소다. 그러나 진니가 본래 사는 곳은 인간이 숨을 쉴 수 없는, 즉 지하나 해저, 그리고 '카프 산맥'이다.

카프 산맥은 이 세상의 끝에 있다. 이 세상의 대지는 큰 바다에 둘러싸여 있으며, 큰 바다는 카프 산맥에 둘러싸여 있다. 카프 산맥은 세계의 모든 산들이 태어난 근원이며, 그 지하에 뻗어 있는 뿌리는 모든 산들과 연결되어 있다. 신이 어떤 나라나 백성을 멸망시킬 때는 이 뿌리를 흔들어 지진을 일으킨다고 한다.

그리고 산맥의 저편에 무엇이 있는지는 아무도 알지 못한다. 끝없이 평탄

한 천사의 나라가 있다고도 하고, 깜짝 놀랄 만한 뭔가가 있다고도 한다.

진니의 일족

세상에는 여러 종류의 진니가 있다. '달한'이라는 일족은 외딴섬에 사는데, 가까이 다가오는 배를 난파시킨 후에 물에 빠진 선원들을 잡아먹는다고 한다. '갓달'이라는 일족은 여행자가 길을 잃게 해서 여러 가지 고통을 준 후에 황량한 사막에 내다버린다고 한다. 그리고 시인에게 들러붙은 진니는 '라이'라고 불렀다.

그 외에도 셀 수 없을 만큼 많은 종류의 진니가 있다. 나쁜 성질을 가진 진니들은 가지고 있는 힘에 따라 다섯 계급으로 분류된다. 약한 진니에서부터 순서대로 쟌, 진, 샤이탄, 이프리트가 있으며, 마지막으로 가장 위계가 높고 무서운 힘을 가진 마리드가 있다.

샤이탄 이 진니는 악마(사탄)라는 의미를 가지고 있다. 진니와 샤이탄, 이블리스(사탄의 왕. 기독교의 루시퍼에 해당한다)와의 관계는 확실치 않다.

이프리트 흔히 '마신(魔神)'으로 불린다. 날개를 가지고 자신이 가진 힘을 과시하는 거대한 진니다.

마리드 가장 무서운 진니로 거대한 괴물이며 이프리트가 가진 힘의 40배를 가지고 있다. 그의 두 눈은 화로 같아서 그곳에서 불꽃이 떨어진다. 콧구멍은 동굴처럼 몹시 커서 보기가 흉하며, 잠잘 때는 마치 폭포가 흘러내리는 듯한 소리를 내며 코를 곤다. 시리아 민화에 따르면 마리드는 아주 강한 힘을 가지고 있으며, 검은빛이 나는 거대한 칼을 휘두른다고 한다.

그러나 이들에게도 각기 고유한 약점이 있다. 어떤 마리드는 두 눈 사이에 있는 세 가닥의 흰털을 뽑아버리면 죽고 만다. 또 어떤 마리드는 혼이 몸 안에 있지 않고 이 세상 끝 바다 밑 깊숙한 곳에 잠들어 있는 황금 상자 속에 있다. 마리드는 사슴 뒷다리에 매달려 있는 깨지기 쉬운 마법의 병 속에도 있다. 작은 상자나 병이 파손되지 않는 한 마리드는 불사(不死)하지만 만약 깨지면 혼이 달아나 쓰러져 죽고 만다.

대처법

진니는 확실히 무서운 존재지만 이것을 쫓는 것은 그리 어려운 일이 아니다. 진니를 사역하는 마법에 관한 이야기는 많은 민화를 통해 전해지고 있으며, 마법을 구사하지 않더라도 약간의 기지(機智)만 있으면 진니를 물리칠 수 있다. 이런 기지야말로 인간이 진니보다 뛰어난 점이라고 할 수 있다.

이 밖에도 진니는 소금, 쇠붙이, 강철, 빨간 하트, 타르, 시트론(청량음료), 화약, 향이 나는 식물, 자크로(천국에서 사는 나무) 등을 싫어한다. 또 이리와 새의 공격을 두려워하지만, 그 외에 다른 살아 있는 생물은 진니를 해치지 못한다고 한다.

물론 『코란』도 효과가 있다. 성질이 나쁜 진니는 『코란』을 낭송하는 소리를 들으면 도망치며, 『코란』을 보는 것만으로도 두려움을 느낀다. 그래서 중세 인도의 이슬람 사회에서는 새로 집을 지을 때 진니가 들어오지 못하게 하려고 『코란』의 사본을 비치하는 관습이 있었다.

일설에 따르면 진니는 신앙심이 깊은 사람에게는 접근하지 못한다고 한다. 『천일야화』에 등장하는 진니의 왕 중 하나인 '적색왕(赤色王)' 에 관한 다음과 같은 이야기가 전해지고 있다.

바그다드의 칼리프인 하룬 알 라시드에게는 진니의 왕인 우리도 전혀 손을 뻗칠 수 없다. 그 이유는 세 가지다. 우선 그 녀석은 인간이지만 우리보다 뛰어나다. 또 그 녀석은 신의 대리인이다. 마지막으로, 그 녀석은 날이 밝기 전에 신에게 두 차례 기도를 드리는데 결코 거르는 법이 없이 충실하게 지키고 있기 때문이다.

그래서 일곱 대륙에서 여러 부족의 마신들이 모여 그를 쓰러뜨리려 했지만, 그 녀석에게는 어떤 위해도 가할 수가 없었다. 비단 그 녀석이 아니라도 날이 밝기 전에 빠뜨리지 않고 기도를 드리는 인간이라면 우리는 결코 손댈 수 없다. 그런 신앙심은 절대적인 효력을 가지고 있기 때문이다.

하지만 이 이야기가 사실이 아니었던지, 아니면 날이 밝기 전에 기도를 드리는 사람이 많지 않았던지 진니로 인한 피해가 끊이지 않았다. 그래서 진니의 피해에 대처하는 전문가가 있을 정도였다. 그들은 진니를 불러내 잘못했다는 사과를 받아낸다고 한다.

자유자재로 변신했던 진니의 모습

진니의 모습은 시대에 따라 변해왔다. 19세기 이후 유럽의 회화를 보면 구름처럼 커다란 흑인 또는 아랍인의 모습이며, 대개는 반라(半裸)이다. 그러나 중세의 세밀화를 보면 오히려 일본의 고마이누(狛犬-신사 앞에 마주 보게 놓은 한 쌍의 사자 비슷한 짐승)와 비슷하다. 하지만 이 두 그림 중 어느 쪽이 맞는지는 알 수 없다. 진니는 자유자재로 변신하므로 우리 인간이 실제로 그 참모습을 보기는 힘들다.

진니와 인간

진니는 인간은 아니지만 이성(理性)은 물론 자기만의 의사도 가지고 있다. 그리고 최후의 심판 때에는 인간과 마찬가지로 신에게 불려나간다. 인간과 다른 점은 육체가 불로 되어 있으며, 강한 힘과 불가사의한 능력을 가지고 있다는 것이다.

진니는 인간에게 흥미를 가지고 있어서 사람들이 사는 마을로 찾아오기도 한다. 인간에게 여러 가지 짓궂은 장난을 치는 것도 어쩌면 친구가 되고 싶어서 하는 짓인지도 모른다.

이런 이야기 속에서 인간과 진니는 서로 연결되어 있다.

"마술 이야기를 듣는 사람의 가슴을 두근거리게 만드는 것은, 그런 이야기들이 두 세상 사이에 있는 문턱을 없앴기 때문이다. ……상인이 낙타에게 물을 주려고 우물에서 두레박을 길어올리자 남자처럼 보이는 젊은 자가 그것을 타고 나타날 때, 또는 아미르(지역 사령관이나 총독)가 황야에서 사냥을 하고 있는데 갑자기 머리카락이 황금처럼 빛나는 처녀가 나타날 때 당연히 '너는 인간이냐 아니면 진니냐?' 하고 묻게 된다."

"물이 흐려지기 전에 물병에 물을 담기 위해 남들보다 빨리 물가로 나가기로 친구와 약속한 한 처녀의 이야기는 실제로 있었던 일이라고 한다. 달이 환하게 비치고 있는 한밤중에 친구는 처녀를 깨웠다. 그래서 함께 밤길을 걸어가는데 처녀는 앞장서서 걸어가고 있는 친구의 발 밑에서 불꽃이 튀어오르는 것을 보았다. 그녀는 자신이 밤의 진니아(진니의 여성형)와 함께 있는 듯한 기분이 들었다고 한다."

진니와 인간의 결혼

이슬람 세계에서 전해 내려오는 많은 전설이나 민화 속에는 진니가 인간과 관계를 맺어 아이를 얻었다는 이야기도 있다. 또 진니와 인간의 연애담도 상당히 많다. 진니와 인간 사이에서 태어난 남자아이는 나중에 큰 인물이 되며, 여자아이는 아름답게 성장하는 것으로 나온다. "아이는 밤중에 자란다. 그러나 이 아이(진니의 아이)는 밤낮으로 자라나 순식간에 여자가 되어버린다"는 말이 마치 관용구처럼 나온다.

하지만 이런 결합은 인간에게 위험천만한 것이다. 인간 남편이 진니야의 기분을 상하게 하면 죽음을 당하거나 백치가 된다. 그리고 인간 아내 역시 진니의 비위를 맞추지 못하면 남편은 세상 저편으로 사라져버린다. 그래서 아내는 멀리 여행을 떠나고, 결국에는 진니의 왕을 만나 남편을 다시 데리고 오게 된다.

터키의 민화에 따르면, 이 왕은 상당히 성격이 좋아서 자신의 마음에 드는 손님이 찾아오면 양파와 마늘 껍질을 건네준다고 한다. 이것을 쓸모없는 물건이라고 버리지 않는 것이 좋다. 인간계로 돌아오면 양파는 황금으로, 마늘은 은으로 변하기 때문이다.

진니가 들러붙은 인간

진니는 인간에게 들러붙어서 정기를 빼앗는다. 진니가 들러붙은 인간을 '마주눈'이라고 부른다. 직역하면 '진니에게 홀린 자'이지만 흔히 '광인(狂人)'이라는 뜻으로 쓰인다. 진니 중에 나쁜 진니와 좋은 진니가 있는 것처럼 마주눈도 마찬가지다. 광인은 웅변을 잘하고 다방면으로 재능이 있어서 시인이나 가수, 무녀, 점술사, 설교사 등은 모두 진니에게 홀린 것으로 생각했다.

시인에게 들러붙은 진니는 특별히 '라이'라고 불렀다. 감각이 뛰어난 시인은 라이가 자신에게 들러붙는 것을 느낄 수 있으며, 자주 라이가 들러붙는 시인은 그 라이의 이름도 알고 있다고 한다.

이런 시인들은 가끔 사막에 가서 헤매기도 했다. 깊은 밤, 물이 말라버린 계곡에 나가 그곳에 떼지어 모여 있는 마물(魔物)들에게 영감을 받고, 시심을 머릿속에 가득 담아서 돌아왔던 것이다. 돌아온 시인이 비가(悲歌)를 읊조리면 사람들은 가슴을 부여잡으며 슬퍼했고, 남을 비판하는 시를 노래하면 그 당사자는 괴로워하며 쓰러졌다.

현재 마주눈이라는 말은 사랑에 미친 남성을 지칭하는 고유명사로 사용되는 경우도 있다.

이프리트

마 신 魔 神

진니 중에서 아주 거대하고 난폭한 존재를 이프리트라고 부른다. 흔히 마신이라고 부르기도 한다.

일반적으로 진니는 그 신체가 불로 이루어져 있지만, 이프리트는 연기다. 검으로 연기를 베더라도 상처에서 더 많은 연기와 증기가 맹렬하게 피어오른다. 이들은 땅 속에 살며, 폐허를 배회한다. 날개가 있어 하늘을 날 수도 있다. 얼굴은 추하고 무서우며, 힘은 엄청나게 강력하다.

이프리트의 능력

이프리트는 강한 힘을 가지고 있지만 변신 능력은 진니에 비해 떨어진다. 이야기 속에서 이프리트는 변신한 모습보다는 본래의 모습으로 등장하는 경우가 많다. 등에 날개가 달려 있는, 구름처럼 거대한 거인으로서 간혹 몸의 일부가 더 늘어나는 경우도 있다(팔이 많아진다거나 눈이 늘어난다).

이프리트는 진니와 달리 변신할 필요가 없는지도 모른다. 일설에 따르면, 아무리 예리한 무기라도 그것만으론 이프리트에게 상처를 입힐 수 없다고 한다. 이프리트에게 상처를 입히거나 죽이려는 의도가 있으면, 우선 마법을 걸어서 빈틈을 노리는 것이 좋다. 보통 무기나 평범한 방법으로는 이프리트를 해치는 것이 불가능하기 때문이다.

이프리트는 자주 화염을 내뿜는다. 사방으로 퍼지는 이 화염의 공격을 받으면 인간은 눈이 멀 뿐만 아니라 수염도 모두 타버리고, 가슴에 큰 충격을 받아 즉사하게 된다.

이런 능력을 가진 이프리트의 겉모습은 그야말로 무시무시하기 짝이 없다. 목소리는 천둥이 치는 듯하고, 얼굴은 보기만 해도 공포심을 불러일으킬 정도로 무섭다. 이프리트를 본 세 자매가 그 자리에서 기절했다는 옛날 이야기도 있다. 또 남자 중에서도 겁이 많은 사람은 그 자리에서 꼼짝도 할 수 없다고 한다.

이프리트의 성격

이프리트는 앞서 말한 것처럼 무서운 능력을 가지고 있으며, 감당할 수 없을 만큼 난폭하다. 그리고 이들은 거의 예외 없이 여성을 좋아하기 때문에 마음에 드는 처녀를 데리고 가서 온갖 악행을 저지른다. 또 바보 취급을 당하거나 어처구니없는 일을 당하면 그 한을 잊지 않고 반드시 친형제를 죽이는 피의 복수를 벌인다. 따라서 '악성(惡性) 진니'에 속한다고 할 수 있다. 그러나 샤이탄처럼 결코 근본이 사악한 것은 아니다.

『천일야화』에는 이프리트가, 아내에게 괴롭힘을 당하는 불쌍한 남편에게 자신의 힘을 빌려주는 이야기가 나온다. 그리고 이프리트와 이프리타(이프리트의 여성형)가 아주 추한 꼽추 남성과의 결혼을 강요받고 있는 처녀를 도와준다는 이야기도 있다.

사실 이프리트는 사악하다기보다는 지능이 떨어지는 거대한 진니다. 그 때문인지 마법사가 하인으로 부릴 수 있는 진니는 단연 이프리트가 많다. 단순한 이프리트는 간혹 마법사의 마법에 걸려 램프나 반지, 손거울 속에 붙잡혀 있으면서 하인 역할을 한다. 그래서 이들을 부릴 수 있는 마법은 대단히 귀중하다. 이렇게 하인이 된 이프리트는 덩치에 걸맞게 건축 기술이 뛰어나며, 그런 능력을 이용해 마법의 궁전을 지을 수 있다고 한다.

두 가지 일화

마지막으로 이프리트의 모습과 성격에 대해 알아보도록 하자. 이와 관련해 『천일야화』에 나오는 두 가지 일화를 소개해보겠다.

하나는 널리 알려져 있는 '병 속의 이프리트'다. 옛날에 어느 어부가 그물을 던지자 고기와 함께 작은 놋쇠 병이 올라왔다. 병에는 납으로 된 봉인이 있었는데, 그 위에는 진니를 부린다는 슬라이만(솔로몬 왕)의 인장이 찍혀 있었다. 어부가 이것을 열자 갑자기 무섭기 짝이 없는 이프리트가 나타났다. 그의 머리는 마치 큰 건물의 둥근 지붕 같았고, 양손에는 키를 숨기고 있었다. 그리고 양발은 돛대처럼 우람했고, 입은 동굴 같았으며, 이빨은 바위가 나란히 서 있는 듯했다. 또 콧구멍은 나팔 같은데다 두 눈은 램프를 켠 것과 비슷했으며, 몸에서는 분노를 담은 듯한 불길한 빛이 퍼져나왔다.

이 악성 진니는 오랜 옛날 슬라이만 왕에게 사로잡혀 병 속에 갇힌 채로 바다에 버려졌던 것이다. 진니는 봉인된 후 첫 100년 동안은 '나를 구해주는 자가 있다면 영원히 부자가 되게 해야지'라고 생각했다. 그 다음 100년은 '바다의 보물을 모두 줄 테야' 하고 마음먹었다. 또 그 다음 100년은 '원하는 것 세 가지를 들어주어야지' 하고 결심했다. 그러나 1,800년이라는 긴 세월이 지나자 '만약 나를 자유롭게 해주는 자가 있으면 누구든 죽여버릴 테다. 다만 죽이는 방법은 그놈이 원하는 대로 해주지' 하고 다짐했다. 마침내 그는 아무것도 모르는 어부 앞에 모습을 드러내게 되었던 것이다. 사실 이 일화는 이프리트가 가진 생각의 변화를 통해 인간의 심리를 보여주는 이야기라고 할 수 있다.

두 번째는 '황동성(黃銅城) 이야기'에 등장하는 이프리트다. 황동의 성을 찾아 누구의 발길도 닿지 않았던 거친 황야를 여행하는 왕 앞에 거대한 검은 철기둥이 나타났다. 그런데 그 속에는 허리까지 땅 속에 묻혀 있는 거인이 있

었다. 거대한 두 개의 날개와 네 개의 팔을 가지고 있었는데, 두 팔은 사람 팔 같았고 나머지 두 개는 사자의 앞발과 비슷했다. 머리에는 말갈기처럼 털이 나 있고 두 눈은 이글이글 타오르는 화롯불 같았으며 이마에는 제3의 눈이 큰 살쾡이의 눈을 연상시킬 만큼 불꽃을 내며 빛나고 있었다.

온통 검은색에 키가 아주 컸지만 쇠사슬에 꽁꽁 묶여서 "이처럼 엄청난 고통을 부활의 날에 이를 때까지 견뎌야 한단 말입니까? 주여! 칭송받으시는 주여!" 하고 외쳤다.

그 거인은 다히슈 이브눌 아마슈라는 이름을 가진 이프리트였다. 오랜 옛날, 바닷속에서 1백만에 이르는 진니를 이끌었던 '바다의 왕'이라는 별명을 가진 왕이 있었다. 다히슈는 그 궁전의 신상(神像)에 몰래 숨어들어가 신탁을 빙자해 왕을 마음대로 부리면서 결국에는 슬라이만(솔로몬) 왕과 싸우게 만들었다. 하지만 왕은 전쟁에서 패했고, 다히슈는 슬라이만에 의해 철기둥 속에 갇히고 말았다고 한다.

이상이 이프리트에 관해 널리 알려져 있는 두 가지 이야기다. 사실 이프리트는 대단히 무서운 존재지만, 한편으로는 신에게 공경을 바칠 줄 아는 종족이기도 했다.

굴

식 시 귀 食 屍 鬼

밤에는 많은 마물들이 세상 밖으로 모습을 드러낸다. 그 중에서 무서운 것은 인육(人肉)을 먹는 굴이다. 길게 풀어헤친 머리에 징그러울 정도로 많은 털이 온몸에 나 있다. 몸은 주름살투성이며, 이빨은 무섭도록 길고 예리하다. 또 당나귀 발굽과 놋쇠 이빨을 가지고 있다. 후각이 상당히 예민한데, 특히 인육 냄새를 잘 맡는다. 밤에 사막을 여행하는 사람들에게 갖가지 수작을 부려 길을 잃게 만든 후에 살며시 다가가서 잡아먹는다. 사막만이 아니라 묘지에도 자주 출몰해서 시체를 꺼내 먹기도 한다. 그래서 인간에게는 무엇보다 무서운 존재라고 할 수 있다. 아라비아의 어머니들은 장난치는 아이들에게 "그러면 굴이 온다"고 이야기해서 겁을 준다고 한다.

굴의 출몰

굴은 언제 어떤 장소에 출몰할까?

이들은 밤을 아주 좋아한다. 달이 있는 밤보다는 칠흑 같은 밤을 좋아하며, 특히 아라비아어에서 말하는 '가장 밤다운 밤'을 좋아한다. 태음력을 사용하는 아라비아에서는 달이 변하는 이때가 가장 어두워서 밤일을 하는 도둑들조차도 잘 움직이지 않는다고 한다. 이런 밤에 굴은 사막 곳곳을 배회한다. 그 밖에 묘지나 관목 숲, 갈대밭 등에도 자주 나타난다고 한다. 굴은 인간의 시체를 좋아하여 무덤을 파헤쳐서 사체를 꺼내 게걸스럽게 먹어치운다.

이슬람권에서는 사람이 죽으면 시체를 땅에 묻으며 결코 화장하지 않는다. 죽은 사람을 불에 태우는 것은 알라신이 지옥에 떨어뜨릴 죄인에게 주는 벌이기 때문에 결코 인간이 해서는 안 되는 행위다. 어찌 보면 굴은 이 관습을 악용하는 것이라고 할 수 있다.

그런데 굴은 시체 외에도 살아 있는 인간을 잡아먹는 것도 좋아하며, 동물의 고기를 먹는 경우도 있다. 생각해보면 거친 사막에서 인육만 먹고서는 살아갈 수가 없는 것이다.

아라비아 민화에는 서당의 선생으로 변신한 굴이 천장에 매달아놓은 말을 먹다가 아이들에게 들켜 정체가 탄로났다는 이야기가 있다.

굴의 수법

사막의 굴은 목표로 잡은 인간을 고양이가 쥐를 가지고 노는 것처럼 길을 잃게 한 후에 잡아먹는다. 이때 이들이 쓰는 수법은 크게 보호색, 변신, 불이다.

보호색 굴은 몸 색깔을 자유자재로 바꿀 수 있다. "굴이 색을 바꾸는 것처럼"이라는 관용구가 있을 정도다. 무하마드와 같은 시대에 활동했던 시인 아부 이븐 즈하이르는 이렇게 노래했다.

"굴이 색을 바꾸는 것처럼/변덕이 심한/그 사람!"

사실 굴의 이러한 변신 능력은 사냥을 위해 특별히 발달한 것으로 추측된다. 언덕의 그늘이나 숲에 숨어 있을 때 그 배경과 같은 색이 됨으로써 공격과 방어를 보다 용이하게 할 수 있기 때문이다.

변신 굴은 몸의 형태도 자유롭게 바꿀 수 있다. 대개 사막에서 살아가는 동물로 변신하는 경우가 많지만 때로는 미인으로 변신해서 여행자를 유혹하거나 아예 여행자로 변하기도 한다. 그래서 사막의 외딴 곳으로 여행자를 끌고 가서 잡아먹는다. 그러나 일설에는 아무리 다른 모습으로 변신하더라도 당나귀 발굽만큼은 변하지 않는다고 하며, 그 발자국을 보면 굴이라는 것을 알 수 있다고 한다.

불 가장 악질적인 수법으로, 약간 높은 언덕 위에서 불을 피워서 사람을 유혹한다. 어두운 사막에서 환한 불을 보면 여행자들의 마음은 들뜨게 마련이다. 또 긴장감을 누그러뜨리기도 한다. 하지만 계략이라는 것을 눈치챘을 때는 이미 굴의 손아귀에서 벗어날 수 없는 상태가 되어 절망에 빠지고 만다.

수컷과 암컷

굴은 수컷과 암컷이 있다. 수컷 굴은 굴, 아칸카우, 쿠툴브 등으로 불리며, 암컷 굴은 구라, 시아라 등으로 불린다. 민화에서 수컷과 암컷이 부부로 등장하는 경우는 거의 없다. 수컷은 대개 혼자서 살아간다. 암컷은 혼자이긴 하지만 많은 아이가 있는 경우도 있다.

암컷은 수컷보다 더 성질이 나쁘다. 간혹 아름다운 여성으로 변신해서(무서운 마법의 힘으로) 눈에 띄는 여행자를 붙잡아 춤을 추게 하거나 한껏 괴롭힌 후에 잡아먹는다. 상대에게 "어디부터 먹어줄까?" 하고 묻고는 말한 곳부터 먹는다. 그렇게 해서 마지막에는 모두 먹어치운다고 한다.

이렇듯 흉악한 존재지만 자식에 대한 애정만큼은 각별하다. 민화에 나오는 암컷 굴은 기다란 유방에 자식들을 매달고 있으며, 맷돌을 돌려 자식들이 먹을 빵을 만들어낸다. 잔인한 굴도 어릴 때에는 그렇게 젖과 빵을 먹으며 자라났을 것이다.

굴의 탄생

굴은 어떻게 해서 이 세상에 태어나게 되었을까. 일설에 따르면, 샤이탄들

은 별〔星〕세계에 올라가 천국의 이야기를 엿들으려 했다고 한다. 그러나 천사들이 이 사실을 알고 유성 화살을 쏴서 그들을 쫓아버렸다. 이로 인해 많은 샤이탄들은 불에 타죽었지만 몇몇은 죽지 않고 지상에 떨어졌다. 이때 물에 떨어진 것이 악어, 땅에 떨어진 것이 굴이 되었다고 한다.

또 다른 설에 의하면, 수컷 샤이탄이 '불에서 만들어진 여성'에게 임신을 시켰는데, 그 후 새알 같은 것을 낳았다고 한다. 바로 여기서 굴이 태어났다는 것이다.

그러나 암컷 굴과 수컷 굴이 있는 이상 둘의 교합을 통해 자식을 낳을 수도 있다. 모로코의 민화 중에는 수컷 굴이 인간 여성과 교합해서 자식을 낳았다는 이야기도 있다. 그런데 이 자식은 온전한 형태로 태어나는 것이 아니라 알에서 태어난다고 한다. 교합 후 어느 정도 형태를 갖추어가는 단계에서 반투명한 알에 들어가며, 최종적으로는 알에서 태어난다는 것이다.

두 가지 일화

굴에 관한 유명한 두 가지 일화가 있다.

하나는 이슬람 이전의 전설적인 도둑인 타아바타 샤란에 관한 것이다. 그는 도적단의 일원이었지만 뛰어난 시인이기도 했다. 그는 "나는 굴을 만났지만 베어버렸다"고 자랑하면서 다음과 같은 시를 남겼다.

사막 어딘가 라하비탄에서 있었던 일인가. 어떻게 말해야 할까.
끝없는 사막 저편에서 수컷 굴이 달려오고 있었지.
나는 이렇게 말했다네.
'몹시 피곤하구나. 그리고 형제여, 우리는 아무런 관계도 없잖은가.'
하지만 (굴은) 내게 달려들었지.
나도 그에 맞서 예멘의 명검을 휘둘렀다네.
양손과 머리를 다치고도 도망치지 않더군. 피곤하진 않았지만 '잠시 쉬는 게 어떻겠느냐'고 말했지.
그때부터 다시 싸우기 시작해 아침이 되어서야 그의 모습을 볼 수 있었네.
고양이 같은 머리, 추한 얼굴에 두 눈만 빛나고, 갈라진 혀는 날름날름
다리는 덜 발달되었고, 불에 그을린 개처럼 볼품없는 몸매
옷은 찢어져 외투인지 가죽인지 잘 알 수 없었네.

이 시는 오랜 옛날에 굴이 실재했었다는 증거로 많이 인용되고 있다. 물론 반대하는 사람들은 시인의 헛소리에 불과하다고 이야기한다.

그리고 또 하나의 이야기는 제2대 칼리프인 우마르에 관한 것이다. 우마르

는 강력한 힘과 뛰어난 용기를 가진 인물이었다. 처음에 그는 자발적으로 이슬람교를 박해했지만, 후에 개종해서 칼리프가 되었다. 그는 이슬람교로 개종하기 전에 시리아를 여행한 적이 있었는데, 그때 굴을 만나서 검으로 찔러 죽였다는 것이다.

이 이야기는 칼리프의 일대기에서 나온 것이어서 '시인의 헛소리'와는 그 격이 달랐다. 그래서 굴의 실재를 믿지 않는 사람들을 상당히 곤혹스럽게 만들었다. 그 때문에 어떤 사람은 "칼리프가 말한 굴은 어떤 것의 상징"이라고 말하기도 하고, 또 어떤 사람은 "기형적인 동물을 이야기한 것"이라고 주장했다.

그러나 대부분의 사람들은 상징이나 기형 같은 어려운 이야기보다 '굴은 단지 굴'이라는 의견을 가지고 있다. 굴은 굴일 뿐 다른 게 아니라는 말이다. 이 세상에 존재하는 넓디넓은 사막에는 많은 굴들이 숨어서 야밤에 여행하는 사람들을 노리고 있다고 한다.

대처법

우리 인간은 어떻게 해야 이 무서운 굴로부터 몸을 지킬 수 있을까?

우선 무턱대고 무서워해서는 안 된다. 앞서 언급한 대로 세상에는 굴의 존재를 부정하는 사람도 있다. 전승에 따르면 예언자 무하마드도 "여러 모습으로 변한다는 굴은 존재하지 않는다"고 이야기했다고 한다.

하지만 이 말을 문자 그대로 받아들이지 않고 "예언자는 굴의 존재 자체를 부정한 것이 아니라 굴의 변신 능력을 부정한 것"이라는 설도 있다. 그리고 다른 전승에서는 무하마드가 "굴의 악행에서 피하려면 아잔을 반복해서 외우는 것이 좋다"고 말했다고 한다.

아잔은 예배 시간을 알리는 소리를 말한다. 유대교에서는 예배 시간을 알릴 때 나팔을 불고, 불교나 기독교에서는 종을 치지만 이슬람교에서는 육성을 사용한다.

"알라는 위대하며, 알라 외에 다른 신은 없다. 무하마드는 알라의 사도로다. 이제 예배에 참석해 구원의 길로 나아가자. 알라는 위대하며, 알라 외에 다른 신은 없다."

수니파의 경우에는 아잔을 이런 식으로 한다.

굴을 물리치는 방법은 아잔만이 아니다. 이슬람 세계 어디서나 마물은 쇠붙이를 싫어하는 것으로 알려져 있는데, 굴도 예외일 수 없다. 실제로 칼을 몸에 차는 것 외에 "오오, 쇠붙이여!", "오오, 쇠붙이여, 검은 것이여!" 라고 외치면 효과가 있다. 또 "알라신은 위대하도다!", "무서운 악마의 해(害)보다 알라신의 가호를 구하나이다" 하고 말하는 것도 효과가 있다. 이 밖에 "당나귀 발굽이여, 소리 높여 울부짖어라! 우리는 사막의 이 길을 떠난다" 하고 외치면 굴은 부끄러워서 계곡 밑이나 산꼭대기로 도망친다고 한다.

그러나 만약 굴 중에서 알라신의 이름이나 검은 쇠붙이도 무서워하지 않는 강자가 있다면? 이때는 검술 실력이 있다면 검을 휘두르며 싸우는 것이 좋다. 그런데 반드시 일격에 숨통을 끊어놓지 않으면 안 된다. 제2격은 굴에게 상처를 입히는 것처럼 보이지만 오히려 힘을 주기 때문이다. 겁이 많은 사람은 자신의 일격을 믿지 못하고 두려운 마음이 앞서 계속 검을 휘두른다. 치명상을 입은 굴은 죽기 전에 제2격을 받으면 숨이 되살아난다. 굴은 그것을 알고 있기 때문에 큰 타격을 받은 것처럼 "어서 다시 일격을" 하고 외친다. 이런 음모를 눈치채지 못하고 검을 휘둘러서는 안 된다.

그리고 설사 굴을 죽였다 해도 그것으로 끝내서는 안 된다. 모로코 민화에 따르면 굴을 죽이고 불에 태워 그림자조차 없애버려도 손톱이 남는 경우가 있다고 한다. 만약 손톱이 조금이라도 남아 있으면 몰래 집 귀퉁이에 숨어든 후에 미워하는 상대의 빈틈을 향해 날아든다는 것이다. 그래서 그 손톱으로

일격 신앙

굴은 일격으로 죽지 않으면 제2, 제3 타격으로 인해 그 힘이 되살 아난다. 이는 굴만의 이야기가 아니다. 터키 민화에서는 용이 이와 같은 능력을 가지고 있다고 한다. 그리고 이란의 서사시 『왕서』* 의 영웅 사므는 용을 일격에 쓰러뜨렸기 때문에 '일격의 사므'라 고 불렸다고 한다.

그러면 어떻게 이런 기괴한 일이 생길 수 있을까. 다음은 다소 억 측이긴 하지만 그 불가사의한 힘에 대해 생각해본 것이다.

무덥거나 습한 지역에서는 무거울 뿐만 아니라 착용이 불편한 갑 옷이 발달하지 않았다. 갑옷을 입지 않은 상황이라면 검이나 창은 일격만으로도 큰 피해를 준다. 따라서 병사들은 당연히 일격필살 이라는 공격법을 생각했을 것이다. 이로 인해 중동의 민화 속에 이 런 일격 신앙이 생겨났을 것으로 추측된다.

어떤 한 나라의 갑옷 발달 상황과 민화 속에 등장하는 괴물의 특성 을 비교해보면 재미있는 상관관계를 밝힐 수 있지 않을까.

인해 약간의 상처만 입어도 목숨을 잃어버린다고 한다.

때문에 검의 힘보다 지혜에 의지하는 편이 더 낫다. 민화의 세계에서는 굴 에게도 나름의 법칙이 있다. 굴을 요령 있게 다루는 방법은 공손하게 인사하 는 것이다. 그러면 굴은 놀랄 만큼 친절해진다고 한다.

굴을 앞에 두고 "옥체는 평안하신지요" 하고 말하면 "네가 인사를 하지 않 았다면 네 육신을 뜯어먹고 뼈를 이쑤시개로 사용했을 것"이라고 대답하면 서 위해(危害)를 가하지 않는다. 또 유향수(乳香樹)의 기름(유향)으로 털을 부

---

* 『왕서』 : 『샤나메』라고 한다. 이란(페르시아)의 전설에 등장하는 왕들의 서사시. 이란 최대 의 시인인 페르도우시(934?~1030?)가 무려 30년 이상 기록했다고 한다.

드럽게 손질해주는 것도 좋은 방법이다.

암컷 굴에게는 자식처럼 행세함으로써 위해를 피할 수도 있다. 굴이 편히 앉아서 뭔가를 바쁘게 할 때는 가슴에 달려 있는 유방이 거추장스럽다며 등 뒤로 넘겨버리는데, 이때 슬며시 다가가서 젖을 빨면 마치 자식처럼 여겨서 굴 자신은 물론이고 그 자식들도 위해를 끼치지 않는다.[*]

또 굴과 서약을 맺는 것도 한 가지 방법이 될 수 있다. 당신이 의지할 데 없는 고아로서 길을 헤매다가 굴의 집에 들어갈 수 있다. 물론 굴은 당신을 잡아먹으려고 이리저리 살펴볼 것이다. 하지만 그렇게 살펴보고 자신들에게 위해를 가하지 않는다는 사실을 알고 "아무 짓도 하지 않았으니 여기서 나가라"라고 하면 이제 더 이상 굴을 두려워하지 않아도 된다. 그래서 밖으로 나가면 굴은 아무런 짓도 하지 않고 오히려 당신을 융숭하게 대접하며 받아들이게 된다. 그렇게 몇 년이 지나면 굴의 집에 있는 창이나 우물이 술탄의 궁전이나 불가사의한 나라와 통하고 있다는 사실을 알게 될지도 모른다. 사실 많은 이야기들은 바로 거기서부터 시작된다.

---

[*] 이슬람 세계에서는 젖먹이 때의 형제 관계를 대단히 소중히 여긴다. 한자 문화권에서 말하는 의형제와 비슷하다. 무하마드와 알리도 나이는 달랐지만 마치 친형제와 비슷한 관계였다.

마라이카
천 사 天 使

천사는 신의 충실한 종이다. 모습은 인간과 비슷하며, 등에 날개가 달려 있다. 『코란』의 '천사' 장에는 "칭송받으시는 알라신, 천지의 창조주, 천사들을 사자(使者)로 부리신다. 그 날개는 두세 개 또는 네 개이며, 그 수는 창조주이신 알라의 뜻대로"라고 되어 있다.

그러나 대부분의 천사는 날개가 두 개이며, 간혹 세 개나 네 개인 경우도 있다. 유럽에서 천사를 묘사한 그림을 보면 대부분 흰색이지만, 이슬람 쪽 천사의 날개 색깔은 다채롭고 구름이나 화염을 밟고 있기도 하다.

천사는 남녀의 구별이 있지만 남자 천사도 대부분 수염은 없다. 그리고 둘의 교합으로 자식을 낳는 경우도 없다. 그 대신 수명이 대단히 긴데, 그렇다고 불사는 아니다. 불사는 신의 허락을 받을 때만 가능하다.

천사의 직무

천사들에게는 세 가지 역할이 주어져 있다. 즉, 사자와 기록자, 전사다.

사자 천사들은 신의 사자(使者)이며, 예언자나 마음이 바른 신도에게 신의 말씀을 전한다. 무하마드도 대천사 지브릴(가브리엘)을 통해 계시를 받았다.

기록자 천사들은 인류의 수호자로서 모든 인간의 행위를 빠짐없이 내려다보며 하늘의 장부에 기록한다. 최후의 심판날에는 이 장부의 기록을 바탕으로 천국행 또는 지옥행이 결정된다.

전사 천사들은 하늘의 궁전을 지키는 전사이기도 하다. 진니와 샤이탄이 하늘로 올라와 천상의 회의를 엿들으려고 할 때 유성 화살을 쏘아서 물리친 것도 바로 이들이었다. 천사들은 신의 명령을 받아서 지상의 일에 개입하기도 한다. 무하마드 군대가 메카의 이교도들과 싸울 때 수많은 신도들은 천사들이 자신들과 함께 싸우는 모습을 보았다고 한다. 또 어떤 사람은 천사의 모습이 보이지는 않았지만, 자신의 검이 날아가 적의 목을 베는 모습도 목격했다고 한다.

천사는 인간과 비교도 할 수 없을 만큼 강력한 힘을 가지고 있다. 하지만 이슬람교의 교리에 따르면 때로는 인간이 천사보다 더 위대한 존재가 될 수 있다고 한다. 즉, 천사가 선을 행하는 것은 지극히 당연한 것이지만, 악의 유혹을 받는 인간이 선을 행할 때 그는 천사보다 더 위대하게 될 수 있다는 것이다.

천사 열전

천사들 중에 유명한 천사들을 알아보도록 하자.

지브릴 기독교의 대천사 가브리엘. '성실한 영(靈)', '성령(聖靈)', '우리의 영(靈)'이라고 불리기도 한다. 신이 지상에 무언가를 알릴 때 최초로 파견하는 천사다. 마르얌(마리아)에게 수태를 알린 것도, 무하마드에게 최초의 계시를 전해준 것도 그였다.

전하는 바에 따르면, 어느 날 무하마드가 바위산에 있는 동굴에서 명상에 잠기자 어딘가에서 한 사람의 그림자가 나타났다고 한다. 바로 지브릴이었다. 그는 커다란 자루를 들고 있었는데, 그 속에는 책 같은 것이 들어 있었다.

지브릴은 "읽어라" 하고 말했다.

무하마드는 세 번이나 "무엇을 읽으란 말입니까?"라고 물었지만 천사는 그때마다 자루로 그를 누르려고 해서 무하마드는 '이제 죽었구나' 하고 생각했다. 어쨌든 읽지 않으면 죽겠다는 생각이 들어 상대의 낭송을 그대로 따라 했다.

"……창조주이신 주의 존귀하신 이름이 있도다. 대단히 작은 응혈(凝血)에서 인간을 창조하시고……."

그것은 신이 무하마드에게 내린 계시였다(이러한 신의 계시를 묶은 것이 바로 『코란』이다). 이런 일이 있은 후 동굴에서 나오자 저 멀리에서 양발을 벌린 채로 대지를 딛고 서 있는 거대한 그림자가 나타났다. 그림자는 이렇게 말했다.

"무하마드여! 너는 신의 사도가 되었도다. 그리고 나는 지브릴이다."

무하마드가 눈을 돌려 사방을 둘러보자 모든 곳에 지브릴이 버티고 서 있었다. 그래서 혹시 환상이 아닌가 하고 생각하는 순간 천사의 모습은 사라져버렸다.

미칼 기독교의 미카엘. 지브릴과 동격의 대천사다. 지브릴과 함께 수없이 무하마드 앞에 모습을 드러내 그를 지도했다고 한다. 성격은 상당히 엄격했으며, 지옥이 창조될 때 큰 충격을 받아 그때 이후로 웃지 않았다고 한다.

이스라필 최후의 심판날에 부활의 나팔을 부는 천사. 네 개의 날개를 가지고 있으며, 머리는 7층 하늘의 제7층에, 발은 7층 대지의 제7층에 걸쳐 있다. 즉, 이스라필의 몸은 천지만큼이나 크다는 뜻인데, 때로는 몸의 크기를 줄여서 지상으로 내려올 때도 있다. 뒤에 나오는 아즈라일과 함께 천사 중에서 가장 핵심적인 역할을 맡고 있는 존재이며, 지브릴이나 미칼이 임무 수행에 실패하면 그때 출진(出陣)한다.

옛날 소돔 사람들은 지나치게 사치를 부렸을 뿐만 아니라 동성애에 탐닉하기

도 했다. 그래서 우선 지브릴이 경고를 했으나 사람들은 이를 귀담아듣지 않았다. 그 다음에 미칼이 파견되었지만 그 역시 임무를 완수하지 못했다. 신은 심판의 나팔을 불 이스라필을 내려보냈다. 그러나 그것조차도 무시해버렸다. 이때 사람들의 운명이 정해졌다.

운명의 날, 여명의 빛과 함께 이스라필은 일단의 천사들을 이끌고 다시 소돔에 나타났다. 천사들은 지진을 일으켜 도시를 파괴하고, 불에 탄 점토 조각을 사람들에게 집어던졌다. 조각 하나하나는 그것에 맞아죽을 사람의 이름이 새겨진 것으로, 실제로 그렇게 되었다고 한다.

아즈라일 기독교의 아즈라엘. 죽음의 천사라고 불린다. '아즈라일의 날개 소리를 듣는다' 는 말은 '죽음이 가까이 다가왔다' 는 의미다.

이 천사의 본래 모습은 상당히 기괴하다. 일설에 따르면 네 개의 얼굴과 4천 개의 날개를 가지고 있다고 한다. 또 다른 설에는 전신에 무수한 눈과 혀가 있으며, 그 수는 이 세상에 살아 있는 인간의 수와 같다고 한다.

그런 아즈라일이 본래의 모습으로 지상에 나타나는 경우는 없다. 하지만 다른 모습으로 지상에 자주 나타난다. 어쩌면 지상에 가장 자주 모습을 드러내는 천사라고 할 수 있다. 왜냐하면 그는 죽음의 천사로서 모든 인간에게 죽음을 가져다주는 사자이기 때문이다.

『천일야화』에는 그가 등장하는 이야기가 세 편 있다. 이야기 속에서 그는 늙은 노인의 모습으로 여러 사람에게 접근해 "너는 죽을 때가 되었다" 고 속삭인 후에 그 혼을 데리고 간다. 그는 왕의 거처에도 가지만 가난한 은자(隱者)의 집에도 간다. 왕은 처음에 노인 모습의 천사를 알아채지 못하다가 마침내 본성을 알고 목숨을 구걸하지만, 아즈라일은 조금도 동요하지 않고 혼을 거두어간다. 가난한 은자는 최후의 예배를 드리고 하늘의 뜻에 따라 죽음을 맞이한다.

실제로 죽음의 천사 아즈라일은 아무도 거역할 수 없다. 그러나 고대의 예언자 모세만은 죽음의 천사를 보고 "나는 아직 죽을 때가 되지 않았다"고 말하며 그의 얼굴을 때리고 한쪽 눈을 날카롭게 찔렀다. 그래서 신은 한쪽 눈을 볼 수 없게 된 아즈라일에게 새로운 눈을 주었다. 모세는 그 후 새로운 젊은 예언자가 나타난 후에 죽음을 맞이했다고 한다.

전설에 따르면, 인간에게 죽음을 주는 아즈라일은 인간에게 생명을 준 천사라고도 한다. 즉, 신은 인간을 만들 때 천사 지브릴에게 "대지에서 흙을 한 덩어리 가지고 오라"고 명령했다. 그러나 대지는 그것을 건네주지 않았다. 다음에 미칼이 파견되었지만 그 역시 임무를 완수하지 못했다. 그래서 마침내 죽음의 사자인 아즈라일이 파견되어 흑·적·백색의 흙을 가지고 돌아왔다. 신은 이 흙으로 흑인과 적인(赤人, 황인종?), 백인 등 세 종류의 인간을 만들어냈다고 한다.

자바니야 유대교나 기독교에서는 지옥에 떨어진 죄인은 악마로부터 견딜 수 없는 갖가지 고통을 당하는 것으로 되어 있다. 반면 이슬람교에서는 지옥의 죄업을 다스리는 것은 악마가 아니라 천사다. 무하마드는 『코란』에서 어떤 이교도를 꾸짖으면서 그가 지옥에 떨어져 겪게 될 고통에 대해 이렇게 묘사하고 있다.

"좋다. 저 남자는 지옥의 업화(業火, 지옥의 맹렬한 불길)로 불태워질 것이다. ……하나도 남김없이. 하나도 남김없이 모조리 불타 없어질 것이다. 피부가 조금씩 불타 들어가도록 열아홉 천사가 그 일을 할 것이다."

죄인에게 불의 고통을 주는 이 19명의 천사를 자바니야라고 한다. 자바니야는 직역하면 '격렬하게 꿰뚫는 것'이라는 의미이며, '거칠고 난폭한 것'이라고 불리기도 한다.

자바니야는 우리가 흔히 생각하는 고결한 이미지를 가진 천사는 아니라고 할 수 있다.

말리크 지옥의 관리자. 무서운 자바니야들도 그의 관리하에 있다. 지옥의 불을 관리하는 자이기도 하다. 신이 명을 내리면 그에 대한 응답으로 한 종류의 불을 꺼낸다. 그가 사용하는 불은 일단 지상으로 나가면 검은 구름이 되어 특정한 지역에 엄청난 불의 비를 내린다.

무캇라분 직역하면 '가까이 있는 것'이라는 의미다. 알라신의 시종을 맡고 있는 천사로서 밤낮으로 쉬지 않고 신을 보좌한다. 이슬람에서는 기독교에서 신의 아들로 숭배되는 예수를 무캇라분이라 부르기도 한다. 그는 절반 정도는 천사에 가까운 존재이며, 다른 천사들과 함께 알라의 옆에서 시종을 들고 있다고 한다.

문카르와 나키르 죽은 자를 재판하는 천사. 장례식을 치른 이튿날 저녁, 이들은 무덤 속에 있는 죽은 자를 방문한다. 죽은 자의 영혼을 조사해서 만약 비신자면 무덤을 일시적으로 지옥으로 변하게 하며, 신자면 일시적으로 연옥으로 바꾼다. 죽은 자는 그 연옥 속에서 심판의 날까지 고행을 쌓은 후에 비로소 천국으로 불려 올라가게 된다. 죽은 자가 성자라면 무덤은 일시적인 천국으로 바뀐다. 이러한 것을 이슬람에서는 '문카르와 나키르의 심문', '무덤의 벌' 등으로 부른다.
하지만 이런 이야기는 후세에 만들어진 것으로 『코란』에는 한 번도 나오지 않는다.

무밧시르와 바시르 시아파의 주장에 따르면 문카르와 나키르가 맡은 일은 무덤 속에서 죄를 따져 묻는 것뿐이라고 한다. 무덤 속의 성자를 방문해서 위로하는 것은 무밧시르와 바시르의 역할이라는 것이다.

이블리스 샤이탄(악마)의 왕. 신을 배반했기 때문에 천국에서 추방되었으며, 기독교의 루시퍼에 해당한다.

하루트와 마루트 타락천사. 미녀의 유혹에 넘어가서 타락한 후에 인간에게 요술을 가르쳤다.

샤이탄과 타락천사

유대교와 기독교에는 악마라는 개념이 있다. 신의 뜻을 배반하고, 전염병을 퍼뜨리며 인간들에게 악을 불어넣는 존재다. 그런 악마의 우두머리를 '사탄' 이라고 한다.

이슬람교에도 악마가 있다. 아라비아어로는 '샤이탄' 이라고 한다. 이들은 유대교와 기독교의 악마와 마찬가지로 신을 배반하고 전염병을 퍼뜨리며 인간들에게 악을 불어넣는다. 그 우두머리가 이블리스다.

역사

유대교와 기독교에서 말하는 악마의 개념은 이슬람교에도 그대로 적용된다. 무하마드는 아라비아인이었기 때문에 악마의 모델을 아라비아의 신들과 악성 진니들에게서 구했다. 즉, 아라비아 다신교의 신들과 악성 진니를 샤이탄이라 불렀던 것이다.

10세기의 역사가 타바리*는 "샤이탄은 이도교가 신에게 등을 돌린 후에 믿게 된 존재(이교 시대의 신들)다" 라고 말했다. 이교 시대의 신 중에 크자이라는 천둥신이 있었는데, 이 신의 활(무지개)은 이후에 '샤이탄의 활' 이라 불리게 되었다. 그리고 해가 뜰 때 일어나는 현상 중에는 '샤이탄 현상' 이라는 것이

---

* 타바리(839~923) : 역사가이자『코란』연구가. 이슬람 세계 최초의 연대기인『예언자들과 왕들의 역사』를 지었다. 이 책은 저자 자신의 생각을 배제하고 모든 전승의 출전을 명확하게 밝힘으로써 사료적으로 높은 평가를 받고 있다.

있다(이것이 구체적으로 무엇을 가리키는지는 알 수 없다). 샤이탄이 그림자와 해의 경계, 낮과 밤의 경계에 살면서 배설물과 모든 쓰레기를 먹는다는 이야기는 악성 진니와 관련된 전설 속에 등장한다. 이처럼 진니와 악마는 혼동되었고, 악성 진니의 위계 속에 샤이탄이라는 이름이 나타나게 되었다. 지금까지도 그런 혼란은 계속되고 있으며, 여전히 진니와 샤이탄의 관계는 불분명하다.

특징

샤이탄은 그 실체를 거의 드러내지 않는데, 극히 드물게는 마음을 사로잡을 만큼 준수한 용모를 지닌 것도 있다고 한다. 어느 나라에나 존재하지만 인도와 시리아의 샤이탄은 특별히 강력한 힘을 가지고 있다.

수컷과 암컷이 있으며, 인간과 마찬가지로 모두 이름을 가지고 있다. 얼굴은 대단히 무섭게 생겼고, 손과 발은 구부러져 있다. 그러나 인간과 꼭 닮은 모습으로 변신할 수 있는 능력이 있으며, 전염병을 무기로 사용한다.

샤이탄은 신의 이름 외에 새벽을 알리는 수탉을 특히 두려워한다. 일설에는 라마단(금식월) 기간에는 전혀 움직이지 않는다고 한다.

후세의 민간 신앙에 따르면 인간에게는 각기 한 마리의 샤이탄이 붙어 있어 나쁜 짓을 하도록 부추긴다고 한다. 당연히 성자(聖者)에게도 그에 해당하는 샤이탄이 있다. 인간과 그 샤이탄은 실과 바늘 같다고 할 수 있을 만큼 가깝기 때문에 도저히 떨어질 수 없는 관계다. 하지만 다행스럽게도 샤이탄에게는 인간을 자유자재로 부릴 수 있는 힘이 없다. 단지 홀릴 수만 있기 때문에 그 유혹에만 넘어가지 않으면 된다. 그리고 인간에게는 각기 수호천사가 있어서 올바른 생각을 갖게 해준다고 한다.

악마와 타락천사 열전

이름이 널리 알려져 있는 악마와 타락천사를 알아보자.

이블리스 악마의 왕. 유대교와 기독교의 사탄(=루시퍼)에 해당하는 존재. 알 샤이탄이라고 부르기도 한다. 이블리스라는 이름은 그리스어 디아볼로스(악마)에서 나온 것으로 추정된다(이설도 있다). 원래는 신을 위해 일했지만 인간을 창조할 때 배반했다고 하는데, 그 경위는 다음과 같다.

『코란』에 따르면 신은 아담을 만들 때 천사들에게 "아담에게 엎드려 절하라"고 명령했다고 한다. 천사들은 모두 신의 뜻에 따랐지만 이블리스만은 그렇게 하지 않았다. 그래서 신이 물었다.
"왜 너는 절을 하지 않느냐?"
"검은 흙을 빚어서 만든 인간에게 저는 결코 절할 수 없습니다."
"그러면 여기서 나가거라. 진실로 저주를 받을지어다."

이렇게 해서 이블리스는 벌을 받게 되었지만 신에게 유예해줄 것을 간청했다. 신이 그의 청을 들어주자 그는 한 가지 무서운 결심을 했다.
"최후의 심판 때 지옥의 업화 속에서 (잘못을 저지른) 대가를 치르겠지만* 그때까지는 지상의 인간들을 홀리고 나쁜 길로 인도할 것이다."
그는 곧바로 자신의 결심을 행동으로 옮겼다. 에덴 동산에 들어가 아담과 그의 아내를 유혹하려 했던 것이다. 그러나 자신은 신에게 추방된 신분이어서

---

* 이는 기독교와는 그 내용이 다르다. 이슬람교에서 이블리스는 지옥의 왕이 아니다. 천사 말리크가 지옥의 관리자다. 지옥의 고통을 주는 것도 악마가 아니라 자바니야라는 천사다.

경호가 철저한 에덴 동산에 쉽게 들어갈 수 없었다. 어떻게 할까 궁리한 끝에 뱀에게 지혜를 빌리기로 했다. 그때까지만 해도 뱀은 낙타와 비슷한 발과, 모든 동물 중에서 가장 아름다운 모습을 하고 있었다. 그는 악마의 부탁을 듣고, 이블리스를 입 속에 숨겨서 동산으로 들어갔다.

이블리스는 아담과 그의 아내를 유혹해서 신이 금한 지혜의 열매를 따먹게 했다. 이 때문에 아담과 그의 아내는 에덴 동산에서 쫓겨나고 말았다. 그 후 뱀은 신에게 벌을 받아 다리가 없어졌다.

일설에 따르면 그 후 이블리스는 누프(노아)의 대홍수 때 죽을 뻔한 위기를 맞았지만 누프가 목숨을 구해주었다고 한다. 대홍수가 일어나 '하늘의 큰솥이 끓어오를 때' 누프는 방주(方舟)에 모든 동물을 한 쌍씩 실었다. 하지만 마지막으로 남은 수컷 당나귀만큼은 배에 타려고 하지 않았다. 실은 이블리스가 당나귀의 꼬리에 단단히 매달려서 놓아주지 않았던 것이다. 그래서 누프는 무심코 당나귀에게 "어서 타거라, 이 악마야" 하고 말해버렸다. 당나귀가 방주에 올라타자 그 꼬리를 잡고 있던 이블리스도 함께 올라탔다. 방주 속에서 이블리스를 본 누프는 깜짝 놀라면서 "누가 너를 태웠느냐?"고 물었다. 그러자 악마는 "바로 당신"이라고 웃으면서 대답했다.

이렇게 목숨을 부지한 후에 이블리스는 "인간에게 상당히 많은 특권을 주었다"며 신에 대해 불평을 늘어놓았다. 그래서 신은 악마에게도 그에 상응하는 여러 가지 힘을 주었다고 한다. 즉, 오래된 점술사가 예언자, 문신이 경전, 허위가 전승, 시(詩)가 『코란』 독창(讀唱=소리내어 읽는 것), 악기가 무아진(아잔을 하는 사람), 시장이 모스크, 욕탕이 집이라고 한다. 또 신의 이름을 부르지 않고 죽은 동물의 고기가 먹거리이며, 물이 아닌 술이 마실 것이라고 한다.

그때부터 지금까지 이블리스나 악마는 인간을 유혹해서 끊임없이 사람의 마음속에 사악한 기운을 불어넣고 있다.

하여간 이런 능력을 가진 이블리스는 그 출신 계통이 분명치 않다. 『코란』에서 그를 천사라 부르기도 하지만 때로는 진니라 부르는 경우도 있다.

"천사들은 빠짐없이 일제히 엎드려 절을 했지만 어찌 된 셈인지 이블리스만은 함께 절을 하지 않았다."(『코란』 제15장 31~32절)

"그는 원래 요령(妖靈=진니)의 일족으로서 주의 말씀을 따르지 않고 배반했던 것이다."(18장 50절)

이블리스는 천사인가 아니면 진니인가? 이에 관해 여러 설이 제기되었고, 신학 논쟁의 좋은 주제가 되었다. 그 후 두 가지 설을 통합한 가설이 나왔다. 그 내용은 다음과 같다.

대지를 만든 후에 신은 우선 연기가 나는 화염에서 진니를 만들었다. 신은 진니들이 동물을 해치거나 서로 싸우는 것을 금지했지만, 그들은 신의 명령을 무시하고 큰 동물을 해치고, 싸움을 그치지 않았다.

진니의 하나인 이블리스는 하늘에 올라가 천사들과 함께 신을 위해 일하기를 청했다. 신은 이 요구를 받아들였다. 그리고 신은 일군의 천사들을 보내 악성 진니들을 죽이고 그 잔당들을 먼 바다에 있는 섬으로 쫓아버렸다. 진니들과 달리 이블리스는 하늘의 문지기가 되었지만 차츰 자만심에 빠져들었다. 아담에게 절하라는 신의 명령에 그는 이렇게 대답했다.

"지상에서 신의 대리자는 바로 제가 아닙니까. 저는 날개도 있고, 하늘의 일도 떠맡고 있습니다."

이로 인해 그는 하늘에서 추방되고 말았다.

그는 지상에서 하늘로, 하늘에서 지상으로 오르내리며 세계의 환희와 비참함을 두루 겪었던 것이다.

하루트와 마루트 2인조 타락천사. 『코란』에 따르면 이들은 악의 도시 바빌론*에 살면서 사람과 마귀에게 요술을 가르쳤다고 한다. 이들에 관한 보다 상세한 정보는 후대의 전승에 있다. 그런 전승에 따르면 이 두 천사는 처음에 하늘에서 살았는데, 지상의 인간들이 욕망에 쉽게 굴복하는 모습을 보고 비웃었다고 한다. 신이 "너희들도 지상에 있으면 그렇게 될 것"이라고 하자 이들은 자신들을 시험해보기로 했다. 그래서 지상에 내려온 두 천사는 자신들의 의지와는 달리 인간 여성의 아름다움에 매료되어 육욕(肉慾)에 빠져들었고, 결국에는 살인까지 범하게 되었다. 그 벌로 바빌론에 유폐된 이들은 타락천사가 되어 사람들에게 요술을 가르쳤다는 것이다.

---

* 바빌론 : 메소포타미아의 고도(古都). 유대 민족은 한때 바빌로니아의 포로가 되어 이 도시에서 갖은 고초를 겪었다. 그래서 유대교, 기독교, 이슬람교에서는 바빌론을 단순히 고대 세계에서 번영을 누렸던 풍요의 도시만이 아니라 도덕적 판단까지 더해 '악덕과 요술을 상징'하는 도시로 보고 있다.

9세기의 문인 자히즈[**]에 따르면 이들은 원래 인간에게 진리를 전하기 위해 파견되었지만 어떤 여인의 아름다움에 마음을 빼앗겨 술을 마시고 알리신이 아닌 우상을 숭배했다고 한다. 그리고 그 미녀에게 어떤 비밀의 이름을 알려주었는데, 여인은 그 이름이 가진 마력으로 하늘에 올라가 금성(金星)이 되었다. 이 때문에 하루트와 마루트는 벌을 받아 머리카락으로 바빌론의 우물 속에 매달려 있게 되었다. 그럼에도 불구하고 이들은 마법사들에게 마술을 가르쳤으며, 유명한 시바의 여왕과 알렉산드로스 대왕도 이들의 자손이라고 한다.

[**] 자히즈(776?~868/9) : 아라비아어 산문을 확립한 문인. 본명은 아므르 이븐 바흐르이며, 자히즈는 '출신'이라는 의미다. 키가 작고 용모는 추했지만 학식과 지혜는 그 누구와도 비교할 수 없을 만큼 뛰어났다. 상당한 독설가이기도 해서 논적(論敵)들에게 매도를 당하기도 했지만 의외로 사람들에게 호감을 주었다고 한다. 저서로는 『동물의 책』『수전노』 등이 있다.

이블리스의 용모에 관한 이설

13세기에 살았던 이란의 시인 사디[*]의 시에는 다소 색다른 모습의 이블리스가 등장한다.

어떤 사람이 꿈에 악마를 보았는데, 그 모습은 삼나무처럼 키가 크고 마치 하늘에서 내려온 사람처럼 얼굴에서 빛이 났다. 그래서 무심결에 "이게 악마야? 천사도 이만큼 아름답지는 않을 텐데. 달에 버금가는 미모를 지니고 있는데 왜 세상에서는 추하다고 알려져 있지. 모두가 네 얼굴이 무섭다고 생각하고 있지 않은가 말이야. 왕궁의 화가에게 부탁해 네 모습을 그려보는 게 어떻겠느냐?"고 말했다. 그러자 악마는 "아니요. 붓은 적의 손아귀에 쥐어져 있지 않소이까" 라고 대답했다고 한다.

---

[*] 사디(1184?~1291) : 페르시아의 시인이자 문인. 신비주의 수도자로서 여러 나라를 유랑하였으며, 십자군 전쟁 때는 포로가 된 적도 있었다. 저서로는 『장미정원』, 『과수원』 등이 있다.

디바

악 귀 惡 鬼

이란의 민화와 전설에 등장하는 괴물이다. 원래 고대 페르시아어 다에와 (악마)에서 나온 말이지만, 지금은 악마보다는 오히려 귀(鬼)에 가깝다고 할 수 있다.

다른 악마들과는 달리 순전히 이 세상에서 태어났지만 쇠붙이나 신의 이름을 조금도 두려워하지 않으며 엄청나게 강한 힘을 가지고 있다. 욕심이 많은 난폭자이며 때로는 사람을 잡아먹기도 하지만 그 성격은 단순하고 소박하다.

디바의 생김새

디바의 겉모습은 상당히 무섭다. 몸집은 인간보다 훨씬 크며, 피부는 물론이고 입술조차도 온통 검은색이다. 눈은 푸르며 입에는 송곳니, 손에는 손톱, 머리에는 하나 또는 두 개의 뿔이 달려 있다. 그리고 거대한 몸을 검은 털이 뒤덮고 있다.

이 밖에도 여러 가지 모습이 있다. 어떤 것은 귀나 이빨 같은 신체의 일부분이 대단히 크며, 여러 개의 머리를 가진 디바도 있다. 머리가 많은 디바는 그리스 신화에 등장하는 머리가 여럿 달린 용과 마찬가지로 머리가 잘려서 떨어지면 같은 곳에 다시 생겨난다. 그런 디바 중에는 40개의 팔이 달린 것도 있다. 또 몸통은 없고 거대한 머리만 있는 디바도 있다. 이 디바는 손과 발이 없기 때문에 움직일 때는 빙글빙글 회전한다.

디바의 성격

디바의 사고방식은 지극히 단순해서 강한 자에게는 무조건 복종한다. 용사와의 싸움에서 패한 디바는 그의 하인이 되는 경우도 있다. 민화에는 주인공과 만난 디바가 "만약 네가 진다면 나의 노예가 될 것이다"라고 말하면서 싸우는 장면이 자주 등장한다.

고대의 한 영웅에게 패한 디바는 거대한 귓불에 구멍을 뚫어서 귀고리 대신 발굽을 끼운 후에 그의 부하가 되었다고 한다. 이 디바는 자신의 주인을 충심으로 모셨는데, 어느 때에는 영웅의 구혼 사절(使節)로 다른 나라에 간 적이 있었다. 영웅이 그 나라의 공주를 아내로 맞고 싶어했던 것이다. 예기치 못한 디바의 방문으로 궁정은 큰 혼란에 빠졌다.

그런데 이 디바는 혼사에 대해 서로 이야기를 나누기 전까지는 대단히 괴팍스럽게 굴었다. 무엇을 하든 또 무슨 말을 하든 모두 반대로만 했다. 이 때문에 그는 '역(逆＝반대)'이라는 별명을 얻게 되었다. 이런 사실을 알게 된 한 여행자가 디바에게 이렇게 말했다.

"디바님, 디바님. 저에게 향기로운 차를 내오시지 마세요. 구운 양고기는 물론 맛있는 음식은 아무것도 내오시지 않아도 됩니다. 만약 그렇게 하면 저는 죽어버릴 것입니다."

그러자 디바는 여행자의 말과는 반대로 그에게 훌륭한 음식을 융숭하게 대접했다는 이야기도 있다.

디바는 낮에는 자고 밤에는 일어나 움직인다. 이것도 어쩌면 '역'의 하나라고 할 수 있을지도 모르겠다. 일설에 따르면 며칠간 계속 깨어 있다가 또 그 시간만큼 잠만 잔다고 하는데, 어느 쪽이든 낮시간에는 꾸벅꾸벅 존다고 한다. 가장 좋아하는 수면 방법은 우물 밑에 있는 자신의 집에서 인간 여성의 무릎을 베고 자는 것이다. 그래서 디바들은 여성을 꾀어서 강제로 결혼하기도

한다. 그러나 이런 식의 결합은 디바에게 불행을 가져다준다. 디바가 미녀의 무릎을 베고 잠이 들면 가끔씩 용감한 젊은이가 나타나서 디바의 다리를 베어버린 후에 한판 겨뤄보자고 도전하기 때문이다. 디바는 용감하게 맞서 싸우지만 결국에는 정의의 힘 앞에 무릎을 꿇고 만다.

디바의 능력

이들은 싸움이 일어나면 큰바위나 나무뿌리 같은 원시적인 무기를 사용한다. 집 안이라면 작은 산처럼 커다란 돌절구를 집어던지기도 한다. 하지만 일부는 군대에 조직되어 있으며 화려한 무기와 갑옷으로 무장한 경우도 있다.

전설에 따르면 활은 인간이 디바와 싸우기 위해 고안해낸 것이라고 한다. 디바의 몸통을 관통시키기 위해 만든 무기라는 것이다. 그리고 디바는 강력하지는 않지만 변신 능력도 가지고 있다. 대부분은 말이나 야생 당나귀로 변신하지만 개중에는 인간이나 사자, 용으로 모습을 바꾸는 술자도 있다.

디바는 무기나 변신 능력 외에 마술의 힘도 어느 정도 가지고 있다. 민화에서는 인간에게 은혜를 입은 디바가 자신의 머리카락을 뽑아 건네주며 "만약 내 힘이 필요할 때 이것을 태우면 된다"고 말해준다. 후에 그 사람이 곤경에 처해서 머리카락을 태우자 디바가 나타나 도와주었다는 것이다. 그가 나타나기 전에는 공기가 급격하게 뜨거워지거나 이상한 냄새가 난다고 한다.

디바가 사는 곳

무리에서 떨어져나와 혼자 살아가는 디바는 주거지로 우물이나 동굴 속을 좋아한다. 디바가 살았던 우물이나 동굴에서는 열기가 난다고 한다. 페르시아 민화에는 다음과 같은 이야기가 있다.

옛날 어느 나라의 왕자들은 왕궁의 보물인 사과를 훔쳐가려는 자들을 막기 위해 교대로 보초를 서기로 했다. 첫째 날은 장남, 둘째 날은 차남이 섰는데 그만 잠이 들어버리고 말았다. 셋째 날은 막내아들 차례였다. 그는 자신의 손가락을 베고 소금을 비벼대면서 졸음을 견뎠다. 그렇게 보초를 서던 중 갑자기 하늘에서 팔이 하나 나타나 사과를 훔쳐가려고 했다. 그래서 칼을 휘둘러 팔을 베었다. 그렇지만 팔은 피가 흐름에도 불구하고 사과를 움켜쥐고 사라졌다. 핏자국을 쫓아가자 오래된 우물이 나타났다.

다음날 아침, 우선 장남이 그물을 던지기 위해 우물 속으로 들어갔다. 하지만 뜨거운 열기를 견디지 못하고 비명을 질러대서 밖으로 끌어낼 수밖에 없었다. 차남도 마찬가지였다. 마지막으로 막내아들이 나섰다. 그는 "내가 아무리 비명을 지르더라도 절대로 끌어올리지 말라"고 말한 후에 우물 속으로 내려갔다.

이 밖에도 디바가 무리를 지어 살았던 곳이 있다. 예를 들어 바다 한복판에 디바들이 사는 섬이 있다. 이곳의 디바들은 무엇보다도 쇠붙이를 좋아해서 섬 주변을 배들이 지나가면 배까지 헤엄쳐가서 "보석과 철을 교환하자"고 협상을 벌인다고 한다.

이러한 디바의 나라 중에서 가장 유명한 곳이 중세 페르시아의 서사시 『왕서』에 나오는 마잔다란이다. 마잔다란은 이란 북부에 실제로 존재하는데, 카스피해에 접해 있는 아름답고 풍요로운 땅이다.

『왕서』의 마잔다란은 현실의 마잔다란과는 다른 곳이지만(예를 들면 유대교와 기독교, 이슬람교에서 '요술의 도시 바빌론'이라고 할 때 그곳은 실제 지역이라기보다 상징적인 의미를 가진 고유명사라고 봐야 한다. 마잔다란 역시 마찬가지다) 경치가 아름답다는 면에서는 다르지 않다. 이곳은 사시사철 들판에 꽃이 피고 공기는 부드러우며 편안하게 쉴 장소를 일부러 찾을 필요가 없을 만큼 안락한 곳이다. 인간 세상과 마찬가지로 디바의 왕이 살며 군대와 장군, 마을과 성

채, 밭과 가축이 있다.

『왕서』에 따르면 이란의 왕 카우스는 무차별적으로 이곳을 침입해서 백귀(白鬼)라고 불리는 위대한 디바와 싸움을 벌였지만 처절하게 패배했다고 한다.

백귀

무섭다는 면에서 가장 유명한 디바는 『왕서』에 등장하는 백귀(白鬼)일 것이다. 얼굴과 몸이 모두 검지만 무슨 연유인지 백귀라고 불린다. 일설에는 산발한 머리가 흰색이라고 한다. 디바의 나라인 마잔다란 부근에 살았는데, 귀들에게 무한한 존경을 받았을 만큼 무서운 면모를 지니고 있었다.

이란의 왕 카우스는 신의 충고를 무시하고 마잔다란에 침공해서 황금과 보석, 가축을 무자비하게 약탈했다. 디바의 왕은 주변에 살고 있던 백귀에게 도움을 요청했다. 그러자 백귀는 산처럼 커다란 몸을 일으켜 세웠는데, 머리가 하늘에 떠다니는 구름에 닿을 정도였다.

그날 밤 이란군의 진영에는 검은 구름이 뒤덮였고, 하늘에서는 많은 돌과 벽돌이 쏟아져내렸다. 불안감과 두려움이 극에 달한 이란군은 이내 궤멸되고 말았다.

이윽고 아침이 되자 그들은 경악하지 않을 수 없었다. 아침 햇살이 뺨 위로 내려앉았지만 아무것도 보이지 않았다. 백귀의 주술은 그들의 눈을 멀게 해 어둠 속에 가두어버렸던 것이다. 이란인들은 7일 동안 거친 황야를 헤맸다. 백귀는 그들을 완전히 절망케 한 후 8일째에 큰 웃음소리와 함께 나타나 모두 포로로 붙잡았다.

이 소식을 들은 이란의 영웅 로스탐은 왕을 구하기 위해 나섰다. 그가 백귀를 쓰러뜨린 후에 그 피를 사람들의 눈에 넣자 왕과 병사들의 시력이 되돌아왔다고 한다.

무모하기 짝이 없었던 카우스 왕은 이렇게 목숨을 구한 후에도 계속 모험에 나섰다고 하는데 그것은 또 다른 이야기다.

키루드와 그 무리들

키루드는 원숭이라는 뜻이다. 중세 이슬람 세계에는 원숭이에 관한 믿기힘든 여러 가지 미신이 있었다. 예를 들면 멀리 떨어져 있는 어떤 나라에서는인간이 원숭이고, 원숭이가 인간이라는 이야기도 있었는데, 이는 그다지 놀랄 만한 것도 아니었다.

여기서 소개하는 내용은 그러한 일화 중의 몇 가지다.

이슬람 역사 속의 원숭이

예멘(남아라비아)의 한 산 속에는 원숭이 무리들이 떼지어 살고 있다고 한다.한 무리는 약 10마리에서 100마리로 수컷 한 마리가 그 무리를 이끌고 있다.

남아라비아인들은 이슬람교가 성립되기 이전부터 원숭이를 괴이하고 두려운 존재로 여겨왔다. 사람들과 비슷한 원숭이를 마물(魔物)이나 진니, 그리고 인간이 변해서 된 것으로 생각했다. 그래서 이슬람교도 원숭이에 관한 불가사의한 이야기를 부정하지 않았다. 『코란』에 따르면 다우드 왕(=다윗) 시대, 어느 해변 마을 사람들이 정해진 법률을 어기고 안식일에도 엄청나게 많은 물고기를 잡아 먹은 일이 있었다고 한다. 그래서 평소에는 해안 가까이 다가오던 고기도 안식일이 되면 두려워서 해안 쪽으로 얼씬도 하지 않을 정도였다. 이런 사실을 안 신은 몹시 화가 나서 이 마을 사람들을 모두 원숭이로변하게 했다는 것이다.

『천일야화』에도 간혹 사람이 원숭이로 변하는 이야기가 나온다. 이 책에는변신술이 자주 나오는데, 마법의 힘으로 사람을 동물로 변신시킬 때 가장 우선적으로 선택되는 동물의 모습은 대부분 개 아니면 원숭이다.

이런 식의 일화가 널리 퍼졌음에도 불구하고 원숭이를 보다 실제적으로 이용하는 사람들도 있었다. 예멘이나 오만의 정주민(定住民)들은 원숭이를 길들여서 절구를 돌리게 하거나 물건을 지키게 했다. 원숭이에게 소매치기나 빈집털이를 가르친 악당도 있었다.

후에 인도양에 진출한 이슬람 상인들은 더 많은 종류의 원숭이를 볼 수 있었다. 동아프리카의 콜로부스 원숭이의 칠흑 같은 털은 아주 진귀한 것으로 취급되었는데, 그 모피는 유럽은 물론 중앙아시아 지방까지 수출되었다. 당시의 연대기를 보면 인도양에는 '원숭이 섬'이 있었으며, 소코트라(현재 예멘령)나 쿠리아무리아(오만 연안) 제도(諸島)의 사냥꾼들은 먼바다에 있는 섬까지 원숭이를 잡으러 갔다고 한다. 이들은 사람을 두려워하지 않는 원숭이를 먹잇감으로 유인해서 사로잡은 후, 죽여서 모피를 팔거나 수집가 또는 원숭이에게 재주를 부리게 해서 돈을 버는 사람에게 고가에 팔아넘겼다고 한다. 원숭이 곡예는 그 가짓수가 상당히 많았다. 예를 들면, 창을 땅 위에 세워놓고 신호를 보내면, 재빨리 달려가서 창끝으로 기어올라가는 것이 대표적이었다. 이런 원숭이 곡예는 예멘과 아프리카의 소말리아가 명성이 높았다.

재주를 잘 부리는 원숭이는 왕이나 귀족에게도 즐거움을 주었다. 인도나 중국의 여러 왕들은 독살을 방지하기 위해 특별히 훈련된 원숭이를 이용해서 음식물에 독이 들었는지 확인했다고 한다. 그래서 어떤 칼리프는 중국 사신으로부터 "다른 칼리프들과 달리 어떻게 해서 죽음의 위협을 이겨낼 수 있었습니까?"라는 질문을 받기도 했다. 또 다른 칼리프는 누비아(나일 강 상류) 지방의 왕으로부터 원숭이 두 마리를 받았는데, 한 마리는 재봉 솜씨가 뛰어났고, 다른 한 마리는 점토로 작은 상(像)을 만들 수 있었다고 한다.

원숭이인가, 인간인가

대부분의 사람들은 원숭이의 재주를 보는 걸 즐거워하지만 꺼림칙하게 여기는 이도 있다. 그래서 어떤 사람은 "원숭이는 상당히 추한 동물에 불과한데 어째서 우리 인간과 비슷하단 말인가?" 하고 이야기하기도 한다. 이슬람법은 원숭이 고기의 식용을 금하고 있는데, 그것은 단지 위생상의 문제 때문만은 아니다. 인육(人肉)을 먹는 듯한 기분이 들기 때문이다.

그렇다면 인간과 원숭이는 어떻게 구별되는가? 우선 두 다리로 걷는가 아니면 네 발로 기는가로 구별할 수 있다. 사실 중동 지방에는 두 다리로 걷는 원숭이가 없다. 하지만 인도네시아나 중앙아시아에는 두 발로 걷는 원숭이가 존재한다. 그런데 이슬람 상인이 세계 여러 곳을 돌아다니다가 두 발로 걷는 원숭이를 발견하게 되었다. 그 후로 이 불가사의한 반(半)인간에 관한 이야기가 이슬람 세계에 퍼지기 시작했다.

"먼 섬나라에는 옷을 입지 않고 사는 인간들이 있다. 말은 통하지 않는다. 전신에 털이 나 있고, 나무 위에 살면서 과일로 연명한다."

아라비아어로 이런 반인간을 나스나스라고 불렀다.

나스나스

반인간(半人間)이라고는 하지만 실제로 인간과 어떻게 다른지에 대해서는 말하는 사람마다 조금씩 차이가 있다.

원인(猿人) 원숭이와 인간의 중간 정도 되는 생물. 인간의 얼굴을 하고 있으며, 두 다리로 걷고 사람의 말을 알아듣는다. 전신에 털이 나 있으나 원숭이와 달리 꼬리는 없다. 아마 이 원인이 나스나스의 가장 오래된 모습일 것으로 추측된다.

소인(小人) 여기서 '반인간'이란 키가 '사람의 반 정도 되는 인간', 곧 난쟁이 를 뜻한다. 일설에는 아주 오래 전에 살았던 한 부족이 신의 노여움을 사 모습 이 바뀐 것이라고 한다.

거인 가장 독창적인 나스나스. 이 반인간은 인간을 반으로 나눈 것', 즉 팔과 다리, 눈이 하나만 있는 거대한 괴물로 본다. 고대 예멘에 살았으며, 하나의 다리로 산과 들을 누비고 다녔다. 착지하고 나서 다음 도약을 위한 과정이 불필요했기 때문에 달리는 속도가 엄청나게 빨랐다고 한다. 사실 이런 이야기는 말장난 같지만, 이 생물은 단순한 말장난에서 나온 것이 아니다. 나스나스라는 이름으로 이전부터 예멘에 살았던 생물이다.

전승에 따르면 이교(異敎)시대에 예멘 땅에 시크라는 남자가 살았다고 한다. 그는 샤먼(무당)으로서 이계(異界)의 말을 알아듣고, 꿈풀이를 했으며, 미래에 벌어질 일을 정확하게 맞추었다. 샤먼 중에는 기인(奇人)이 많았지만 시크는 유달리 독특한 면모를 지니고 있었다. 그는 몸을 정확하게 반으로 나눈 것처럼 뺨과 손, 다리가 한쪽밖에 없었다. 그러나 그는 반쪽의 몸만으로도 다른 샤먼보다 훨씬 더 뛰어난 점술과 예지 능력을 보여주었다고 한다.

아름다운 야인(野人) 거인과 비견할 만한 나스나스. 12세기 이란의 일화집인 『네 가지 이야기』에 다음과 같은 이야기가 나온다. 저자 니자미는 "가장 하등한 동물은 무엇이고, 가장 고등한 동물은 무엇일까?" 하고 질문을 던진 후에 스스로 대답을 한다.

"지렁이만큼 불완전한 것은 없다. 이것들은 흐르는 진흙 속에 있는 빨간 벌레로서 '토충(土蟲)'이라 불리는 가장 하등한 동물이다. 최고는 나스나스다. 이것은 투르키스탄 황야에 사는 동물로서 인간처럼 허리가 수직이며, 폭이 넓은 손톱을 가지고 있다. 그리고 인간에게 애착을 가지고 있어 어디서든 사람을 보면 도망가기는커녕 다가와서 빤히 쳐다보며, 때로는 혼자 있는 사람을 낚아채 가기도 한다. 하는 행동이나 생긴 모습 때문에 사람의 몸에서 태어났다는 말도 있다. 하여간 이 나스나스는 인간 다음으로 가장 고등한 동물이다."

다음으로 니자미는 어떤 사람의 증언을 인용하고 있다.

"우리는 담간(이란 북부에 있는 도시) 쪽으로 가고 있었다. 그 대상(隊商)들은 수천 마리의 낙타를 거느리고 있었다. 어느 뜨거운 날 대낮에 걸어가던 중 모래 언덕 위에 아름다운 여인이 서 있는 걸 보았다. 그 여인은 나신(裸身)인 채로 머리에는 아무것도 쓰고 있지 않았고 키는 삼나무만큼이나 컸다. 얼굴은 마치 달 같았고 머리는 아주 길었는데 우리를 쳐다보고 있었다. 그래서 우리가 몇 마디 말을 걸었지만 아무 대답도 하지 않았다. 우리가 다가가자 도망을 쳤는데 어떤 말(馬)로도 쫓아갈 수 없을 만큼 빨랐다. 우리 낙타를 끌었던 터키인들은 '저건 야생 인간인데 나스나스라고 부릅니다' 하고 말했다."

한번 생겨난 말은 여러 가지 개념을 받아들여 독자적인 생명력을 갖게 된다. 반인간 나스나스의 여러 가지 모습도 그런 예라고 할 수 있을 것이다.

영조(靈鳥)

세계 여러 지역에서 새는 종종 이계(異界)의 전령으로 인식되어 왔다. 로마 인들은 나는 새의 수를 보고 길흉을 점쳤다고 한다.

이슬람 세계에서도 새를 이 세상의 저편에서 날아오는 것으로 생각했다. 보물을 새가 낚아채 가는 바람에 그것을 찾으러 나섰다가 이계에 들어갔다는 이야기는 민화는 물론 『천일야화』 같은 설화집에도 자주 나온다.

그런 무리 중에서 강력한 힘을 가진 새들을 알아보자.

시므르그

이란의 전설 속에 등장하는 새. 중세 이란의 서사시 『왕서』를 비롯한 많은 민화와 전설, 시에 등장한다.

중세 때의 그림을 보면 생김새가 맹금류(猛禽類, 사나운 날짐승)에 가깝고, 갈고리처럼 날카로운 부리를 가지고 있지만 날개 색깔은 공작처럼 화려하고 다채롭다. 꼬리는 세 부분으로 길게 펼쳐져 있는데 이것 또한 아름다운 빛깔을 자랑한다.

사는 곳은 이란의 엘부르즈 산 꼭대기나 카프 산(이 세상의 끝을 둘러싸고 있다는 산맥) 꼭대기라고 한다. 이 새는 은혜를 입으면 보은을 하며, 인간들에게 해악을 끼치지 않는다.

이와 관련된 민담이 전해 내려온다. 7층 지하 왕국에 떨어진 한 젊은이가 큰 뱀의 공격을 받는 시므르그 새끼를 구해주었다. 이 사실을 안 시므르그는 그 보답으로 젊은이를 자신의 등에 태워 지상으로 올라갔다. 올라가는 도중에 소 일곱 마리 분량의 고기와 그 가죽으로 만든 물통에 든 물을 모두 마셨지만 아직 지상에 도달하지 못한 상태에서 먹을 것이 떨어지고 말았다. 그래서 시모르그는 격심한 배고픔에 시달렸다. 이를 보다 못한 젊은이는 자신의 넓적다리를 잘라 시모르그의 입에 넣어주었다. 그러나 시모르그는 젊은이의 넓적다리를 그냥 입 속에 넣어둔 채로 지상으로 올라왔다. 마침내 지상에 올라왔지만 젊은이가 제대로 걷지 못하는 모습을 보고 다시 넓적다리를 돌려주었다고 한다.

영조와 자르

『왕서』에는 이 새가 영웅 사므의 아들인 자르를 길렀다는 이야기도 있다. 자르는 태어날 때부터 완전히 백발이었다고 한다. 사므는 자신의 아들이 보통의 아이들과는 다르다는 사실을 부끄럽게 여기고 엘부르즈 산에 갖다버렸다. 그곳은 뜨거운 햇빛이 강렬하게 내리쬐고 검은 바위만 있는 황량한 곳이었다.

그런데 그 산 꼭대기에는 시모르그의 둥지가 있었다. 둥지는 거대한 흑단(黑檀, 감나무과의 교목)과 백단(白檀, 단향과의 교목), 그리고 향기가 나는 침향(沈香)을 모아서 만든 것이었다. 혼자 버려져 울부짖고 있는 갓난아이를 본 시모르그는 애처롭다는 생각이 들어 아이를 둥지로 데리고 와서 새끼들과 함께 길렀다. 갓난아이는 젖 대신 동물의 피를 마시며 자라나 어엿한 젊은이가 되었다.

나중에 자르의 아버지 사므는 산에 백발의 젊은이가 산다는 소문을 듣고 필시 자신의 자식일 거라고 생각했다. 그는 과거 자신의 잘못을 뉘우치고 아들을 맞이하기 위해 산으로 향했다. 그래서 시모르그는 자르를 아버지에게 돌려보내려고 했지만, 자르는 이를 거부하고 영조와 함께 남기를 원했다. 시

모르그는 자르를 설득했다.

"자신의 운명을 시험해보는 것도 좋은 일이다. 너를 보내려는 것은 미워해
서가 아니라 왕국을 잇기 위함이지. 내 깃털을 하나 줄 테니 만약 어려운 일이
생기면 이것을 불에 태우도록 해라."

이렇게 해서 자르는 세상으로 내려와 여러 가지 훌륭한 일을 많이 했으며,
고난이 닥쳐와도 시모르그에게 도움을 요청하지는 않았다. 하지만 아내가 난
산으로 괴로워하자 아내를 위해 깃털을 불태웠다. 그러자 갑자기 주위가 어
두워지면서 하늘에서 거대한 새가 춤을 추며 내려왔다. 바로 시모르그였다.
모습을 드러낸 시모르그는 이렇게 말했다.

"네 아들은 위대한 남자가 될 것이다. 하지만 신의 뜻에 따라 이제와는 다
른 방법으로 아이를 낳아야 한다. 아내를 술에 취하게 한 후에 배를 갈라서 꺼
내야 한다. 그런 다음 이 약초를 젖과 잘 섞어서 그늘에서 말린 다음 아내의
배에 난 상처에 발라주어라. 그리고 내가 깃털 하나를 줄 터이니 상처 위에 놓
아두도록 해라. 그러면 상처가 치유될 것이다."

시모르그는 깃털 하나를 남겨두고 다시 어디론가 날아갔다. 이렇게 해서
태어난 왕자가 『왕서』 최대의 영웅인 로스탐이다. 이때 시모르그가 준 깃털은
상처를 치료하는 데만 쓰인 것이 아니다. 후에 로스탐이 절체절명의 위기를
맞았을 때 이 깃털을 불태워서 도움을 구했다고 한다.

앙카

그리스인은 아라비아에 피닉스(불사조)가 산다고 생각했다. 실제로 아라비
아에는 예로부터 피닉스와 비슷한 앙카라는 영조에 관한 전설이 전해내려 오
고 있다. 하지만 이 전설의 구체적인 내용은 확실하게 알려져 있지 않다. 이슬
람의 대정복 이후 간혹 이란의 영조 시모르그와 동일시되었다. 긴 꼬리를 가

시모르그를 주제로 한 장시 『새들의 회의』

13세기 이란의 시인 아타르는 영조 시모르그를 주제로 『새들의 회의』라는 장시를 남겼다.

어느 때 많은 새들은 새의 왕자인 시모르그를 만나보고 싶어서 야츠가시라의 선도하에 카프 산을 향해 날아갔다. 그러나 도중에 바다에 빠져 죽기도 하고 힘이 떨어져 맹수의 먹이가 되기도 했다. 또 어떤 새는 작렬하는 햇볕을 견디지 못하고 쓰러져갔다. 그렇게 힘겨운 고비를 넘기고 카프 산에 도착한 것은 불과 30마리였다. 환한 빛 속에서 마침내 고개를 들어 시모르그를 보았지만 그곳에는 아주 멋지다고 생각했던 영조가 아닌 자신들과 조금도 다를 바 없는 30마리의 새들만 있었다. 사실 이 이야기는 신의 거울에 관한 것이다. 인간은 그 거울을 통해 자신의 모습을 보고 자신과 신의 합일을 깨닫게 된다.

"새의 그림자가 태양 아래서는 사라지는 것처럼 신인 불사조와 합일했다."

이 시는 신과의 합일을 추구하는 신비주의자의 수행을 우화 형식으로 노래하고 있지만, 순수한 이야기로 읽어도 재미있다. 예로부터 새나 다른 동물의 여행 이야기는 어린이는 물론 어른들에게도 적지 않은 즐거움을 주었다. 『새들의 회의』는 비록 종교적인 메시지를 담고 있지만 누구나 이야기로서 재미있게 읽을 수 있다.

지고 있는 이 새는 사람의 말을 알아들을 뿐만 아니라 민화의 주인공을 도와주기도 한다.

현재 이란의 대다수를 차지하는 시아파의 일부는 "앙카는 숨어 있는 이맘(어느 날 갑자기 나타난다는 구세주)의 또 다른 모습 중 하나"라고 이야기한다.

재미있게도 시아파의 파티마 왕조(북아프리카에 존재했던 이슬람 왕조)의 정원에서는 이 영조를 길렀다고 한다. 왜가리의 일종이었다는 설도 있지만 진위를 가리기는 힘들다.

루흐

로크라고도 한다. 이 새는 『천일야화』와 마르코 폴로의 『동방견문록』, 이븐
바투타(중세 아라비아의 가장 위대한 여행가로 평가받고 있다)의 『여행기』에도 등
장한다.

인도양이나 남중국해에는 파도가 거세게 몰아쳐 사람의 발길이 닿지 않은
섬들이 많다. 그러한 금단의 섬들, 그리고 더 남쪽에 있는 미지의 세계에서 가
끔 루흐라고 불리는 거대한 새가 날아왔다.

루흐는 독수리와 비슷하게 생겼지만 몸집은 훨씬 더 컸다. 웅대한 날개는
태양을 가릴 정도였고 마치 코끼리가 하늘을 나는 것 같았는데, 이 새가 지상
에 떨어져 죽으면 새끼들의 먹잇감이 되었다고 한다. 알 역시 엄청나게 커서
원반형의 건물 같았으며 높이는 50미터를 넘었다. 어떤 이야기에 따르면 굶
주린 사람들이 손도끼와 돌방망이로 알을 깬 후에 그 속에 들어 있던 새끼를
꺼내 요리해 먹었다고 한다. 그런데 이것을 먹으면 나이 든 노인도 젊음을 되
찾고, 그 후에는 절대로 흰머리가 나지 않았다고 한다.

그러나 이 이야기는 비극적으로 결말이 난다. 루흐는 자기 자식을 끔찍하
게 생각했기 때문에 알에 손을 댄 사람들을 용서하지 않았다. 사람들은 배를
타고 바다 한가운데로 도망쳤지만 루흐는 거대한 구름처럼 뒤를 쫓아와서 배
보다 훨씬 더 큰 바위를 떨어뜨려 배를 난파시켜 버렸다고 한다.

'코끼리 해'의 새

전설에 따르면 무하마드가 태어난 해에 에티오피아의 왕이 메카로 대군을
이끌고 쳐들어왔다고 한다. 명분은 메카의 번영을 도모하겠다는 것이었다.

이때 에티오피아군은 코끼리를 끌고 왔는데, 코끼리를 본 적이 없는 아라비아인들은 그 거대함에 엄청난 두려움을 느꼈다. 그래서 아라비아에서는 그해를 '코끼리의 해' 라고 부른다.

마침내 에티오피아군이 메카에 입성하는 날이 되자 제비처럼 생긴 새가 하늘을 뒤덮을 만큼 큰 무리를 지어 날아왔다. 새들은 불에 달궈진 돌을 오른발과 왼발, 주둥이로 날라와서 비처럼 떨어뜨렸다. 이렇게 돌 세례를 받는 에티오피아군은 그 후 더욱 심각한 문제에 직면하게 되었다. 돌에 맞은 상처가 부풀어 오르더니 마침내는 무서운 전염병(천연두)으로 발전했다. 그래서 이들은 도저히 견디지 못하고 되돌아갈 수밖에 없었다고 한다.

불에 달궈진 돌은 천사의 무기이기도 하다. 그렇다면 이 새들은 신이 보낸 것이라고 할 수 있다.

준마

아라비아 준마(駿馬)는 예로부터 명성이 높다. 체구는 작지만 지구력이 뛰어나고 병에도 잘 걸리지 않는 아주 튼튼한 말로 알려져 있다. 이슬람의 대정복도 이러한 명마들이 있었기 때문에 가능한 일이었다.

아라비아 말의 기원에 대해서는 오래 전부터 두 가지 설이 있다. 하나는 이브라함의 아들, 즉 아랍인의 조상인 이스마일(=이스마엘)에 관한 것이다. 알라 신은 이스마일에게 특별히 은총을 내려 말을 훈련시키는 방법을 가르쳐주었는데, 그는 크게 이름을 떨친 명마들을 길러내어 지금도 아라비아에는 훌륭한 말들이 많다.

또 하나는 지혜로 명성이 높았던 슬라이만(솔로몬) 왕에 관한 것이다. 예멘의 아즈드족은 슬라이만 왕의 소문을 전해 듣고 왕국의 번영을 견문하기 위해 사절을 보냈다. 관대한 왕은 이에 응해 한 마리의 준마를 주었는데, 이것이 모든 아라비아 말의 조상이 되었다고 한다.

아라비아 세계를 언급할 때 빼놓을 수 없는 것이 말이다. 에스키모의 언어에 눈[雪]과 관련된 어휘가 상당히 많은 것과 마찬가지로 아라비아어에는 말이나 낙타에 관한 어휘가 대단히 많다. 그만큼 사람들의 생활과 밀접하게 관련되어 있는 것이다. 그 중에서 불가사의하다고 생각되는 몇몇 말[馬]들을 소개하겠다.

천마(브라크)
무하마드는 일생 동안 단 한 번밖에 기적을 행하지 않았다. 그것은 '밤의 여행 이었다. 어느 날 밤 그는 천사 지브릴의 인도로 메카의 카바에서 엄청나게 멀리 떨어진 예루살렘으로 여행을 떠났다. 그러고는 하늘에 올라가 신 앞에 엎드린 후에 다시 이 세상으로 돌아왔다고 한다. 이때 그를 태웠다는 천마(天馬)가 브라크다.

전설에 따르면 브라크의 생김새는 당나귀나 노새에 가깝다. 몸은 가늘고 길며, 순백의 털에 귀도 가늘고 길었다고 한다. 힘이 세고 날랜 말이었다기보다는 상당히 귀엽게 생긴 말이었던 듯하다. 무하마드는 이 말을 타고 메카에서 예루살렘까지 간 후에 빛의 사다리를 타고 하늘로 올라갔다고 한다.

하지만 후세에는 사람 얼굴에 날개가 달린 말로서 하늘을 자유롭게 날아다니는 천마가 되었다. 그래서 말에서 사다리로 갈아타야 하는 수고를 덜 수 있게 되었다.

바다의 말

『천일야화』에 등장한다. 머나먼 남쪽 바닷속에 한 왕국이 있는데, 그곳의 왕은 지상의 말과는 비교도 할 수 없을 만큼 뛰어난 준마를 기르고 있었다. 그래서 왕국 주변에 사는 섬사람들은 바닷가에 젊은 암말을 매어놓았다. 바닷속에서 올라온 준마와 교미를 시켜서 새끼를 얻고자 했던 것이다. 준마가 적당한 암말을 골라 교미를 하고 나면 사람들은 크게 소리를 질렀다. 그러면 준마는 다시 바닷속으로 사라졌다. 그런 후에 달이 차면 암말은 훌륭한 새끼를 낳았다고 한다.

흑단의 말

이 말도 『천일야화』에 등장한다. 흑단(黑檀)의 말은 다른 준마와 달리 몸이 피와 살이 아니라 기계로 되어 있다. 인간이 이 말에 올라타면 순식간에 세계의 어느 곳이든 갈 수 있다고 한다. 오른쪽 어깨에 있는 깃털 같은 나사를 돌리면 말은 땅을 박차고 하늘로 오르고, 왼쪽 어깨에 있는 나사를 돌리면 다시 내려온다.

하늘을 나는 말에 관한 전설은 세계 곳곳에 있지만, 그 중에서 흑단의 말이 독특한 것은 날개나 마법이 아닌 순수한 기계 조작으로 난다는 점이다. 중세 이슬람의 과학 기술은 그 수준이 상당히 높았는데, 이 이야기도 그러한 시대의 산물인 셈이다. 말하자면 '이런 것도 한번 만들어보고 싶다'는 꿈을 표현한 것이라고 할 수 있다.

락슈

『왕서』의 영웅 로스탐이 탔던 거대한 준마이다. 전신에 온통 얼룩점이 있어서 흰 천에 마치 붉은 물감을 뿌려놓은 것처럼 보였다. 락슈는 큰 창을 가진 거구의 용사 로스탐을 태우고서도 상당히 날렵했는데, 때로는 물처럼 빛났고 또 때로는 불처럼 격렬했다. 락슈는 격렬해지면 사자의 머리를 들이받고, 용의 머리를 물어뜯었다고 한다.

젊었을 때 로스탐은 새끼 말이었던 락슈를 손수 길들여서 자신의 말로 만들었다. 그때 이후부터 로스탐은 락슈와 함께 무수한 모험을 하게 된다. 로스탐이 굴 속으로 떨어져 창에 찔려 죽을 때 락슈도 주인과 운명을 같이하였다. 사체를 동굴에서 끌어올리는 데 이틀이나 걸렸으며, 코끼리조차도 실을 수 없을 만큼 거대했다고 한다.

칼카단

머리에 뿔이 하나 달린 일각수(一角獸)다. 중세의 그림을 보면 말처럼 보이기도 하고 또 사슴처럼 보이기도 한다. 몸통은 가늘어도 균형이 잡혀 있다. 하

지만 뿔만큼은 상당히 커서 큰 코끼리도 찔러 죽일 수 있을 정도다. 등에는 날개가 있으며, 사람의 말을 잘 알아듣는다.

전설에 따르면 칭기즈 칸이 정복 전쟁을 벌이면서 이슬람의 여러 도시를 불태우고 인더스 지역에서 전투를 벌일 때 칼카단이 나타나 사람의 말[言]로 귀국할 것을 권고했다고 한다.

그리고 『천일야화』에도 칼카단이 등장한다. 유명한 항해가인 신드바드는 항해 도중에 남쪽의 어느 섬에서 기묘한 생물을 보았다. 낙타만큼 등이 솟아 있는 동물이었는데 이마에는 커다란 뿔이 하나 달려 있었다. 칼카단은 이 뿔로 코끼리를 찔러 죽일 수 있었지만, 그때 코끼리의 지방이 칼카단의 눈에 들어가 그 역시 쓰러지고 만다. 두 마리의 거대한 동물이 쓰러지자 거대한 새인 루흐가 날아와서 날카로운 발톱으로 이들을 낚아채서 새 둥지로 가지고 돌아갔다고 한다.

자크무 나무

자크무 나무는 지옥 밑바닥에 사는 요괴의 나무다. 그 열매는 하나하나가 악마의 살아 있는 머리이며, 죄인들은 이 무서운 고통의 열매를 억지로 먹어야만 한다.

자크무는 실제로 존재하는 식물이다. 아라비아 서부 해안의 평야지대에서 자생하는데 그 열매가 상당히 쓰기 때문에 지옥의 나무라고 생각했던 듯하다. 『코란』을 읽은 후세 사람들의 뇌리 속에는 악마의 머리를 매달고 있는 거대한 나무의 모습이 떠올랐던 것 같다.

이슬람의 지옥

이슬람교의 시조인 무하마드는 신도들에게 신의 계시를 전할 때 상당히 긴장된 어조로 말했지만 그의 입을 통해 나온 말은 신도들의 마음을 뒤흔들 만큼 격렬한 것이었다. 무하마드의 이 계시는 『코란』의 후반부에 수록되어 있다. 동방의 이교도에게는 그의 말들이 마치 주문처럼 들린다. 이후 시간이 흐르면서 무하마드는 알아듣기 쉬운 말로 한층 여유 있게 설교를 했다고 한다.

무하마드는 한 설교에서 대단히 아름다운 서약의 말을 한 후에 최후의 심판의 무서운 광경에 대해 언급했다. 실제로 그는 천국보다는 지옥에 대해 이야기한 경우가 더 많았다.

그 지옥의 이름을 '자한남'이라고 하는데, 히브리어 게헨나(지옥)를 음역한 것이다. 자한남은 일곱 개의 문이 있는 거대한 동굴로, 언제나 무섭게 포효하는 분노의 소리가 메아리치고 검은 연기와 빨간 불꽃이 이글거린다. 그 속

에서 죄인들은 자바니야라고 불리는 19명의 천사들에게 다음과 같은 견디기 힘든 고초를 겪는다고 한다. 『코란』의 글을 그대로 인용하면 다음과 같다.

"(천국에서) 이처럼 환대를 받는 것이 좋은가? 아니면 자크무 나무가 좋은 가? 이것은 악인들에게 고통을 주는 것으로 우리들이 설치하였다. 이것은 지옥의 가장 밑바닥에서 사는 한 그루의 나무. 그 열매는 악마의 머리다. 모두 그것을 먹어서 배가 가득 찬다. 그런 후에는 부글부글 끓어오르는 액체를 마셔야 한다. 결국 이곳은 지옥과 조금도 다를 바가 없다."

"이 자크무 나무는 죄를 많이 지은 자의 식물이다. (불에 녹아) 흐물거리는 동(銅)처럼 뱃속에서 펄펄 끓고, 열탕처럼 부글부글 끓어오른다."

"너희처럼 사도(邪道)에 빠져 거짓말하는 자들은 자크무 나무의 열매를 배가 터질 때까지 먹게 될 것이다. 배가 터진 후에는 펄펄 끓는 열탕을 갈증이

나는 병에 걸린 낙타처럼 마실 것이다. 이것이 심판의 날에 그들이 의당 치러야 할 대가다."

이것이 지옥이며, 또한 자크무의 실체다. 이처럼 지옥에서 고통을 당한다는 것은 더없이 끔찍하고 무서운 일이다. 그런데 후세가 되면서 자한남은 단지 지옥의 입구에 지나지 않는다고 주장하는 사람도 나타났다.

『천일야화』에 따르면, 이 세상 위에는 7층에 이르는 하늘이 있고, 이 세상 밑에는 7층의 지옥이 있다고 한다. 지옥의 한 층에서 다음 층까지 가려면 1천 년이나 걸리는데, 이 제1층을 자한남이라고 부른다는 것이다. 자한남은 '참회를 하지 않은 채 죽은 이슬람 신도 중에서 반역 도당(이슬람 교도의 악인)'을 수용하는 곳이다. 그리고 최하층인 제7의 지옥은 위선자들이 가는 곳이라고 한다.

천국의 나무

지옥 밑바닥에 자크무가 있는 것처럼 천국에도 특별한 나무가 있다. 그 이름은 '끝없이 높은 시드라 나무'라고 하며, 제7천(天)의 끝을 표시하는 나무로서 알라신의 옥좌 바로 밑에 있다. 이 나무에도 열매가 있는데 자크무와 달리 아주 맛이 좋다. 그 어떤 과일과도 비교할 수 없을 만큼 맛이 좋은 이 열매의 이름은 로투스*이다. 그러나 이 나무의 불가사의한 특성은 열매가 아닌 잎에 있다. 시드라의 나뭇잎 하나하나에는 이 세상 사람들의 이름이 빠짐 없이 적혀 있다. 어떤 사람이 죽을 때가 가까워지면 알라신은 옥좌 밑에 있는 나무에서 그 사람의 이름이 적혀 있는 나뭇잎을 떨어뜨린다. 그러면 죽음의 천사인

---

* 로투스 : 그리스 전설에 등장하는 상상속의 식물. 열매를 먹으면 마치 꿈을 꾼 것처럼 망각 상태에 빠져든다고 한다.

아즈라일은 그 이름을 읽고 40일 후에 그 사람의 신체에서 영혼이 빠져나올 수 있도록 조치를 취한다고 한다.

세계 여러 민족은 형태는 조금씩 다르지만 한 그루의 거대한 나무에 대한 전설을 가지고 있다. 그것을 흔히 '세계수(世界樹)'라고 부른다. 하지만 이슬람 세계에는 그런 나무가 존재하지 않는다. 그 대신 이 세상은 천국과 지옥에 있는 두 그루의 나무 사이에 존재한다고 할 수 있다.

뱀과 용

뱀은 파충류의 일종이다. 앞발과 뒷발이 퇴화되어 기다란 몸으로 기어서 앞으로 나아간다. 혀는 가늘고 길며, 끝 부분은 두 개로 갈라져 있다. 그리고 허물벗기를 되풀이하면서 성장한다.

오랜 옛날, 뱀은 다른 동물과 달리 죽지 않고 허물을 벗을 때마다 되살아나는 신비한 동물이라는 믿음이 있었다. 그래서 현재도 이탈리아어에는 "뱀보다도 더 늙었다"는 말이 있다. 이러한 특성과 관련하여 뱀은 간혹 영원한 생명의 상징이 되기도 했다.

그러나 다른 한편으로는 그 차가운 눈과 독으로 인해 공포의 대상이 되었다. "이 세상 처음에 불사의 영액(靈液)이 인간을 위해 만들어졌는데, 그것을 뱀이 훔쳐먹어 불사가 되었다"는 전설이 세계 각지에 있다. 유대교와 기독교, 이슬람교의 '낙원 상실(아담과 이브가 뱀의 유혹으로 인해 낙원에서 쫓겨난 것)' 신화도 바로 여기에서 나온 것이다. 성서에 따르면 처음에 아담과 이브는 낙원에서 행복하게 살았지만 뱀의 유혹에 넘어가 신이 먹지 말라고 했던 지혜의 나무 열매를 따먹었다. 그래서 아담과 이브는 낙원에서 쫓겨나 이 세상에서 살아가게 되었고 뱀은 그 벌로 사탄이 되었다고 한다. 이후 뱀은 일신교의 민화와 전설에서 항상 나쁜 역할로 등장하게 되었다.

이슬람교의 전설에 따르면 원래 뱀은 낙타와 비슷한 다리, 모든 동물 중에서 가장 아름다운 용모를 지니고 있었다고 한다. 하지만 악마 이블리스와 인연을 맺게 되면서 나락으로 떨어지고 말았다. 악마의 부탁으로 그를 입 속에 넣고 에덴 동산에 들어감으로써 신으로부터 다리가 없어지는 벌을 받아 지금처럼 온몸을 움직여 기어다닐 수밖에 없게 되었다.

하여간 위의 이야기를 통해 두 가지를 연상할 수 있다. 하나는 다리를 잃어버린 뱀은 어떻게 되었을까? 또 하나는 다리가 있는 뱀은 혹시 용이 아닐까? 하는 것이다.

뱀의 여왕

첫 번째 연상에 대한 대답. 뱀은 다리가 없어졌을 뿐만 아니라 지옥에까지 떨어진 것은 아닐까.

『천일야화』에는 '뱀의 여왕 이야기'가 있다. 이 이야기 속에는 중세 이슬람교 신도가 믿었던 우주의 구조가 분명하게 드러나 있어 아주 흥미롭다. 이에 따르면 지옥에는 무수한 뱀이 있다고 한다. 그 이야기를 보면 다음과 같다.

한 남자가 어쩌다 지하 동굴에서 길을 잃고 헤매다가 뱀의 나라에 들어가게 되었다. 넓은 호숫가에 에메랄드 언덕이 있고, 언덕 위에는 황금의 옥좌, 옥좌의 주변에는 1만 2천 개의 다리가 달린 의자가 있었다.

언덕의 경사면에서 잠이 들었다가 눈을 뜨자 50미터가 넘는 큰 뱀들이 의자를 휘감고 있는 것이 보였다. 잘 살펴보니 호수에서는 무수히 많은 뱀들이 헤엄을 치고 있었다. 너무나 겁이 나 부들부들 떨고 있는데, 한 마리의 큰 뱀이 배 위에 황금 쟁반을 올려놓은 채로 가까이 다가왔다. 쟁반 위에는 수정처럼 빛나는 사람 얼굴의 뱀이 정좌를 하고 있었다. 바로 뱀족의 우두머리인 '뱀의 여왕'이었다.

여왕은 관대해서 남자는 큰 뱀들에게 잡혀먹히지 않고 오히려 행운을 얻었다고 한다.

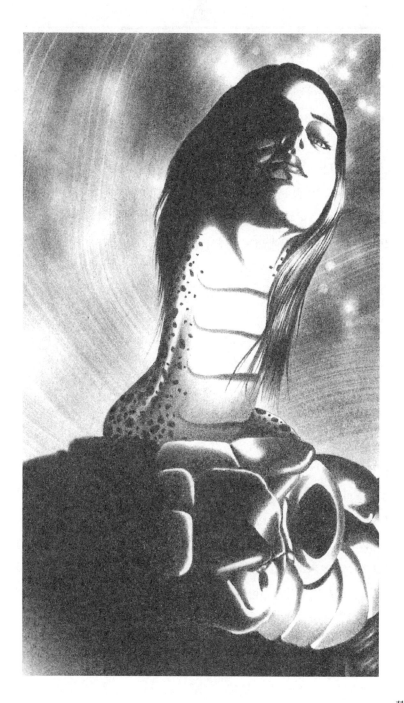

원래 이 뱀들이 살았던 곳은 지옥이었다. 지옥은 보통 밀폐되어 있는데, 한 해에 두 번만은 바깥 숨을 쉴 수 있었다. 즉, 부글부글 끓어오른 지옥의 열기를 도저히 견딜 수 없는 상황이 되면 그때 뱀들은 참았던 숨을 토해내기 위해 밖으로 뛰쳐나가 지상과 지옥의 중간에 있는 이 동굴로 몰려들었다고 한다. 그렇게 반년을 지내면서 그 동안 참았던 숨을 토해낸 후에 뱀들은 다시 지옥으로 돌아갔던 것이다. 그렇다면 그 반년 동안 지옥은 텅 비게 되는 것일까? 그렇지는 않다. 이 동굴에 있는 50미터 정도 되는 뱀들은 지옥의 뱀 중에서 아주 작은 것에 불과하다. 다른 큰 뱀들이 지옥을 지키고 있는 것이다. 지옥의 보통 뱀들은 상당히 커서 이 동굴에 있는 뱀이 그 코 위를 기어가도 전혀 느끼지 못할 정도라고 한다.

그런데 그 중에서 정말로 큰 뱀은 지옥보다 더 밑에 있다. 그것이 흔히 말하는 '파라크' 다.

파라크

하늘은 7층으로 되어 있고, 지옥 또한 7층으로 되어 있다. 7층 지옥 밑에는 파라크라는 큰 뱀이 살고 있다.

『천일야화』의 '뱀의 여왕 이야기' 에서 천사가 말한 바에 따르면, 파라크가 알라신을 경외하지 않았다면 아마 자신의 위에 있는 전세계를 삼켜버렸을 것이라고 한다. 그리고 뱀은 알라신으로부터 '최후의 심판 때까지' 라는 약속을 받고 지옥을 보관하고 있다. 그래서 뱀은 지옥을 자신의 뱃속에서 대단히 중요하게 보존하고 있다는 것이다. 이 천사의 말에 따르면, 결국 지옥은 뱀의 뱃속에 있다는 이야기가 된다.

용

이블리스와 뱀의 이야기에서 떠올릴 수 있는 두 번째 연상. 다리가 있는 뱀은 용이 아닐까 하는 것이다.

용은 상상 속의 동물이다. 마치 뱀처럼 생겼지만, 네 개의 다리와 다른 동물에게는 찾아보기 힘든 비늘, 그리고 날카로운 발톱과 이빨을 가지고 있다.

용은 상상 속의 동물이어서 그런지 그 형태가 상당히 다양하다. 예를 들면, 날개가 달려 있어 하늘을 자유롭게 날아다니는 용, 날개 없이 하늘을 나는 용, 날개는 없지만 구름을 타고 하늘을 나는 용, 입에서 불이나 독을 뿜는 용, 마법을 구사하는 용, 선량한 용, 사악한 용 등. 이런 여러 종류의 용들은 세계의 많은 신화와 전설, 민화에 빠짐 없이 등장한다.

그러나 신에게 다리를 빼앗겼기 때문인지 아라비아 민화에는 그다지 많이 등장하지 않는다. 중동에서 용 이야기를 계속해온 곳은 오히려 페르시아인들이다.

그러면 그들의 용 이야기를 한번 살펴보도록 하자. 우선 이슬람 이전의 페르시아인들은 흔히 배화교라고 불리는 조로아스터교*를 믿고 있었다. 그들의 종교와 신화 속에는 아주 오래 전부터 용이 등장한다.

이슬람 이전의 용

인도와 이란의 신화는 원래 한 뿌리에서 나온 것이다. 그 신화 속에 "나쁜

---

* 조로아스터교 : 기원전 15~16세기 무렵 이란의 예언자 조로아스터가 창시한 종교. 세계는 선신과 악신 사이의 양보할 수 없는 투쟁의 무대라고 생각하며, 선신의 인(印)인 태양, 별, 불 등을 숭배한다. 유대교와 기독교, 이슬람교의 '최후의 심판', '천국', '지옥' 등의 개념도 원래는 조로아스터교의 영향을 받은 것이다.

용이 하늘의 물을 독차지하는 바람에 세계는 뜨거운 열기로 고통을 받게 되었다. 그래서 마침내 신에 필적할 만한 영웅이 용을 쓰러뜨렸다"는 이야기가 있다.

인도에서는 군신(軍神) 인드라가 악룡 브리트라를 쓰러뜨렸다는 신화가 전해진다. 인도 신화에는 브리트라 외에 다른 용은 거의 등장하지 않는다.

이란의 신화에는 무수히 많은 용이 등장한다. 확실하지는 않지만 메소포타미아 문명과의 접촉 때문이라고 주장하는 학자도 있다. 메소포타미아 땅에 존재했던 많은 민족들이 용에 관한 이야기를 자신들의 신화나 전설, 민화 속에서 등장시켰기 때문이다.

하여간 그 때문인지 이란에서는 많은 용들이 탄생했다. 어떤 용은 이 세상과 함께 만들어졌는데, 용의 이미지와는 어울리지 않게 겨울의 혹한을 담당하는 역할을 맡았다고 한다. 어떤 용은 이 세상 어딘가에 있는 길을 수호하면서 지나다니는 말과 사람들을 무자비하게 죽였다고 한다. 또 다른 용은 때가 되면 달을 먹어치웠는데, 그 때문에 달이 차고 기우는 것이라고 한다. 이런 용들의 면면을 보면 상당히 잔혹하고 냉혹하다는 인상을 받게 된다. 그 중에서 유명한 몇몇 용들을 소개해보겠다.

아디 다하크 머리가 세 개나 달려 있는 용이다. 『아베스타』[*]에 따르면 이 용은 "세 개의 입과 세 개의 머리, 여섯 개의 눈, 천 가지의 재주가 있으며 대단히 강한 힘을 가진" 이 세상의 일곱 가지 큰 악 중의 하나라고 한다. 용사 스라에타오나가 이 사악한 용을 무찌르고 사로잡혀 있던 두 명의 미녀를 구해낸다. 『아베스타』에는 이 용에 대해 간략하게 언급되어 있지만, 사산 왕조 때의 문헌에는 아주 상세하게 기술되어 있다. 이 시대에는 영웅 스라에타오나의 이름도 팔리둔으로 바뀌게 된다.

팔리둔은 악룡과 맞서 싸우면서 처음에는 방망이로 용의 어깨를 내리치고, 그 다음에는 심장, 두개골을 강타했다. 그러나 용은 쓰러지지 않았다. 그래서 그는 칼을 뽑아들고 세 번이나 베었지만 그때마다 잘려진 부분은 독충이나

---

[*]『아베스타』 : 조로아스터교의 경전. 우주의 창조, 법, 전례, 예언자 조로아스터의 가르침이 기록되어 있다. 현존하는 『아베스타』는 훨씬 더 방대했던 원래 경전집의 일부인데, 이 경전집은 조로아스터가 고대로부터 내려온 전승을 변형시켜 만든 것으로 알려져 있다.

무서운 동물로 변했다.

이 모습을 본 선신 아후라 마즈다(조로아스터교의 최고신)가 말했다.

"잘라서는 안 된다. 그러면 이 세상은 온통 사악한 것들로 가득 차게 될 것이다."

팔리둔은 더 이상 용을 베지 않고 쇠사슬로 묶어서 산 속에 가두어버렸다. 하지만 후세에 이 용은 새로운 모습으로 변신해서 나타나게 된다.

아디 자이리타 말과 인간을 삼키는 황룡. 뿔에서 맹독을 뿜어내며 등에는 황색 독이 잔뜩 쌓여 있다. 용사 쿨사스파가 이 황룡을 격퇴한다.

『아베스타』에 따르면 쿨사스파는 이 용의 등 위에서 휴식을 취하면서 점심을 지어먹었다고 한다. 그러자 용은 뜨거운 열을 견디다 못해 땀을 흘리면서 마침내 몸을 일으켰다. 이에 깜짝 놀란 쿨사스파는 도망을 쳤지만 다시 돌아와서 혈전을 벌인 끝에 용을 쓰러뜨린다.

사산 왕조의 문헌에 따르면 아디 자이리타의 이빨은 용사의 팔뚝, 눈은 마차만큼이나 컸다고 한다. 킬사스프(=쿨사스파)는 거대한 황룡의 꼬리에서 머리까지 반나절이나 달려가 갈고리 창으로 목에 일격을 가해 쓰러뜨렸다고 한다.

간다레와 해룡(海龍). 보통은 깊은 바닷속에 살지만 때로는 사람들을 괴롭히기 위해 그 모습을 드러낸다. 이 해룡 역시 우여곡절 끝에 킬사스프의 손에 죽음을 당한다.

사산 왕조 때의 문헌에 따르면 이 용은 엄청나게 덩치가 커서 12곳에 이르는 넓디넓은 땅을 한 입에 삼킬 정도였으며, 깊은 바다도 그의 무릎밖에 차지 않았고 머리는 태양에까지 닿을 정도였다고 한다.

킬사스프는 이 엄청난 용을 물리치기 위해 나섰지만 처음에는 아예 상대가 되지 않았다. 용은 달려드는 용사의 수염을 뽑아서 바닷속에 처넣어버렸던 것이다. 그렇게 바다에서 싸우기 시작한 지 9일째 되는 날 밤, 마침내 킬사스프는 용을 물리치고 다리에서 머리까지 가죽을 벗겨 그것으로 용을 결박했다.

모든 힘을 다해 싸운 킬사스프는 전우에게 결박한 용을 지키게 하고, 15마리의 말을 먹어치운 후에 나무 그늘 속으로 들어가 깊은 잠에 빠져들었다. 그가 잠이 든 사이에 해룡은 무서운 힘으로 킬사스프의 전우와 아내, 부모를 모두 바닷속으로 끌고 들어갔다.

사람들은 용사에게 급히 이 사실을 알렸다. 킬사스프는 한 걸음이 보통 사람의 천 걸음에 해당하는 빠른 걸음으로 바닷속으로 뛰어들어갔다. 그는 붙잡혀 있는 사람들을 구한 후에 용과 최후의 결전을 벌여 결국에는 때려죽였다고 한다. 상당히 호쾌한 이야기가 아닐 수 없다.

뱀의 왕 자하크

머리가 세 개나 달린 아디 다하크에 관한 이야기는 시대가 흐르면서 조금씩 그 내용이 바뀌어갔다.

아디는 원래 뱀이나 용을 뜻하지만, 다하크는 그 의미가 알려져 있지 않다. 그래서 어떤 사람은 '다사(인도 신화에 등장하는 인드라 신의 적)'라고도 하고, 또는 '거대'하다는 의미라고도 한다. 하지만 어떤 사람은 '인간'이라는 뜻이라고 한다. 다하크를 인간으로 보면 아디 다하크는 '뱀 인간'이라는 말이 된다.

이 용은 즐겨 요술을 하고, 자신의 어머니와 사랑을 나누었다고 한다. 그런 면에서 보면 동물이라기보다는 인간 쪽에 좀더 가깝다고 할 수 있다. 이런 요소들이 더해지면서 아디 다하크는 용에서 점차 인간으로 변신하게 되었다. 그리고 아디(용)라는 칭호는 그대로 가지고 있으면서 '자하크'라는 새로운 이름도 얻게 되었다.

119

이후 이란은 이슬람 세력에 정복되어 이슬람 국가가 되었다. 물론 이전의 종교인 조로아스터교는 국교의 위치에서 밀려나 점차 잊혀져 갔다. 그래서 현재는 인도를 비롯한 몇몇 나라에 불과 10만여 명의 신도만 남아 있다.

그러나 하나의 민간 전승을 없애는 것은 하나의 종교를 없애는 것보다 훨씬 더 어려운 일이다. 이란인들은 이슬람이라는 새로운 종교를 신봉하게 되었지만 과거의 전설이나 민화는 사라지지 않고 입에서 입으로 계속 전해졌다. 용이나 다하크에 관한 이야기도 그런 것 중에 하나였던 것이다. 중세 이슬람의 서사시 『왕서』에도 다하크에 관한 이야기가 나온다.

아라비아의 어느 나라에 자하크라는 왕자가 있었다. 이 왕자는 용감하고 대담했지만 경솔한 면도 있었다. 악신 아흐리만(조로아스터교의 신)은 인간으로 변신해서 왕자의 친구가 된 다음 그를 유혹했다.

"아버지를 죽이고 네가 왕이 되는 게 좋지 않을까?"

"그래? 어떻게 그렇게 할 수 있지?"

물론 아흐리만은 악신답게 조금의 실수도 하지 않았다. 신심이 깊은 부왕은 새벽마다 마당에 나가 기도를 드렸다. 아흐리만은 그때를 노려 길 중간에 굴을 파서 왕을 빠뜨렸다.

그 다음에 아흐리만은 요리사로 변신해서 왕이 된 자하크 앞에 나타났다. 당시에는 야채가 주된 먹거리였다. 요리사는 우선 계란 요리를 만들어 왕에게 맛을 보게 했다. 다음에는 새를, 또 그 다음에는 양을 요리해서 왕에게 바쳤다. 그리고 마침내는 쇠고기를 바쳤다. 대단히 만족감을 느낀 왕은 요리사에게 말했다.

"원하는 게 있으면 말해보아라."

"원하는 것은 없고 단지 전하의 양어깨에 입을 맞추고 싶습니다."

요리사가 왕의 어깨에 입을 맞추자 악신은 순식간에 어디론가 사라졌다. 그리고 곧바로 왕의 양어깨에서 두 마리의 검은 뱀이 생겨났다. 왕은 사방으로 치료법을 찾다가 끝내는 찾지 못하고 뱀을 잘라내버렸다. 하지만 잘라내도 자꾸만 또 생겨났다.

아흐리만은 인간의 모습, 곧 의사로 변신하여 왕을 찾아갔다.

"잘라내서는 안 됩니다. 먹이를 주어야 하는데, 인간의 뇌가 좋습니다. 그렇게 하면 뱀은 저절로 죽을 것입니다."

이후 왕은 죄인을 차례로 죽여 뱀에게 먹이로 주었다. 그러다 나중에는 먹잇감을 구하기 위해 이란을 정복하였다. 사람을 죽여 그 뇌를 뱀에게 먹이로 주는 암흑기는 오랫동안 계속되었지만 마침내 용사 팔리둔이 등장함으로써 아흐리만의 간계는 빛을 잃고 말았다. 팔리둔은 뱀의 왕을 사로잡은 후에 쇠사슬로 단단히 결박해서 산 속에 가두었다. 그렇게 해서 세상은 다시 평화를 찾게 되었다.

이처럼 고대의 머리가 세 개 달린 용은 두 어깨에 뱀의 머리를 달고 있는 인간으로 변해 새로운 생명을 얻게 되었다. 이란인 중에 자하크 이야기를 모르는 사람은 없다. 1979년 이란 혁명이 일어나 국왕이 추방되었을 때, 포스터에 묘사된 왕의 양 어깨에 뱀이 그려져 있었다고 한다.

서사시의 용과 그 퇴치법

이란이 이슬람에 정복된 후에도 예전의 모습을 그대로 간직한 채 살아남은 용도 있다. 이란의 서사시나 민화, 전설은 용에 관한 이야기로 가득 차 있다.

서사시의 용은 대부분 머리와 입이 하나지만, 그 입은 무시할 수 없을 만큼 위력적이다. 입을 열면 마치 지옥문이 열린 것처럼 숨을 내쉬며 무서운 불과 화염을 분출한다. 그런 후에 숨을 들이마시면 그 앞에 있는 말이나 기사는 물론이고 물 속의 악어나 하늘의 독수리도 빨려들어간다. 그 입 속을 들여다보면, 사람이나 동물이 죽은 채로 거대한 이빨에 끼어 있다.

몸집은 산처럼 거대하며, 전신에 붙어 있는 비늘은 그 하나하나가 방패처럼 크다. 차바퀴 같은 눈은 빛이 날 뿐만 아니라 대단히 밝아서 밤하늘의 별빛 같은 약간의 빛만 있어도 반사가 되어 마치 거울처럼 보인다. 까만 혀는 땅 쪽으로 늘어뜨리면 검은 거목처럼 보일 정도다. 그리고 코와 꼬리에서는 황색 독(毒)이 강처럼 흘러내리며, 발걸음을 옮길 때마다 천지가 진동한다.

실로 이 용은 공포스러운 존재가 아닐 수 없다. 따라서 용을 쓰러뜨린 자는 진정한 용사로서 존경해야 할 것이다. 이런 무시무시한 용들을 물리친 몇몇 영웅들을 소개해보겠다.

갈사스프 이전의 쿨사스파(=킬사스프). 팔리둔이 용을 물리친 후 갈사스프 역시 용을 물리쳐 영웅이 된다. 서사시『갈사스프의 서(書)』에 따르면 그는 불과 열네 살의 나이에 자하크 왕으로부터 용을 물리쳐달라는 부탁을 받았다고 한다. 왕은 갈사스프를 두려워해서 그가 용과 싸우다 죽기를 바랐던 것이다. 용은 원래 바다의 주인이었는데, 폭풍우의 전조로 지상에 올라와 산 속에 터를 잡고 살았다.

갈사스프는 먼저 독을 견딜 수 있는 약을 삼킨 후에 용이 있는 곳으로 향했다. 용과 맞선 젊은 용사는 활로 목을 쏘아서 입을 벌리게 한 다음 힘껏 창을 집어던졌다. 그럼에도 불구하고 용은 죽지 않았다. 그래서 몽둥이를 휘두르며 달려가 머리를 계속 내려치자 용은 더 이상 견디지 못하고 죽어버렸다. 그와 동시에 용사도 기운을 잃고 쓰러졌다. 그러나 다시 의식을 되찾은 그는 자신이 아직 살아 있다는 사실을 깨닫고 신에게 감사의 기도를 드렸다. 이후 그의 전기(戰旗)에는 용의 문장이 들어가게 되었다고 한다.

사므 영웅 로스탐의 조부(祖父). 용을 일격에 죽였다고 해서 '일격의 사므' 라고 불린다. 아들인 자르가 사랑의 열병을 앓을 때 사므는 이란 왕의 도움을 얻기 위해 한 통의 편지를 썼다. 편지 속에서 그가 언급한 용 퇴치에 관한 이야기는『왕서』에 등장하는 여러 글 중에서 가장 명문으로 알려져 있다.

로스탐 이란 최대의 영웅. 일생 동안 용을 두 번이나 물리쳤다. 첫 번째 용은 젊은 나이에 술책을 사용해 물리쳤다. 용을 속이기 위해 소가죽에 돌과 석회를 채워넣은 다음 그것을 먹게 하자 용의 배가 터졌다고 한다. 일설에는 상자 속에 들어가 있다가 용이 그것을 삼키자 뱃속에서 뛰쳐나와서 용을 죽였다고도 하고, 또 상자에 독이 든 칼을 숨겨놓고 그것을 먹여 죽였다고도 한다.

두 번째 용은 여행 도중에 만났다. 이 용은 사람의 말을 알아들을 뿐만 아니라 자유자재로 밤의 어둠 속으로 녹아들 수 있는 능력을 가지고 있었다. 로스탐은 용을 안심시키기 위한 계략으로 그 옆에서 잠이 들었는데, 애마(愛馬)인 락슈는 바로 옆에 용이 있다는 사실을 알고 몇 번이나 로스탐을 깨웠다. 그러자 그때마다 용은 모습을 감추었고, 로스탐은 락슈를 질책했지만 마침내는 용과 맞서게 되었다. 락슈의 도움으로 용의 머리를 베어 떨어뜨리자 황야는 온통 피로 물들었다고 한다.

이스판디얄 늙은 로스탐에게 최대의 적이 된 젊은 영웅. 그 역시 용을 물리친 용사다. 자신의 여동생을 구하기 위해 일곱 가지 난관을 헤쳐나가며 여행하던 도중에 용을 만난다. 로스탐과 마찬가지로 상자를 이용하는 기지를 발휘해서 용을 물리친다.

이스칸달 알렉산드로스 대왕을 가리킨다. 그는 산꼭대기에 사는 용을 물리친다. 머리가 다섯 달린 소의 가죽을 벗겨 그 속에 독과 기름을 채워넣은 후에 용의 앞에 내놓았다. 아무 의심 없이 그것을 집어삼킨 용은 엄청난 고통에 몸부림치다가 결국 절명하고 만다.

아르다시르 사산 왕조의 시조. 현명한 왕으로 명성이 높았으며, 많은 일화를 남겼다. 그는 페르시아만 쪽에 있는 성을 공격한 적이 있었다. 그런데 그 성은 한 마리의 용이 지키고 있었다. 그래서 왕은 용의 입 속에 뜨거운 불로 녹인 아연과 납을 들이부어서 죽였다고 한다.

민화 속의 용

민화에도 수많은 용이 등장한다. 서사시에 등장하는 용과 그 모습이나 성격이 비슷하지만 몇 가지 다른 점도 있다. 사람의 말을 더 잘 알아듣고, 마법의 힘으로 모습을 감추는 능력을 가지고 있는 경우가 많다. 로스탐이 물리친 것도 바로 이런 용들이었다.

민화 속의 용은 샘이나 우물, 강처럼 물과 관련된 곳에 산다. 지하의 동굴이나 산 속에 사는 경우도 적지 않다.

간혹 보물이나 신령스러운 나무를 수호하기도 한다. 우물 위에 버티고 앉아서 사람들이 물을 사용하지 못하게 하는 경우도 있는데, 이때 사람들은 아름다운 처녀를 바치기도 했다. 그러나 다행스럽게도 그럴 때마다 한 사람의 젊은 용사가 나서서 용을 퇴치한다. 이런 용사들은 갈사스프나 로스탐과 비교해도 결코 뒤지지 않을 만큼 용맹스럽다. 대부분 용을 죽인 후에는 독기로 인해 주민들이 기력을 잃지만 아무도 용사들을 책망하지는 않는다.

민화 속에는 친절한 용도 등장한다. 주인공을 도와서 맹수를 잡아먹거나 마법의 힘을 빌려주기도 한다. 하지만 이런 성격의 용은 조로아스터교의 경전이나 중세의 서사시 속에는 나타나지 않는다. 어쩌면 친절한 용은 예로부터 있어 왔지만 문자로는 기록되지 않았는지도 모른다.

하여간 용이라는 존재는 비록 상상 속의 동물이기는 하지만 아주 오래 전부터 인간과 더불어 살아왔다고 할 수 있다.

둘째 날 밤
영 웅 의 세 계

밤의 이야기 속에는 많은 영웅들이 등장한다.

그런 영웅 중에는 갖가지 사람들이 있다.

어떤 자는 기지를 발휘하기도 하고, 어떤 자는 무용을 뽐내기도 한다.

또 어떤 자는 신앙의 힘에 의지하기도 한다.

한 모금의 술도 마시지 못하는 자, 평생을 싸움과 말젖으로 만든 술로 사는 자,

오로지 주색만 탐하는 자도 있다.

어떤 자는 한창 젊은 나이에 죽음을 맞고, 어떤 자는 수백 년간 살기도 한다.

하지만 그들에게는 한 가지 공통점이 있다.

평생 동안 단 하나의 것에 몰두하면서도 결코 후회하지 않는 것,

바로 그렇게 살았던 사람들을 우리는 영웅이라고 부르는 것이다.

그러면 오늘밤에는 그런 영웅들에 대해 이야기해 보자.

이브라힘
순 수 했 던 신 앙 의 조 상

이슬람 교도에게 메카는 아주 특별한 곳이다. 신도는 평생에 한 번 반드시 이 도시를 방문해서 카바 주위를 일곱 번 돌아야 하며, 그 사이에 메카의 검은 돌에 입을 맞추고 손을 댄다. 이것을 순례(巡禮)라고 한다.

메카 순례는 다신교 시대부터 존재했던 관습이다. 그러나 이슬람교의 전승에 따르면 참된 신앙을 가졌던 유일신교 신자가 처음 시작한 것이라고 한다. 그 사람의 이름은 이브라힘, 『성서』에는 아브라함으로 기록되어 있다.

절대자를 찾아나선 이브라힘

『성서』의 아브라함은 유대 민족의 선조다. 신은 가끔 그의 앞에 환영(幻影)과 함께 나타나 자신의 말을 전하고 계약을 맺었다.

이슬람교에서 이브라힘은 유대교의 아브라함 이상의 존재다. 사람들은 신을 잊고 많은 마신(魔神)을 숭배하였지만 그는 진실한 유일신 신도로서 마음 깊이 숭배할 신을 찾았다. 그의 아버지 역시 다른 사람들과 마찬가지로 우상을 숭배했다. 이브라힘은 그런 우상들이 신이 아니라는 사실을 납득시키지 못해 깊은 고민에 빠졌다. 그러던 어느 날 그는 한밤중에 황야로 나갔다. 머리 위에서 별 하나가 밝게 빛나는 것을 보고 저 별이야말로 내가 주님이라고 부를 수 있는 것이 아닐까 하고 생각했다.

그러나 밤하늘에서 별이 지자 이브라힘은 "나는 모습을 감추는 것에는 마음에 두지 않는다"고 말했다. 그리고 달이 뜨자 이브라힘은 이렇게 말했다. "이것이야말로 진정한 나의 주님이시다."

하지만 달도 기울었다. 그 다음으로 그의 머리 위로 떠오른 것은 태양이었다. 이번만은 달이나 별과는 다를 것이라고 생각했다. 태양을 그 어떤 것과 감히 비교할 수 있을까. 하지만 그것마저도 어디론가로 가라앉고 말았다.

그는 이 세상에서 영원하다고 생각했던 모든 것들이 실제로는 그림자에 지나지 않는다는 사실을 깨달았다. 그래서 하늘과 땅의 왕국을 건설한, 눈에 보이지 않는 절대자를 숭배하게 되었다. 이렇게 해서 그는 신을 공경하게 되었고, 신도 역시 그를 사랑하게 되었다. 그 결과 그는 신의 말을 예언하는 자, 즉 예언자가 되었다.

일화

이슬람교는 유대교와 기독교의 예언자들을 인정한다. 그들은 모두 참된 신앙(이슬람교)을 설파했지만 후세 사람들이 이 가르침을 곡해해서 자신들의 처지에 맞는 종교로 만들었다는 것이다.

그런 예언자들 중에서도 이브라힘은 가장 비중 있는 인물이다. 전체 『코란』의 114개 장 가운데 그는 25개 장에 등장한다. 등장하는 횟수로는 무사(모세) 다음이지만, 중요도에서는 그를 능가한다.

이브라힘은 세계 최초의 왕인 사냥꾼 님로드와 문답을 나누게 되었다. 왕은 "중생의 삶과 죽음은 모두 나에게 달려 있다. 살든 죽든 이 세상의 모든 것은 내 생각대로 될 것"이라고 호기롭게 말했다. 하지만 이브라힘은 이렇게 대꾸했다.

"알라신은 태양을 동쪽에서 뜨게 합니다. 만약 당신이 이 세상의 모든 것을 마음대로 할 수 있다면 서쪽에서 뜨게 해보십시오."

이 이야기는 다소 작위적인 느낌이 들지만 예로부터 태양을 숭배했던 사람들의 주장을 논박한다는 면에서 상당히 설득력이 있다.

어느 날 이브라힘은 신의 시험에 응해 자신의 아들을 산 제물로 바치는 꿈을 꾸었다. 이것도 신의 뜻인가 하고 고민하던 끝에 눈물을 흘리며 아들을 떠나보내기로 하고 단검을 빼들었다. 물론 신은 인간 산 제물을 좋아하지 않았다. 그러나 이브라힘이 자신의 뜻을 충실히 따르려는 자임을 확인하고 곧바로 그의 행동을 제지한 후에 큰 복을 내렸다. 역으로 이브라힘이 신을 시험한 적도 있었는데, 이에 신은 새를 되살려내는 기적을 보여주었다고 한다.

예언자가 된 이브라힘은 다신교와 우상 숭배에 맞서 싸웠다. 어떤 때는 사람들이 우상들에게 절하는 모습을 보고 "이 상들이 존귀한 신이란 말인가? 많은 공물들이 이렇게 바쳐져 있지만 아무것도 먹지 못하지 않느냐? 왜 입을 열지 못하는가?"라고 말하면서 오른손으로 상을 쳐서 쓰러뜨렸다. 그 때문에 그는 작은 집에 갇힌 채로 불태워지는 끔찍한 고통을 당했다(이는 『코란』 속에 등장한다. 무하마드는 이 이야기를 하면서 자신도 언젠가는 카바의 신전에 있는 우상들을 쓰러뜨려야겠다는 생각을 했다고 한다).

다시 메카로

그는 긴 생애의 마지막 순간에 자식 이스마일(이스마엘)과 함께 메카에 정착했다. 그곳은 누프(노아)의 대홍수가 있기 훨씬 이전에 낙원에서 추방된 아담이 외롭게 살았던 곳이었다. 이브라힘의 아들은 이 도시에 훌륭한 신전을 건설해서 카바라고 불렀다. 그리고 세계인들을 향해 참된 신앙을 설파하기 시작했다. 그러나 참된 신앙에 귀를 기울이는 사람은 많지 않았다. 그래서 예언자들은 참된 신앙의 전파를 위해 많은 노력을 기울였다. 그들의 활약상에 대해서는 다른 항목을 참조하기 바란다.

예언자

『 성 서 』 와 『 코 란 』 의 예 언 자 들

예언자 이브라힘은 신의 법을 설파했지만 박해를 피할 수는 없었다. 그것은 다른 예언자들도 예외는 아니었다. 그를 전후로 한 많은 예언자들도 법을 설파하고 박해를 받았으며, 심지어는 살해당했다. 이슬람 교도에게 『성서』는 박해를 받고 배반한 무수한 예언자들을 묘사한 비극의 책이나 다름없다. 그래도 『성서』에 기록이 남아 있는 사람은 괜찮지만 무수히 많은 사람들은 이름 조차 남기지 못한 채 잊혀졌다. 일설에는 천지 개벽 이후 무하마드까지의 예언자 수는 12만 4천 명이며, 계전(啓典, 계시를 전한 책)의 수는 104권이었다고 한다.

그러나 『성서』와 달리 『코란』에 등장하는 많은 예언자들은 비극의 주인공이 아니었다. 신탁을 통해 『코란』의 내용을 구술한 무하마드는 숱한 역경을

■이슬람교, 유대교, 기독교 비교

구분	이슬람교	유대교	기독교
신	알라	야훼	야훼
예언자	신 · 구약성서의 예언자와 무하마드	구약성서의 예언자	신 · 구약성서의 예언자
경전	신 · 구약성서 일부와 『코란』	구약성서	신 · 구약성서
구세주	신	종말에 나타난다	예수 그리스도
성지	메카, 메디나, 예루살렘	예루살렘	예루살렘
우상 숭배	절대 금지	절대 금지	금지

헤치고 나가 승리를 거둔 참된 신앙인이었다.『코란』속의 예언자들은 당연히 그와 비슷한 면모를 지니고 있다.『코란』에 등장하는 몇몇 예언자들을 소개해 보도록 하자.

유습

『성서』의 요셉. 이슬람 세계에서는 미남의 대명사로 통한다.『코란』에는 많은 예언자들이 등장하지만, 한 장(章)에서 전적으로 한 사람의 이야기만 다룬 것은 '유습' 장뿐이다.

유습은 아버지의 사랑을 독차지했다. 이를 시기한 형들은 그를 황야로 데리고 가서 우물 속에 가두어버렸다. 그러고는 아버지에게 "유습은 황야에서 이리에게 잡혀먹히고 말았습니다" 하고 거짓말을 했다. 하지만 다행스럽게도 유습은 그곳을 지나가던 사람에게 발견되어 목숨만은 건질 수 있었다. 그런데 또 시련이 기다리고 있었다. 그들은 유습을 노예로 팔아넘겼던 것이다. 그를 산 이집트인은 아내에게 이렇게 말했다.

"이 녀석은 재주가 있는 것 같으니 무슨 일이라도 시키도록 하오. 경우에 따라서는 양자로 삼을 수도 있지 않겠소."

비록 이런 환경 속에서 자랐지만 그는 의젓한 성인이 되었다. 게다가 그는 상당한 미남이었다. 그런데 이 잘생긴 청년을 흠모하는 여성이 있었다. 바로 안주인이었다. 어느 날 그녀는 유습을 자신의 방으로 불렀다. 유습이 방에 들어오자 그녀는 방문을 닫아걸고 유혹하기 시작했다. 이에 놀란 유습이 달아나자 안주인은 그 뒤를 쫓아가 대문에서 유습의 옷을 붙잡았다. 그런데 마침 밖에 나갔던 주인이 그 모습을 보게 되었다. 그러자 안주인은 이내 태도를 바꾸면서 이렇게 말했다.

"유습이 나에게 나쁜 짓을 하려고 했습니다."

주인은 곤혹스러웠다. 하지만 주변에 있던 한 사람이 지혜를 냈다.

"유습의 옷을 조사해보시지요. 만약 앞쪽이 찢어졌다면 유습이 나쁜 짓을 한 것이고, 뒤쪽이 찢어졌다면 유습이 도망쳤다는 뜻이지요."

조사를 해보니 옷 뒤쪽이 찢어져 있었다. 주인은 유습의 잘못이 아니라는 사실을 알고 이렇게 말했다.

"오히려 네년이 나쁜 년이로구나. 네가 그렇게 나쁜 짓을 저지르다니."

그러나 주인은 안주인의 잘못을 눈감아주었고, 세상 여자들은 안주인이 유습을 유혹했다는 사실에 대해 그리 나쁘게 말하지 않았다. 그래서 안주인은 그런 여자들을 초대해 연회를 베풀었다. 식사를 하기 위해서는 칼을 준비해야 했는데, 안주인은 일부러 유습을 불러 그 일을 시켰다. 유습이 모습을 드러내자 여자들은 그의 뛰어난 용모에 감탄해 마지않았다. 그리고 모두 이렇게 말했다.

"저 남자는 인간이 아니라 분명 존귀한 천사일 거야."

안주인은 웃으면서 이렇게 말했다.

"이 젊은이가 바로 유습이라네."

『코란』은 한 종교의 엄숙한 경전이기도 하지만 그 속에 나오는 이 이야기는 어떤 면에서 피카레스크*의 걸작처럼 보이기도 한다.

무사

『성서』의 모세. 옛날에 유대인들은 파라오가 통치하는 이집트의 노예가 되어 갖은 고초를 겪었다. 하만이라는 페르시아인이 이집트의 재상이 되면서 박해는 더욱 극심해졌다.

무사는 원래 유대 출신이었지만 파라오 왕비의 손에 길러졌다. 말주변은 없었으나 믿을 만한 젊은이로서 훌륭한 체격도 가지고 있었다. 하지만 그의 앞날은 그리 순탄치 않았다.

청년 무사는 길거리에 나갔다가 이집트인이 유대인을 괴롭히는 모습을 보고 유대인을 구해주게 되었다. 약자를 도와준다고 생각해서 편을 들었는데, 뜻하지 않게 상대를 너무 세게 때려서 그만 이집트인이 죽고 말았다.

무사는 '생각지도 않게 이런 일이 생기다니. 아, 악마의 유혹에 넘어갔구나. 저자는 필시 인간을 꼬드기는 악마였음에 틀림없어' 하고 후회했지만 이미 죽은 사람을 되살릴 수는 없었다. 다음날 다시 길거리에 나갔더니 어제 그

---

* 피카레스크 : 소설의 초기 형태. 흔히 '건달 소설'이라고도 한다.

남자가 또 이집트인에게 괴롭힘을 당하고 있어 그를 도와주었다. 이번에도 자신의 의지와 상관없이 불같이 화가 치밀어 이집트인을 내리치려고 하자 상대방은 이렇게 말했다.

"어제 사람을 죽이고 오늘도 또 죽일 셈이냐. 너는 이 나라에서 난폭자로 낙인 찍히게 될 것이다. 네가 만약 공정하게 행동하는 사람이라면 이래서야 되겠느냐."

이 말에 뜨끔해진 무사가 잠시 주춤하고 있는데 한 남자가 달려와서 이렇게 전했다.

"무사, 큰일났어. 장로들이 지금 자네를 죽이려고 회의를 하고 있네. 어서 빨리 도망가라고."

어제 사건이 알려져 그 벌로 자신을 죽이겠다는 것이었다. 무사는 절망하지 않을 수 없었다. 그는 자신도 모르게 "주여, 이 악의 민족으로부터 저를 구해주옵소서" 하면서 재빨리 도시를 빠져나갔다. 어느 정도 도망친 후에 한숨을 돌리고 보니 마드얀이라는 호숫가에 닿아 있었다. 그런데 마침 그곳에서 두 처녀가 양떼에게 물을 먹이고 있었다. 무사가 이들을 돕자 처녀의 아버지가 그에게 감사의 예를 표했다. 무사가 이곳으로 흘러들어오게 된 경위를 설명하자 아버지는 호의를 나타낼 뿐만 아니라 자신의 딸과 결혼시켜 사위로 삼기에 이르렀다. 이렇게 8년이 지나는 동안 무사는 한 집안의 주인이 되어 유목 생활을 해나갔다.

여기까지의 이야기만 보면 종교 경전이 아니라 마치 중국의 『수호전(水滸傳)』 같은 느낌이 든다. 하지만 그 다음부터는 무사가 예언자로서 활약을 펼치는 본래의 종교 경전으로 돌아간다.

무사는 가족들과 함께 황야를 이동하던 도중에 멀리서 불이 피어오르는 걸 보았다. 연기를 보니 나무가 무성한 곳에서 불을 피우는 것 같았다. 가까이

다가가 보니 소리가 들려왔다.

"어서 오너라, 무사야. 내가 바로 너의 주로다……."

이렇게 예언자가 된 무사는 신의 가르침을 갖고 이집트로 돌아갔다. 이집트의 왕 피라운을 참회시키겠다는 목적이 있었던 것이다. 하지만 피라운은 무사의 말을 귀담아듣지 않았다. 오히려 "선조 대대로 믿어온 신앙을 하루아침에 버리란 말인가? 너는 나의 권력을 빼앗으려고 오지 않았느냐"면서 무사를 경계했다. 이는 메카 사람들이 무하마드에게 던진 말과 같은 것이었다.

무사는 많은 기적을 행하고, 또 피라운 주변의 마술사들과 술법을 겨뤄 모조리 승리를 거두었다. 마술사들이 무사의 능력에 감복해 회심을 하자 왕은 더욱 화가 나서 그들을 처형해버렸다. 무사는 할 수 없이 유대 민족을 이끌고 이집트 탈출을 감행했다. 그 과정에서 홍해를 두 번이나 가르는 기적을 일으켰는데, 이로 인해 뒤쫓아오던 피라운의 군대는 모두 바다에 수장되고 말았다.

무하마드는 메카를 탈출하기 이전에 몇 번이나 이 이야기를 했다고 한다. 어쩌면 히즈라를 결행할 때 그의 머릿속에는 위대한 선지자 무사의 모습이 들어 있었는지도 모른다.

다우드

『성서』의 다윗. 젊은 유대의 왕 다르트(사울)에게 발탁되었으며, 거인 자르트(골리앗)를 물리친 이야기는 널리 알려져 있다. 다우드는 대단히 강한 손 힘을 자랑했는데, 쇳덩어리도 그의 손안에서는 마치 고깃덩어리처럼 변했다고 한다. 또 손가락 끝의 힘만으로 쇠를 구부러뜨릴 정도였다고 한다. 세계 최초로 갑옷을 만든 것도 바로 그였다.

그뿐만이 아니었다. 다우드는 세상에 둘도 없는 아름다운 목소리로도 유명했다. 아침저녁으로 신에게 기도를 드리면 사방 천지의 새들과 산들이 함

무사의 지팡이

연기가 피어오르는 숲 그늘에서 계시를 받았을 때 신은 무사에게 질문을 던졌다.

"오른손에 쥐고 있는 것이 무엇이냐?"

"지팡이입니다. 여러 가지로 쓸모가 많은 물건입니다. 이것으로 나뭇잎을 떨어뜨려 양에게 먹이기도 하고, 다른 짐승을 쫓을 때도 씁니다."

이는 사막에서 유목 생활을 하는 사람이 할 수 있는 지극히 현실적인 답변이었다. 그런데 이야기를 들은 신이 무사에게 말했다.

"무사야, 그 지팡이를 던져보아라."

신의 뜻대로 지팡이를 던지자 놀랍게도 뱀으로 변했다. 그 후 무사는 피라운 앞에서 몇 번이나 이 기적을 행했다. 이집트의 요술사들이 지팡이와 그물을 던져 뱀으로 변하게 하자 무사는 자신의 지팡이를 던져 뱀으로 변하게 한 후 모두 잡아먹게 했다.

후대에 이 지팡이와 관련된 많은 이야기들이 생겨났다. 그런 이야기에 따르면, 이 지팡이는 아담이 에덴 동산에서 가지고 나온 것으로 역대 예언자들이 사용했던 것이라고 한다. 또 어둠 속에서도 빛이 나며, 대지에 심으면 무수한 과실이 열리는 과수(果樹)가 된다는 이야기도 있다. 전쟁터에서는 머리가 둘 달린 용이 되기도 하며, 집어던지면 바위산도 뚫는다고 한다.

무사와 관련된 것으로는 그가 잠이 들면 이 지팡이가 보초를 섰다는 이야기가 있다. 한번은 용이 잠이 든 무사를 기습했지만 지팡이가 용을 죽였다고 하며, 또 피라운이 보낸 일곱 명의 자객이 잠이 든 무사를 습격했지만 지팡이가 이들을 모두 물리쳤다고 한다.

께 노래를 불렀다고 한다.

다르트 왕은 그의 능력을 높이 평가해 자신의 사위로 삼기에 이르렀다. 하지만 자신보다도 사위에 대한 평판이 점점 높아지자 그를 두려워하게 되었다. 언젠가 자신의 왕위를 빼앗을지 모른다는 생각이 들었던 것이다.

그래서 왕은 다우드를 몰래 죽이기로 했다. 그러나 딸은 아버지의 흉계를 미리 알아차리고 남편 다우드에게 주의를 주었다. 그런 사실을 안 다우드는 그때부터 옷 속에 갑옷을 입은 채로 잠자리에 들었다. 기회를 엿보던 왕은 어느 날 밤 다우드의 침실에 몰래 들어가 그의 가슴을 검으로 힘차게 찔렀다. 그러나 검은 도로 튀어나올 뿐 다우드는 조금도 상처를 입지 않았다. 잠에서 깨어난 다우드가 무슨 일이냐고 묻자 왕은 너무나 부끄러워 칼을 떨어뜨리고 말았다.

그 후 다우드는 이 사건을 비밀에 붙이고 결코 발설하지 않았다. 시간이 흘러 다르트 왕이 죽자 다우드는 유대 민족의 새로운 왕으로 즉위했다. 유명한 슬라이만(솔로몬)은 바로 그의 아들이다.

슬라이만

『성서』의 솔로몬. 위대한 마력의 소유자였으며, 진니를 자유자재로 부렸다고 한다. 상세한 것은 '슬라이만' 항목 참조.

아이유브

『성서』의 욥. 그는 막대한 재산과 가축을 소유한, 이 세상에 남부러울 것 없이 행복한 사나이였다. 하지만 신은 그에게 가혹한 시련을 내렸다. 그의 전 재산을 불태워버렸을 뿐만 아니라 일족들도 모두 죽여버렸으며 게다가 병까지 걸리게 만들었다. 그에게 남은 것이라고는 오직 아내뿐이었다.

사람들은 아이유브에게 "네가 말하던 신은 도대체 어디에 있지? 너를 잊어버린 게 분명해" 하며 조롱했지만 그는 조금도 귀담아듣지 않았다. 그러나 그의 아내마저도 신의 무자비함에 분노하며 악마를 숭배하기에 이르렀다. 이에 아이유브는 몹시 화를 내며 "만약 내 병이 나으면 너를 채찍으로 100번 내리 치겠다"고 맹세했다.

그러나 점차 심약해진데다 병으로 허약해진 그는 신에게 간절하게 매달 렸다.

"주여, 저에게 내리신 병 때문에 너무나 쇠약해졌습니다. 제발 제 병이 낫 게 해주십시오."

그러자 신이 응답했다.

"네 다리로 어디든 걸어가 보아라."

신이 말한 대로 걸어가자 맑은 물이 용솟음치는 곳이 나왔다. 그 물로 몸을 씻자 언제 병을 앓았느냐는 듯이 말끔하게 치유되었다. 또한 잃었던 재산과 가축, 일족도 바로 눈앞에 다시 나타났는데, 모두 두 배로 불어나 있었다.

계속해서 신이 말했다.

"마른풀로 채찍을 만들어 그것으로 아내를 아프지 않게 내리치도록 해라. 맹세한 것을 깨뜨려서는 안 될 터이니."

이사

『성서』의 예수. 이슬람교의 이사는 신이 아니라 위대한 예언자다. 동정녀 마리암(마리아)의 몸에서 태어났다는 것은 기독교와 같다. 그 때문인지 그의 인간 아버지 요셉은 기독교나 이슬람교에서 그리 큰 조명을 받고 있지 못하다.

마리암은 월경 때의 금기를 지키기 위해 구석방에 들어가 있었다. 그런데 천사 지브릴(가브리엘)이 늠름한 남자의 모습으로 나타나 "너에게 조금도 때 묻지 않은 아들을 주겠다"고 말했다. 이렇게 해서 그녀는 처녀의 몸으로 임신 을 하게 되었다.

『코란』에서는 이 부분의 기술이 다소 애매한데, 그 때문에 일부 학자들은

"이사는 마리얌과 지브릴 사이에서 태어난 자식"이라는 설을 내놓기도 했다 (푸슈킨[*] 도 이와 유사한 내용의 장시를 쓰기도 했다).

얼마간의 시간이 흐른 후에 마리얌은 야자수 그늘 아래서 드디어 출산을 하게 되었다. 출산으로 고통스러워하는 그녀를 돕기 위해 대지는 강물을 뜨겁게 데웠고, 야자수는 탐스런 열매를 떨어뜨려 주었다. 이렇게 마리얌은 자신의 의지와 관계없이 아이를 낳게 되었다.

그런데 그녀가 아이를 낳았다는 사실이 알려지자 사람들은 마리얌을 부정한 여자라고 힐난했다. 그러자 갓난아이는 요람 속에서 소리를 질러 그녀를 두둔했다. 이사가 일으킨 최초의 기적이었다.

이사가 일으킨 기적은 상당히 많다. 그가 진흙으로 새 모양을 만들어 숨을 불어넣으면 진흙은 살아 있는 새가 되어 날아갔다. 또 맹인의 눈을 뜨게 하고, 나병환자를 낫게 했으며, 죽은 자를 살려냈다. 그리고 하늘의 음식을 제자들에게 먹이기도 했다. 모두 신의 허락을 받아 기적을 보여준 것이었지만 그것을 본 사람들은 놀라지 않을 수 없었다.

"이건 도대체 무슨 요술이지?"

그들은 이사를 십자가에 못박으려고 했지만 그는 다른 사람을 내세우고 도망쳤다. 이사를 대신한 인물은 시몬(이사의 제자)이라고도 하고 유다였다고도 한다.

그 후 이사의 행적은 알려져 있지 않는데, 살아서 하늘로 올라갔다는 설이 가장 유력하다. 일설에 따르면 그는 지상으로 돌아와 사람들이 한창 새벽 기도를 드릴 때 예루살렘 성문으로 들어왔다고 한다. 그때 그의 머리에는 향유

* 푸슈킨(1799~1837) : 러시아의 시인이자 소설가. 러시아 근대 문학의 창시자로 평가받고 있다. 작품으로는 『대위의 딸』 등이 있다.

가 발라져 있었으며, 손에는 창을 들고 있었다고 한다. 그는 도시 가운데에 있는 십자가를 무너뜨리고, 기독교 교회와 시나고그(유대교의 예배당)를 쳐부수었다. 그리고 신을 믿지 못하는 자들도 모두 쳐죽였다. 이사는 그 후 40여 년간 평화롭게 살다가 이슬람 교도로서 죽음을 맞았는데, 그의 시신은 메디나에 있는 아부 바크르와 우마르의 무덤 사이에 묻혔다고 한다.

슬라이만
진니의 지배자

슬라이만은 『성서』의 솔로몬에 해당한다. 이스라엘 왕국 최전성기의 통치자였던 솔로몬은 주변 지역의 통상로를 장악하여 막대한 부를 축적한 것으로 알려져 있다. 그는 시인으로서도 명성이 높았으며, 진위를 의심받고 있지만 오랫동안 '전도서'의 작자로 알려져 왔다('전도서' 속에는 저자가 '다윗의 아들로서 예루살렘의 왕'이라고 나와 있지만 후대의 연구에 따르면 이는 거의 신빙성이 없다).

유대교의 솔로몬은 역사상 가장 뛰어난 현자(賢者)지만 마법을 구사해서 신앙을 타락시킨 일면도 있다. 마법의 힘으로 무수히 많은 악령을 불러서 그들을 사역시켰다는 것이다. 그 때문에 중세 이후 솔로몬 왕이 썼다는 많은 마술서들이 대량으로 나돌았다. 그 중에서 특히 유명한 것이 17세기에 나온 『레메게든』, 즉 '솔로몬의 열쇠'라는 책인데, 여기에서는 솔로몬 왕이 사역시킨 72악마의 소환법과 그 능력을 상세하게 소개하고 있다.

이슬람교의 슬라이만도 이러한 인물상에서 크게 벗어나지 않는다. 아랍의 역사가들에 따르면, 이 세상에는 네 명의 위대한 정복자가 있었다고 한다. 그 중 두 명은 이교도인데, 한 사람은 사냥꾼 님로드이고 또 한 사람은 바빌로니아의 왕이었던 네부카드네자르였다. 그리고 충실한 신도 두 사람은 이스칸달(알렉산드로스)과 슬라이만이었다. 그 중에서 가장 독특한 면모를 지닌 인물이 슬라이만이다.

슬라이만은 다우드(다윗)의 아들로서 그가 왕위에 오른 후에 왕국은 커다란 번영을 누렸다. 그는 명민함과 통찰력을 갖추었으며, 머리는 지혜와 공정

함으로 빛났다. 또 학식은 요르단의 계곡처럼 깊었다. 그럼에도 한 가지 특이한 것은 그가 마술과 신탁을 자주 행했다는 사실이다.

『코란』을 토대로 그의 일생을 한번 추적해보도록 하자.

『코란』에 따르면

다우드 왕의 아들 슬라이만은 젊었을 때부터 공정한 재판을 한 것으로 알려져 있으며, 선왕이 죽은 후에는 많은 왕자들과의 경쟁을 통해 왕위에 올랐다. 신은 왕에게 불가사의한 지혜를 주었다. 즉, 그는 새나 동물의 말을 알아들을 수 있었으며, 자연 현상인 바람도 자신의 의지대로 부릴 수 있었다. 대지 또한 왕을 위해 황동(黃銅)을 세상 밖으로 분출했다. 그리고 진니와 샤이탄도 자유자재로 부렸다.

진니들은 그의 명에 따라 장대한 궁전을 건설했으며, 무수히 많은 사원과 거대한 상(像)들을 세웠다. 바닷속에 잠겨 있던 아름다운 진주도 가지고 왔다. 만약 왕의 명령을 배반하면 지옥의 고통이 그들을 엄습했다. 슬라이만의 군대는 세 종류의 병력으로 구성되었는데, 그것은 진니와 인간, 새〔鳥〕였다.

슬라이만의 군대는 열을 지어 행진하다가 개미들이 사는 계곡을 지나가게 되었다. 그 모습을 다른 개미들보다 먼저 본 개미 한 마리가 다급하게 외쳤다.

"자, 모두들 빨리 굴 속으로 들어가라. 저들한테 짓밟히면 큰일이야!"

모든 새와 동물의 말을 알아들을 수 있었던 왕은 미소를 지으며 군대에게 개미를 밟지 말라는 특별한 지시를 내렸다. 그러고 나서 검열을 하였는데 자신이 기르는 후루티라는 새가 보이지 않았다. 그래서 속으로 '나중에 오면 지각한 죄로 벌을 주어야지' 하며 기다리고 있는데, 마침 후루티가 모습을 드러냈다. 후루티는 다음과 같이 말했다.

"폐하, 그간 안녕하셨는지요. 제가 이렇게 늦은 것은 들을 만한 이야기를 가지고 왔기 때문입니다."

들을 만한 이야기란 바로 미녀에 관한 것이었다.

시바의 여왕

이 미녀 여왕에 대한 이야기를 들은 왕은 곧바로 편지를 보내 그녀를 초대하면서 알라신을 숭배하라는 내용도 덧붙였다. 여왕이 온다는 소식을 듣고 왕은 신하들에게 이렇게 말했다.

"너희들 중에 여왕께서 여기로 오시는 동안에 사바에 가서 여왕의 옥좌를 가지고 올 자가 없느냐?"

그러자 신하들 중에서 경전에 능통한 현자가 이렇게 대답했다.

"눈 깜짝할 새에 그렇게 할 수 있습니다."

어떻게 했는지 현자는 왕의 분부대로 여왕의 옥좌를 가지고 나타났다. 이윽고 여왕이 도착하자 왕이 말했다.

"여왕의 옥좌가 여기에 있소이다."

여왕은 왕의 능력에 간담이 서늘해지지 않을 수 없었다. 놀란 가슴을 진정시키지 못한 채로 왕의 궁전에 도착하자 마루 위에 물처럼 투명한 무언가가 깔려 있었다. 하지만 여왕은 물이라고 생각하고 자신도 모르게 치마를 살짝 걷어올렸다. 그러자 슬라이만이 말했다.

"하하, 이건 물이 아니라 수정입니다."

여왕은 왕의 능력에 더욱 감탄을 하고 그날부터 알라신을 섬기게 되었다고 한다.

한 마리의 벌레

나이가 들수록 더 많은 지혜를 얻게 된 왕은 진니들을 엄격하게 다루었다. 진니들은 조각상, 큰 대문, 수조 같은 큰 그릇, 거대한 냄비 등을 비롯한 모든 것을 만들어냈다. 그리고 최후로 만든 것이 유명한 슬라이만의 신전이었다.

신전은 대단히 크고 훌륭했는데, 신통력이 있는 진니들도 이것을 건설하는 데는 오랜 시간이 걸렸다. 그 사이에 슬라이만은 신전의 완성을 보지 못하고 숨을 거두었다. 그러나 그의 사체는 그가 가지고 다니던 지팡이에 의지하고 있어서 마치 살아 있는 것처럼 보였다. 그래서 진니들은 왕이 아직 살아 있다고 착각하여 열심히 신전 건설에 매달렸다.

하지만 지팡이 속으로 구더기 한 마리가 들어가 지팡이를 조금씩 갉아먹었다. 그렇게 오랜 시간이 지나자 지팡이는 부러지고, 왕의 사체도 쓰러지고 말았다. 이렇게 해서 진실을 알게 된 진니들은 사방으로 흩어졌다고 한다.

이것이 슬라이만에 대한 마지막 이야기다.

후세의 이야기

앞서 소개한 이야기만으로도 충분히 신비하다고 할 수 있지만, 후세에 생겨난 이야기가 더 환상적이다.

일설에 따르면 진니가 탄생한 것은 아담이 태어나기 2천 년 전으로, 그 사이에 40명의 왕이 세상을 통치했다고 한다. 그런데 그들의 이름이 모두 슬라이만이었다는 것이다. 피라미드를 건설한 것은 '다우드의 아들 슬라이만' 이며, 『코란』 속에 등장하는 많은 일화를 남긴 것 역시 슬라이만이라고 한다. 물론 진니를 자유자재로 부린 것도 슬라이만이었다.

그러나 이와 다른 설도 있다. 이집트의 학문(오컬트)에 능통했던 슬라이만은 마법의 반지를 만들어서 그 힘으로 진니를 부렸다고 한다. 반지에는 알라신의 무수한 이름 중에서 '가장 위대한 이름' 이 새겨져 있어 무엇보다 강력한 힘을 발휘했다는 것이다.

그리고 반지에 관한 설도 있는데, 절반은 황동으로, 나머지 절반은 철로 만들었다고 한다. 그래서 착한 성격을 가진 진니에게 황동 인장, 성질이 나쁜 진니에게는 철 인장이 찍힌 명령서를 내려보냈다는 것이다.

현재는 슬라이만 왕이 그 반지를 잃어버린 이야기도 전해지고 있다.

왕은 우상을 숭배하는 자라다라는 여인을 애첩으로 맞아들였다. 그 때문에 천운은 왕에게서 떠나 사프르라는 샤이탄이 반지를 차지하게 되었다. 사프르는 왕으로 변신해 왕좌를 차지하고 40일 동안 자기 마음대로 나라를 다스렸다.

그 사이에 왕은 어느 곳에도 의지할 수 없는 신세가 되어 세상을 떠돌아다녔다. 하지만 사프르는 실수로 반지를 바다에 빠뜨리는 바람에 힘을 잃고 말았다. 그때 마침 유랑 생활을 하던 슬라이만이 바다에서 고기를 낚아올려 배를 갈라보니 예전의 반지가 나오는 게 아닌가. 이렇게 해서 그는 왕좌를 되찾고 자신의 죄를 깊이 뉘우쳤다고 한다.

슬라이만이 왕좌에서 쫓겨난 날이 그 달의 13일째 되는 날이었기 때문에 그때부터 13일이 불길한 날이 되었다고 한다.

슬라이만은 반지 외에도 다음과 같은 갖가지 보물들을 가지고 있었다고 한다.

녹색 테이블 녹색이 감도는 돌기둥으로 만든 거대한 테이블. 다리가 무려 360개나 달려 있고 무수한 진주와 루비가 박혀 있었다. 왕이 죽은 후에 스페인으로 넘어갔는데, 우마이야 왕조의 스페인 정복 후 톨레도에서 발견되었다고 한다.

마법의 거울 이것을 들여다보면 세계의 모든 곳을 볼 수 있다.

마법의 양탄자 녹색 비단으로 만든 나는 양탄자. 왕이 이 양탄자에 올라타고 아침에 시리아를 떠나 저녁에 아프가니스탄에 도착한 적이 있다고 한다.

병 앞서 소개한 것들과 비교하면 이 병은 그리 중요한 보물이라고 할 수 없다. 그러나 악성 진니를 이 병에 집어넣어서 바닷속에 버린 적이 있다. 하지만 몇백 년이 지난 후에 한 어부가 이것을 여는 바람에 어려운 처지에 빠지게 되었다.

이스칸달
전 설 적 인 정 복 왕

알렉산드로스는 고대 마케도니아의 전설적인 정복왕이었다. 기원전 4세기에 그리스와 페르시아를 병합해서 거대한 제국을 건설하였지만 젊은 나이에 병사했다. 임종 때 신하들이 누구에게 왕위를 물려주겠느냐고 묻자 "가장 강한 자에게"라고 대답했다고 한다. 이 애매한 말 때문에 왕의 사후에 장군들이 권력을 차지하기 위해 서로 싸우게 되면서 제국은 사분오열되고 말았다.

뿔의 왕

메소포타미아 문명 이후 서아시아에서 뿔은 마력의 상징처럼 인식되었다. 그래서 주변 여러 나라의 화폐 중에는 뿔이 있는 알렉산드로스의 초상을 그려넣은 것도 있었다. 이는 알렉산드로스의 대제국 건설과 그가 가진 위대한 마력이 결코 무관하지 않다는 것을 의미한다. 즉, 사람들은 그가 위대한 마력을 가지고 있었기 때문에 대제국 건설이 가능했다고 믿었던 것이다.

'뿔의 왕'이라는 이미지는 아라비아에도 전해졌는데, 언젠가부터 아라비아 사회에서 알렉산드로스를 '두 개의 뿔을 가진 사람'이라 부르기 시작했다. 말 그대로 실제로 뿔이 돋아났다고도 하고, 검은머리를 두 가닥으로 말아올린 머리가 마치 뿔처럼 보였다고도 한다.

그리고 시리아나 이란에서는 이스칸달(알렉산드로스가 현지 발음으로 알이스칸달이 된 것)로 부르는 경우가 많았다.

알렉산드로스 또는 이스칸달로 불리는 이 왕에 대해 이슬람 세계에서는 다음과 같은 이야기가 전해지고 있다.

아랍의 전승

옛날 그리스에 위대한 왕이 있었다. 사람들은 그를 '돌 카르나인'이라고 불렀다. 이 왕이 이슬람 교도였다는 것만큼은 확실하지만 예언자였는지는 불분명하다. 그만큼 오랜 옛날이었다.

『천일야화』속에서 바그다드의 한 이발사가 말하기를 "올해는 히즈라가 일어난 지 603년째 되는 해, 이스칸달의 기원으로는 7320년째"라고 언급한 대목이 있다. 이를 역으로 계산해보면 대왕의 정복은 기원전 6천 년경이라는 말이 된다.

또 『코란』에 따르면 그는 신으로부터 지상의 권능을 부여받아 많은 나라를 정복했다고 한다. 그리고 세계의 동쪽과 서쪽, 북쪽을 여행하면서 불가사의한 것들을 많이 목격했다.

서쪽의 끝에 있는 해가 지는 나라에는 진흙 샘이 있으며, 일군의 사람들이 모여 살고 있었다. 동쪽의 끝에 있는 해가 뜨는 나라에 사는 사람들은 옷이나 집이 없었으며, 뜨겁게 내리쬐는 햇볕을 일상적으로 받아들이며 살아가고 있었다.

북쪽의 끝에는 두 개의 산이 우뚝 솟아 있었다. 그 산의 기슭에 사는 사람들은 산의 저쪽 편에서 온 거인족의 횡포에 시달리고 있었다. 사람들의 부탁을 받은 왕은 산과 산 사이에 불로 녹인 동과 철을 흘려보내 거대한 성벽을 만들었다. 이 성벽은 천지 종말의 날까지 사람들을 지켜주었지만, 종말의 날에 붕괴되어 그곳으로 다시 거인족이 밀려들어왔다고 한다.

페르시아의 전승

사실 이란의 입장에서 보면 알렉산드로스는 명백한 침입자다. 그래서 이슬람 이전의 문헌에는 "불화(不和) 요정의 유혹에 넘어간 뱀, 정교(正敎)와 성

149

소·경전의 파괴자'로 묘사되고 있다.

그러나 이슬람의 정복 후에 아라비아의 돌 카르나인 전설이 흘러들어와 이스칸달이 위대한 왕이라는 새로운 이미지가 형성되었다. 그럼에도 불구하고 정복자를 숭배하는 데까지는 나아가지 못했다. 결국 페르시아인들은 왕조를 탈환하기 위해 반란을 일으켰다. 하지만 이 반란은 이내 진압되었고, 왕은 수많은 페르시아인들을 죽여야만 했다.

옛날 페르시아의 왕 다라브는 그리스군(마케도니아)을 크게 물리치고 공주인 나비드를 아내로 맞아들였다. 그러나 페르시아의 왕비가 된 나비드는 어

느 순간부터 이상한 입냄새를 풍기기 시작했다. 그래서 다라브는 아내를 그대로 두고 고국인 페르시아로 되돌아갔다. 하지만 이때 왕비의 몸 속에 아들이 자라고 있었다는 사실은 아무도 알지 못했다.

이렇게 해서 태어난 아들은 이스칸달이라는 이름을 얻었고, 현자 아리스토텔레스의 가르침을 받았다. 아리스토텔레스는 왕자가 각종 놀이나 경기의 승패를 마치 기하학 문제처럼 냉정한 눈으로 바라본다는 사실을 알았다. 장차 큰 인물이 될 게 분명했다.

어느덧 시간이 흘러 이스칸달은 훌륭한 젊은이로 성장했다. 당시 왕이었던 할아버지가 죽자 왕위를 계승하였다. 그리고 얼마 지나지 않아 페르시아의 다라브 왕도 죽었고 이스칸달의 이복동생인 다라(다리우스)가 즉위했다. 그는 즉위한 후에 그리스에 공물을 바치라는 편지를 보냈다. 그러나 이스칸달은 이요구를 거절하고, 직접 군대를 이끌고 페르시아를 침공하기로 마음먹었다. 그때 왕의 나이는 불과 스물두 살이었다.

그는 먼저 여러 명의 사자(使者)를 다라의 진영에 보내 그들의 전력을 파악한 후에 침공했다. 결과는 대성공이었다. 다라는 부하인 재무관과 고문관에게 살해당했으며, 승리자인 이스칸달은 왕국의 모든 것을 가졌다.

하지만 이스칸달은 그리 즐겁지만은 않았다. 동생을 죽인데다 자신의 목표는 사실 페르시아가 아니었기 때문이다. 그가 정작 노린 곳은 보다 동쪽에있는 지역이었다. 그는 기존의 그리스군과 새롭게 자신의 휘하에 들어온 페르시아군 중에서 정예를 선발해서 다시 원정길에 나섰다. 멀리 인도까지 진출해서 그곳의 여러 왕국과 싸워 그들의 코끼리 부대를 연파했다. 그 다음은시나였다. 그는 시나를 정복하기 위해 스스로 사자(使者)로 변장해서 궁전을찾아갔다. 시나의 노황제 파그플은 이 '사자'를 관대하게 대해주었다. 그래서이스칸달은 술에 취해 곯아떨어지고 말았다. 그리고 다음날 아침이 되자 황제는 이렇게 말했다.

"사자여! 그대는 어떻게 지난 밤을 보냈느냐? 술에 곯아떨어졌다더냐? 이스칸달 왕에게 가서 이렇게 전하라. '자네(이스칸달)는 짐을 불렀지만 짐은 가지않을 것이다. 자네가 원한다면 우리 왕실의 보물은 보낼 터이지만 어떤 경우든 싸우고 싶지 않다.' 짐의 생각은 이와 같으니 왕에게 가서 분명하게 전하도록 하라."

사신으로 위장했던 왕의 정체가 탄로났는지는 분명치 않다. 하지만 황제의 한마디 한마디는 마치 비수처럼 이스칸달의 자존심을 건드렸다. 사실 이 노인과 논쟁을 한다는 것은 젊은 자신의 입장에서는 부끄러운 일이었다. 자신에게는 앞으로도 더 많은 날들이 주어져 있지 않은가. 이스칸달은 비로소 자신의 패배를 깨닫고 진군(進軍) 방향을 바꾸었다. 그가 향한 곳은 서쪽도 동쪽도 아니었다.

유랑

그때 이후로 이스칸달의 군대가 유랑한 곳은 이 세상의 태양 밑도, 이 세상의 대지도 아니었다. 왕이 원한 것은 미지의 세계, 이 세상 끝, 그리고 영원한 생명이었다. 왕의 광기는 병사들에게도 전염되어 병사들은 주먹으로 자신의 머리를 치면서 이 세상의 끝을 찾기 위해 방랑했다.

여러 나라 사람들은 이 광기의 집단을 두려워하며 복종했지만 왕은 아무런 예우나 조공도 받지 않고 단지 이렇게 물었다.

"너희들은 내가 아직 보지 못한 불가사의한 것을 알고 있느냐?"

이렇게 왕은 여행을 계속했다.

언젠가는 태양이 가라앉은 호수 저편의 영원한 암흑의 나라에 들어가 생명의 샘을 구했지만 암흑의 혼돈 속에 빠져 아무것도 볼 수 없었다. 그런데 그곳의 끝에는 샘이 아니라 바위들이 있었다. 어디선가 소리가 들려왔다.

"돌을 버리는 자는 후회할 것이다. 또 버리지 않는 자도 후회할 것이다."

어떤 병사는 돌을 버리고, 어떤 병사는 버리지 않았다. 그런데 암흑의 나라에서 벗어나서 보니 돌은 여러 가지 보석이었다. 버리고 나온 자는 자기 자신을 책망했고, 많은 돌을 가지고 나온 자는 '왜 더 많이 가지고 나오지 않았던가' 하고 후회했다. 그러나 보석을 많이 가진 자도 그것을 써보지도 못한 채 유랑 중에 죽고 말았다.

한번은 뜨거운 사막에서 풍요로운 오아시스를 발견했다. 오아시스 사람들은 왕을 따뜻하게 맞이했지만 왕은 단지 불가사의한 것만을 요구했다. 그러자 사람들은 이렇게 말했다.

"이곳에는 불가사의한 두 그루의 나무가 있습니다. 하나는 남자, 다른 하나는 여자 모습인데, 성장하면서 하나로 뒤얽혔습니다. 이 나무에는 대단히 아름다운 녹색 잎이 나는데, 이 나뭇잎이 바람에 울리는 소리가 사람의 말소리처럼 들린답니다."

왕은 나무가 있는 곳으로 가서 소리를 들어보았다. 그러자 나무가 말했다.

"네 욕망은 보물을 산처럼 모으는 것, 네 정열은 세계의 모든 왕들을 멸망시키는 것. 끝없는 활동을 한 너는 지금 지쳤다. 이제 시간이 없다. 네 어머니도 여인들도 다시 너의 얼굴을 보지 못하리. 시간이 없도다. 시간이 없도다. 이국에서 죽을 운명이여."

이스칸달은 오아시스로 돌아갔다. 사람들은 나무가 무슨 말을 했는지 묻지 않고 헤아릴 수 없을 만큼 많은 보물을 주었다. 왕은 그 보물을 받아들이고 사람들의 환송을 받으며 다시 길을 떠났다. 눈에서 피눈물을 흘리면서.

조국으로 돌아오는 도중에 그는 숨을 거두었다. 이것이 위대한 정복왕 이스칸달의 최후였다.

루크만

아 랍 의 이 솝

본명은 루크만 이븐 아드, 별명은 무안만(장수)이었던 아라비아의 전설적인 현자다. 『코란』에 따르면 그는 신에게 직접 지혜를 받았으며, 아들에게 "결코 알라 외에 다른 신을 섬겨서는 안 된다"는 가르침을 주었다고 한다.

그의 이름인 이븐 아드(아드의 아들)는 특이한 내력을 가지고 있다. 왜냐하면 아드라는 이름은 오래 전에 아라비아 땅에서 사라진 부족의 이름이기 때

문이다. 그 부족은 한때 막대한 부와 뛰어난 무용(武勇)을 자랑했지만 어느 순간에 자취를 감추고 사람들의 기억 속에서 잊혀졌다.

장생을 얻은 루크만

이슬람 이후의 전승에 따르면 이 부족은 신앙을 받아들이지 않았다는 이유로 신의 노여움을 사서 멸망했으며, 유일하게 신을 경배했던 루크만은 살아남아서 독수리의 일곱 배에 해당하는 장생을 얻었다고 한다.

이 '독수리의 일곱 배'가 실제로 어느 정도 기간인지는 여러 설이 있는데, 대개는 560년에서 7천 년 사이라고 한다. 그리고 그는 자신이 죽을 날을 미리 알기 위해 일곱 마리의 독수리를 길렀다. 최후의 한 마리가 죽는 모습을 보고 그는 침착하게 죽음을 맞이했다고 한다.

또 다른 설에 의하면 신은 그에게 "너는 예언자가 되고 싶으냐? 아니면 이 세상에 으뜸가는 현자가 되고 싶으냐?" 하고 물었다고 한다. 루크만이 현자 쪽을 택하자 그는 무한한 지혜와 장수의 능력을 얻게 되었다.

그는 한때 예언자 다우드(다윗)를 모신 적이 있었다. 다우드 왕은 그를 보며 이렇게 탄식했다.

"루크만이여, 진정으로 네가 부럽구나. 너는 지혜를 가지고 있을 뿐만 아니라 모든 시험을 이겨냈다. 그에 반해 이 다우드는 지상의 대권을 가지고 있지만 신의 시련과 신하의 불복종을 견뎌야 하지 않는가."

노예 루크만

이 루크만이라는 남자로 인해 많은 아라비아의 격언이 만들어졌는데, 그 수가 무려 1만 가지에 달한다고 한다. 아라비아어로 격언과 우화(寓話)는 같은 의미로 통용되는데, 둘 모두를 의미하는 '암사르'라는 말이 별도로 존재한다.

이슬람 이후 아라비아에 이솝의 우화가 전해지자 사람들 사이에서 이솝과 루크만을 동일시하는 현상이 나타났다. 루크만은 두꺼운 입술에 안짱다리인 흑인 노예였지만, 그 용모와는 달리 놀랄 만한 지혜를 감추고 있었다. 그 자신에 관해서도 많은 일화들이 전해지고 있다.

　루크만은 주인으로부터 "손님에게 최상의 요리를 대접하라"는 지시를 받고 양의 심장과 혀를 내갔다. 그 다음에는 "내일 손님에게는 최악의 요리를 대접하라"는 지시를 받고는 역시 양의 심장과 혀를 내갔다. 이상하게 생각한 주인이 왜 같은 음식을 내오느냐고 묻자 "선량한 마음과 혀만큼 좋은 것이 없고, 사악한 마음과 혀만큼 나쁜 것도 없습니다"라고 대답했다고 한다.

　한번은 주인이 왕으로부터 "바닷물을 남김 없이 마셔보라"는 말을 들었다. 집으로 돌아온 주인은 루크만과 상의를 했다. 그러자 그는 미소를 지으며 이렇게 말했다.

　"이렇게 대답하시지요. '황공하오나 그 전에 바닷물이 어디까지인지 알려주시지요. 그리고 바다로 흘러드는 강물도 모두 막아주시지요'라고 말입니다."

　앞의 이야기는 플라누데스*의 『이솝의 생애와 우화』에, 후자는 플루타르코스**의 『모랄리아(논집론)』에 나오는 이야기와 비슷하다. 하지만 이런 책에서 직접적으로 인용했다고는 생각되지 않는다. 이런 유의 이야기는 지중해나 서아시아 지역 사람들 사이에서 이미 널리 알려져 있었기 때문이다.

　루크만은 아랍 세계의 민간 전승 중에서 주로 재치나 지혜를 주제로 한 이

---

* 플라누데스(1260~1310?) : 비잔틴 제국의 문인으로 그리스 정교회 소속의 인문주의 학자이며 인류학자였다. 또 비잔틴과 로마 사이에 벌어진 논쟁에 참가한 신학자이기도 했다. 『그리스 시선집』, 『이솝의 생애와 우화』 등을 저술했다.

야기에 주인공으로 등장하는 경우가 많다. 이슬람권의 민화에는 이런 주제를
다룬 이야기들이 많으며, 그 주인공들은 사람들에게 큰 인기를 모았다. 심지
어는 위대한 인물로 칭송받기도 했다. 그런 이야기의 계보에서 가장 정점에
있는 인물이 바로 루크만이다.

✳✳ 플루타르코스(46?~120?) : 로마 시대의 그리스 인문학자이자 전기작가. 대단한 잡학가로
어떤 주제에도 막힘 없는 지식을 뽐냈다고 알려져 있다. 그래서 그의 집은 언제나 많은 손님
들로 붐볐다고 한다. 『영웅전』과 『모랄리아』 등의 저작을 남겼다.

안타르

혼 혈 의 흑 기 사

6세기 무렵, 아라비아에 아부스족 출신의 안타라 이븐 샤다드라는 남자가 있었다. 아버지는 정통 아랍인이었지만 어머니는 흑인 노예였다. 소년 안타라는 부족의 노예로서 양치기를 하며 어린 시절을 보냈다. 당시 아부스족은 인근 부족과 끊임없이 분쟁을 벌이고 있었는데, 노예 소년의 무용은 금세 사람들에게 널리 알려지게 되었다. 그래서 곧 자유의 몸이 되어 뛰어난 용사가 되었지만 전투 중에 목숨을 잃고 말았다.

안타르 이야기

이슬람 성립 이후 이 인물은 다시 각광을 받았다. 그의 일생은 평등을 추구한 투쟁이었으며, 이슬람의 도덕에도 부합했다. 또 그의 일생은 대부분 전쟁과 약탈로 점철되어 있어 이야기 소재로도 아주 적합했다. 그래서 그는 이야기의 주인공이 되어 이름도 안타라에서 안타르로 바뀌게 되었다.

안타르 이야기를 처음 전한 사람은 알 아스마이로 알려져 있다. 명성이 높았던 칼리프였던 하룬 알 라시드의 재위 기간 중에 바그다드에서 이 이야기를 전했다고 한다. 그는 무려 670년이나 살았는데, 그 중 400년은 이교도로 살았다. 그는 일생 동안 많은 영웅호걸을 보아왔지만 안타르만큼 뛰어난 남자를 본 적이 없다고 한다.

물론 이 이야기는 전설에 불과하다. 실제 조사에 따르면 안타르 이야기가 성립된 것은 훨씬 후대의 일이라고 한다. 그 증거로 안타르 이야기 속에 십자군이 등장하는 것을 들 수 있다. 알 아스마이는 안타라와 같은 시대 인물이었을 것이다. 따라서 그의 이야기에 십자군이 나온다는 것은 결국 허구가 된다. 하여간 안타르 이야기는 6세기 무렵에 시작되어 페르시아의 사산 왕조와 십자군 전쟁을 거쳐 이슬람의 시대에서 끝을 맺는다.

안타르 이야기를 소개해보도록 하자.

소년 노예

무명(無名)시대라 불리던 먼 옛날, 용맹스럽기로 명성이 높았던 아부스족을 드하이라는 족장이 통치하고 있을 무렵 이 부족의 용감한 전사 샤다드가

약탈을 나갔다가 한 여자 노예를 데리고 왔다. 그녀의 이름은 자비바로, 이야기 뒷부분에서 흑인 왕국 에티오피아의 여왕이라는 것이 밝혀진다. 하여간 이 여자 노예는 아부스족과 함께 살면서 샤다드의 아들을 낳았다. 아들에게는 안타르라는 이름이 주어졌다.

안타르는 어릴 때부터 힘이 보통이 아니었다. 갓난아이 때부터 자신을 감싸고 있던 천을 찢을 정도였고, 두 살 때 집의 천막을 쓰러뜨렸으며, 네 살 때는 맹견, 아홉 살 때는 이리, 조금 커서 양치기를 할 때는 사자를 때려눕혔다.

아부스족은 인근 부족과 싸우고 있었기 때문에 소년의 무용은 곧 알려지게 되었다. 그래서 아버지는 그의 능력을 인정하고 부족의 일원으로 받아들여 자유의 몸이 되게 해주었다.

사랑과 유랑

노예에서 드디어 자유로운 인간이 된 안타르가 그 다음에 구한 것은 사랑이었다. 상대는 숙부의 딸이자 절세 미녀인 아브라였다. 그는 숙부의 집으로 가서 아브라와 결혼하겠다고 말했지만, 숙부는 코웃음을 치면서 이렇게 말했다.

"노예에서 사람이 된 것만으로도 고마워해야 할 텐데 이제 내 딸까지 노린단 말이냐?"

그러나 아부스족은 인근 부족과 계속 싸우고 있는 처지여서 언제나 용감한 전사를 필요로 했다. 즉, 안타르 같은 전사가 무엇보다 절실했던 것이다. 부족이 위기에 처하자 숙부도 안타르에게 고개를 숙이지 않을 수 없게 되었다.

"적들을 무찌르면 내 딸을 주도록 하마."

안타르의 활약으로 위기 상황이 해소되었지만 숙부는 다시 입장을 바꿔 "또 한 가지 바라는 일이 있는데 과연 해낼 수 있겠는가?" 하면서 무리한 제안을 했다. 안타르는 혼신의 힘을 다해 숙부의 요구를 들어주었지만, 그 후로도 이런 일은 계속 되풀이되었다. 그래서 안타르는 언제나 아라비아 각지를 떠돌아야 했다. 한번은 메카의 성지에서 자신의 시를 읊으라는 요구를 받기도 했다. 그래서 그는 메카로 가서 그곳의 시인들과 경합을 벌이기도 하고, 또 자신을 방해하는 노예들과 결투를 벌여 그들을 물리치고 결국에는 시를 읊은 후에 돌아오기도 했다.

그런 유랑 생활을 하면서 그가 쓰러뜨린 용사의 수는 헤아릴 수 없을 만큼 많았다. 용사 중에는 대시인 우르와 이브넬 자이드(당시 시인은 전쟁터에서 적에게 저주를 내렸다. 따라서 위대한 시인이 있는 부족은 전력도 강했다), 하니아 이븐 마스우드(페르시아의 사산 왕조를 무너뜨린 남자), 라비아 이븐 무카담(아랍 기사도의 표본이 된 남자) 등도 들어 있었다.

머나먼 이국

안타르의 유랑은 아라비아에만 한정된 것이 아니었다. 숙부의 요구는 도무지 끝이 보이지 않았다.

"아사필이라는 낙타를 혼례의 답례품으로 가지고 오너라."

사실 이 아사필은 대단히 진귀한 종으로, 히라의 왕 문디르만이 기르고 있었다. 그래서 안타르는 왕에게 그 낙타를 자신에게 넘겨달라고 정중하게 부탁했지만 왕은 단호하게 거절했다. 빼앗는 수밖에는 방법이 없었다. 히라는 유프라테스 강 하변에 있는 페르시아 위성국이었다. 따라서 히라에 싸움을 거는 것은 결국 페르시아를 상대로 전쟁을 벌이는 것과 같았다. 이는 매우 중대하고도 심각한 문제였다.

그렇게는 할 수 없다고 판단한 안타르는 페르시아를 우호 세력으로 만들기 위해 머나먼 여행에 나섰다. 그 결과 그는 페르시아 왕의 요청으로 그리스의 용사 바드람트와 한판 대결을 펼치게 되었다. 이것이 안타르와 페르시아가 관계를 맺게 된 계기가 되었는데, 그때 이후로 페르시아의 역대 왕들과 어떤 때는 적으로, 또 어떤 때는 같은 편이 되기도 했다.

유랑의 방향은 동쪽에서 서쪽으로 바뀌었다. 시리아의 왕자가 안타르와 절친한 친구의 약혼자를 빼앗은 일이 있었다. 그런 사실을 알게 된 안타르는 곧바로 시리아로 달려가 왕자를 쳐죽였다. 왕자의 죽음은 파장을 몰고 왔다. 곧 시리아의 왕 하리스와 안타르 사이에 싸움이 벌어지게 되었던 것이다. 그 결과 안타르는 하리스에게 승리를 거두지만 두 사람은 서로의 출중한 용기와 힘을 인정하고 좋은 친구 사이가 되었다. 그리고 하리스가 죽은 후 그 뒤를 이어 어린 나이에 왕위를 계승한 아무르 이븐 하리스의 후견인이 되었다.

당시 시리아는 비잔틴 제국에 복속되어 있었기 때문에 안타르는 비잔틴 황제에게 문안을 드리러 갔다. 그런데 프랑크(유럽) 왕 라이라만이 안타르의 무용에 관한 이야기를 전해 듣고 "그를 우리에게 넘겨달라"는 고압적인 요구를 해왔다.

이에 안타르는 비잔틴 황제의 아들인 헤라클리우스(7세기의 비잔틴 황제)와 어깨를 나란히 하며 군대를 이끌고 프랑크령으로 침공해 들어갔다. 스페인의 왕 산티아고(성 야곱, 스페인에서 널리 숭배되고 있다)를 물리치고, 그 여세를 몰아 북아프리카까지 정벌한 후에 제국의 수도인 콘스탄티노플로 귀환했다. 그 공적으로 제국의 수도에는 거대한 안타르의 동상이 세워졌다.

다시 유랑의 길로

안타르는 수많은 고난과 역경을 헤치고 마침내 아브라와 결혼을 하게 되었지만 자식이 생기지 않아 한 집안의 주인이 되지는 못했다(물론 이국의 연인들과의 사이에서 태어난 자식은 있었지만). 유랑 생활에 길들여진 그는 한 곳에 오래 머물러 있지 못했다. 결국 그는 일생을 길 위에서 보내야 하는 영원한 방

랑자가 되었다.

　세계는 넓다. 가도 가도 끝이 없다. 그의 싸움 역시 쉽게 끝나지 않았다. 그는 로마를 프랑크 왕 헤만드(실존 인물로서 제1차 십자군 전쟁의 지도자)의 공격으로부터 지켜낸 후에 발길을 아프리카 오지에 있는 네그스(에티오피아)왕국으로 옮겼다. 그곳에서 그는 자신의 어머니가 네그스 왕족의 후손이라는 사실을 알게 되었다. 그는 네그스에서도 군대를 조직해 멀리 인도까지 진출하는 불굴의 의지를 보여주었다.

　그의 여로는 실로 끝이 없었다. 생애 또한 그의 발길이 닿았던 만큼 길었다. 역사적으로 보면 6세기부터 제1차 십자군 전쟁 때까지 약 500년은 족히 된다. 생존 연대가 명확하게 나오지는 않지만 하여간 대단히 오래 살았던 것만큼은 확실하다.

　그렇게 오랜 삶 속에서 그는 이븐 자비르라는 남자와 몇 차례의 싸움을 벌인다. 안타르는 매번 승리를 거두고 사로잡았던 그를 풀어준다. 자비르는 그때마다 굴욕을 느끼고 치밀어오르는 분노에 몸을 떨어야 했다. 몇 차례의 도전은 실패로 돌아가 결국 그는 두 눈을 잃고 만다.

유럽의 초상

안타르 이야기는 역사적 사실은 아니지만 세부적인 묘사는 역사적 사실에서 빌려온 것이다. 예를 들면 이야기에 등장하는 프랑크인들은 구세주 예수, 성모 마리아, 세례자 요한의 이름을 걸고 맹세한다. 그리고 프랑크 기사들의 상의 가슴 부분에 십자가가 그려져 있다. 프랑크의 사제는 결혼을 하지 않으며, 종교 의식 때 종과 향, 성수를 사용한다.

유럽의 기사 이야기에서 이슬람 교도들이 아폴로(아폴론)나 유피테르(제우스)는 물론이고 황금으로 만든 무하마드상(像)까지 숭배하는 것으로 묘사한 것을 보면 이야기의 신빙성은 상당히 떨어진다고 할 수 있다.

하지만 자비르는 불굴의 투지를 가지고 있었다. 앞을 볼 수 없었음에도 소리만으로 활을 쏘는 방법을 익혀 백발백중의 실력을 갖게 되었다. 그런 줄도 모르고 접근한 안타르를 필살의 독화살로 공격했다.

안타르는 죽었다. 애마 아부잘의 등 위에서 고통을 견디다 못해 마침내 목숨을 거두었다. 비록 그는 죽었지만 그의 모습은 오랫동안 아부스족의 적들에게 공포의 대상이 되었다.

명마 아부잘 또한 안타르 외에 다른 주인을 섬기지 않았다. 말은 사막을 혼자 달리다가 어디론가 행방을 감추었다. 말이 어디로 갔는지는 아무도 알 수 없었다. 이것이 안타르에 관한 긴 이야기의 끝이다.

하팀 앗 타이
도량이 넓었던 사나이

아라비아의 유목민은 손님을 후하게 대접한다. 잠잘 곳을 찾는 손님에게 자신들의 생활 공간인 천막은 물론이고 먹을 것까지 내놓는다. 뜨거운 태양이 내리쬐는 물도 없는 사막에서 손님을 받아들이지 않으면 죽으라는 이야기와 마찬가지이기 때문이다.

주인은 손님에 대한 대접을 명예스럽게 여기는데, 실제로 "손님을 초대할 수 있는 기회를 주셔서 감사합니다. 저로서는 큰 명예입니다"라고 말한다. 이 말은 단순히 사교적인 언사가 아니다. 손님도 주인의 말을 있는 그대로 받아들이며, 겉치레라도 감사의 말을 한마디도 하지 않는다. 주인은 손님에게 당연히 그렇게 해야 하는 것이라고 생각하기 때문이다.

3일의 규칙

일반적으로 이런 접대는 3일을 한도로 한다. 3일은 처음 대접받은 음식이 몸 속에 머물러 있는 기간이라고 한다. 그리고 '첫 날은 인사를 위해, 둘째 날은 식사를 위해, 셋째 날은 이야기를 하기 위해서'라고 한다. 그 이상으로 오랫동안 머무르는 손님은 마치 독사처럼 상당히 미움을 받는다. 비록 3일이지만 주인은 손님의 안전을 책임지지 않으면 안 된다. 일단 함께 식사를 하면 아무리 적이라도 3일 동안은 손님이 되는 것이다. 인간에게는 너무나 가혹한 사막이라는 생활 환경이 이 같은 규칙을 만들어냈다고 한다.

이 규칙에서 한 걸음 더 나가면 '자신이 어려운 처지에 있더라도 손님을 대접하라'는 것이 된다. 이것이 바로 아랍인들이 이상적으로 생각하는 인간 관계다. 물론 이상이기 때문에 이 규칙대로 실행하는 사람은 거의 없다. 따라서 실제로 그렇게 한 사람의 이야기가 후대에 남겨지는 것이다. 유목민의 영웅담은 그렇게 도량이 넓은 남자들의 이야기인 것이다.

도량이 넓었던 사나이들

한 남자는 사막을 여행하는 도중에 자신이 마실 물을 동료에게 주고 갈증으로 죽었다. 또 어떤 남자는 수십 년 동안 계속되는 부족간의 분쟁을 종식시키기 위해 자신의 낙타 3천 마리를 아낌없이 적의 부족에게 주어버렸다. 또 다른 남자는 평생의 원수를 초대해서 자신의 가족이 먹을 젖을 주고, 한 마리의 새끼 양을 그를 위해 잡았다.

이런 남자들 중에서 가장 널리 알려진 인물이 하팀 앗 타이다.

아부라의 유력한 부족이었던 타이족은 아라비아 반도의 중앙 고원에 살고 있었다. 멀리 동쪽의 당(唐)나라에서는 아라비아를 '타지(대식大食)'라고 불렀는데, 일설에는 타이가 변해서 '타지'가 되었다고 한다.

하팀은 이 부족 명문가의 가장으로 6세기 후반에 살았던 인물이다. 이 시기는 이슬람이 부흥하기 1세대 전으로 흔히 무명시대 혹은 영웅시대라 불리던 때다. 그는 시인이자 전사였다. 시인으로서는 미사여구보다는 진솔한 시를 썼으며, 전사로서는 용감무쌍하기 이를 데 없었다. 그리고 그 이상으로 재산을 가지고 있을 뿐만 아니라 많은 사람을 돕기도 했다. 젊은 시절부터 대접하기를 좋아했는데, 한번은 어떤 사람이 낙타 젖을 달라고 하자 젖은 물론이고 낙타를 잡아서 고기까지 주었다. 그의 할아버지가 이 사실을 알고는 아예 의절할 정도였다고 한다. 언젠가는 손님이 찾아왔는데 공교롭게도 낙타와 양이 없어서 둘도 없는 애마를 잡아서 대접했다고 한다.

사후의 대접

어떤 일화에 따르면 그의 넓은 도량은 사후(死後)에도 발휘되었다고 한다.

하팀이 세상을 떠나자 주변 사람들은 몹시 슬퍼하며 산꼭대기에 그의 무덤을 훌륭하게 만들었다. 무덤 좌우에 아름다운 처녀상을 네 개씩 세웠는데, 그 머리를 풀어헤쳐서 그의 죽음을 애도했다. 그 피부는 희고 얼굴은 비할 데 없이 아름다웠다. 그 산기슭으로는 한 줄기 맑은 물이 강으로 흘러가는데, 강 옆에서 밤을 보내는 여행객은 여인들이 우는 듯한 소리를 들었다. 그래서 불을 밝히고 보면 석상밖에 보이지 않았다고 한다.

한 남자가 이 무덤 앞에서 동료들과 함께 밤을 지내면서 농담으로 무덤 속의 하팀에게 자신들을 대접해달라고 말했다. 그런 후에 잠자리에 들었는데 밤늦게 무슨 소리가 들려 일어나보니 자신들의 낙타가 죽어가고 있었다. 그래서 이것을 잡아서 배불리 먹었다. 다음날 아침 다시 여행을 떠나려고 하자 한 남자가 아주 좋은 낙타를 끌고 왔다. 그 남자는 하팀의 아들인 아티였다.

"이 낙타를 받아주십시오. 꿈에 아버님이 나타나셔서 '대접을 하느라고 손님들의 낙타를 잡았다. 따로 낙타를 한 마리 준비해서 내가 있는 곳으로 오라'고 하셨습니다."

죽은 후에도 손님을 후히 대접했던 하팀은 어느 시대, 어느 나라에서나 이상적인 인물이 되었다. 이란과 터키, 말레이시아 등에서도 인기가 높으며, 또한 독일의 대문호 괴테도 아라비아를 무대로 한 『동서시집(東西詩集)』 속에서 하팀을 향해 "나 자신의 이름도 하팀이지만 당신의 도량에는 도저히 미치지 못한다"고 고백하고 있다.

알리
비 운 의 칼 리 프

알리 이븐 아비 탈리브(600?~661). 무하마드의 양자이기도 했다. 이슬람교 초기에 개종한 인물이며, 일설에는 무하마드와 그의 아내 다음에 세 번째로 이슬람 교도가 된 인물이라고 한다.

신의 사자

알리는 무하마드의 왼팔로서 자신을 음해하려는 세력은 물론 외부의 적과도 오랫동안 싸웠다. 그는 교단 내에서 '신의 사자' 라 불릴 만큼 무용이 뛰어났다. 그는 튼실한 당나귀에 올라타고 '척추를 끊는 것(드 알 히카르)' 이라는 별명을 가진 명검을 휘둘렀다. 후세의 이슬람권에서는 검에 '적에게 드 알 히카르를, 알리만큼 뛰어난 무용을' 이라는 문자를 새겨넣었다고 한다.

그는 미남이라고는 할 수 없는 평범한 용모였던 것 같다. 10세기의 학자인 알 마수디*에 따르면 그는 대머리에다 몸이 건장하여 어깨가 떡 벌어졌지만 다리는 짧았다고 한다. 또 몸에는 검은 털이 나 있었고, 길고 흰 수염이 가슴까지 내려와 있었으며, 주변 사람들과 이야기를 할 때는 말을 꾸며서 하기보다는 다소 직설적으로 표현했다고 한다.

어떤 이들은 그를 대단히 싫어했고, 또 어떤 이는 그에게 완전히 빠졌다고

---

* 알 마수디(896?~956) : 바그다드 출신의 박물학자. 젊은 나이에 인도양 주변 지역과 시리아, 이집트를 여행하면서 삼라만상에 대해 견문을 넓혔다. 저서로는 『황금초원과 보석 광산』 등이 있다.

도 한다. 이를 통해 유추해 보면 알리는 다소 극단적인 성격의 인물이었던 것 같다.

적과의 싸움

히즈라 때 무하마드와 70인의 신도는 몇몇 그룹으로 나뉘어서 메카를 탈출했다. 무하마드는 마지막에서 두 번째로 메카를 떠났다. 최후로 남은 인물은 무하마드를 대리했던 알리였다. 당시 그의 나이는 20세였다. 그가 무하마드를 대신해 잠이 들자 적들은 '무하마드는 아직 메카에 있다'고 안심했다. 알리는 다음날 메카의 상인들을 찾아가 무하마드가 빌린 돈을 모두 갚고 난 후에 유유히 사라졌다. 이때 그는 아무런 공격도 받지 않았다. 그러나 나중에 이 사실을 안 메카 사람들은 기회가 있을 때 그를 죽였어야 했다며 몹시 후회했다고 한다.

무하마드의 교단과 메카의 싸움에서 알리는 언제나 제1선에서 활약했다. 바드르 전투*에서는 제일 강한 적군과 결투를 벌이기도 했다. 알리는 이 결투에서 메카의 용사인 왈리드와 우드바를 물리쳤다. 그리고 우흐드 전투**에서는 비록 패전했지만 예언자의 경호를 맡아 그 임무를 충실히 수행했다. 적의 계략에 빠져 위기에 처한 예언자를 구해낸 후에 아내와 함께 그 몸을 깨끗하게 씻는 일도 맡았다. 한다크 전투***에서는 호걸인 아무르 이븐 아브드 우드를 베어죽였다. 하이바르 성을 공략할 때는 후에 칼리프가 된 아부 바크르와

---

* 바드르 전투 : 624년, 무하마드 군대와 메카 군대 사이에 벌어진 최초의 전투. 무하마드의 지략으로 승리를 거두었다.
** 우흐드 전투 : 625년, 메카에서 메디나로 원정군을 보내 무하마드 군대를 격파했다. 하지만 원정군도 적지 않은 손실을 입어 메디나 공략을 단념할 수밖에 없었다.

우마르의 공격이 모두 실패했다. 그러나 그의 지휘로 마침내 성을 함락시킬 수 있었다.

아군과의 싸움

알리의 투쟁은 이슬람을 용인하지 않는 세력과의 싸움이었다. 하지만 무하마드 사후에는 같은 편인 이슬람 교도들과 싸우게 되었다. 제3대 칼리프를 배출한 우마이야가(家)의 우스만을 죽인 폭도들은 알리를 새로운 칼리프로 추대했다.

그 무렵 우마이야가의 사람들은 우스만의 피가 묻은 옷을 가지고 같은 집 안의 유력자인 무아위야의 집으로 도망쳤다. 무아위야는 이 옷을 보고 자신이 이겼다고 생각했다. 이것 이상의 선전 효과가 없었기 때문이었다. 그는 다마스쿠스의 대(大)모스크 외벽에 유품을 내걸고 '피의 복수'를 맹세한 후에 일족들에게 다음과 같은 내용의 편지를 보냈다.

"표범처럼 멀리 원을 그리면서 사냥을 하고, 여우처럼 간계를 써서 승리를 거둘 것이다……."

무아위야는 이처럼 지략이 있는 인물이었다.

알리는 전쟁에서 무아위야에게 승리를 거두었지만, 우마이야가에서 『코란』을 내걸고 화평을 요구하자 이를 받아들일 수밖에 없었다. 알리의 측근들은 이 요구를 거절해야 한다고 주장했다. 그러나 알리가 화평을 선언하자 측근들은 당연히 분노를 표했는데, 그 중에는 알리에게 등을 돌린 자도 적지 않았다. 그들은 하와리즈(분리)라 불리며, 여러 나라의 동굴 속에 숨어살면서 반

***한다크 전투 : 626년, 메카 군대가 메디나를 포위했던 전투. 무하마드 군대는 참호를 파서 메카 기병의 진군을 방어하면서 전투를 장기전으로 끌고 갔다.

란과 암살을 되풀이했다. 모든 분파의 특징이 그렇듯이 이들 역시 무아위야보다는 알리 쪽을 더 증오했다. 결국 알리는 모스크에서 금요 예배를 보던 도중에 하와리즈가 보낸 자객의 칼에 쓰러지고 말았다. 자객은 여덟 번이나 그를 베었지만 알리는 이렇게 말했다고 한다.

"한 번 이상은 허락하지 않겠다. 나도 한 번은 받아들일 수 있으니까."

말하자면, "한 번이면 충분하다. 고통스럽지 않게 죽여다오"라는 이야기다. 이것이 알리가 세상에서 남긴 마지막 말이었다.

시아파

이렇게 해서 무아위야는 승리를 거두었다. 알리는 역사 속으로 사라졌고, 그를 추종하는 시아파는 박해를 받았다. 하지만 그들은 끝끝내 살아남았다.

박해 속에서도 끈질기게 살아남은 그들에게 알리는 단순한 인간이 아니라 신에 가까운 영웅이었다. 그렇다면 영웅 전설은 어떻게 해서 생겨나게 되었을까. 그와 관련해서 알리 추종자들의 이야기를 들어볼 필요가 있다.

"한 사나이가 강력한 적과 맞서 싸워 그들을 모조리 물리쳤지만 안타깝게도 최후의 순간에 동료의 배신으로 쓰러지고 말았다."

이처럼 위대했던 한 인간의 비극적 종말이 영웅 신화를 탄생시킨 가장 큰 요인이 되었다고 할 수 있다. 여기서부터 사람들의 이야기가 시작된다.

"모든 영웅 전설에는 조금의 흠결도 없다. 황천으로 이미 떠나버린 주인공이 살아 있을 당시의 일거수일투족이 모두 증폭 · 과장될 뿐만 아니라 신진대사가 되어 마침내는 현실 속에서 찬란하게 빛나는 인물로 되살아난다. 희망, 고뇌, 모험담, 이런 것들은 단순한 사실성보다는 민중의 통절한 필요에 의해 취사선택되는 것이다."

영웅 전설에 관한 어느 작가의 말이다. 이렇게 해서 알리는 단순히 그를 추종하는 세력만이 아니라 우마이야 왕조에 불만을 가진 모든 사람들의 영웅이 되었던 것이다. 사람들은 그에 관한 많은 전설을 이야기하고 있다.

"진니가 뱀으로 변신해서 알리에게 종교에 관한 질문을 던졌다."

"알리는 하이바르 성을 공격할 때 거대한 철문을 한 손으로 끌어당겨 방패로 사용했다."

"언젠가 기독 교도에게 포위되었는데, 산을 검으로 잘라낸 후에 탈출했다."

"또 어느 때에는 샤이탄의 왕 이블리스와 싸웠다. 무하마드가 그만두라고 하지 않았으면 이블리스는 죽었을 것이다."

"알리가 큰돌을 들어내고 그 밑에 있는 물을 퍼내 동지들의 갈증을 해소시켜 주었다."

"그는 새나 동물, 초목의 언어는 물론이고 인간 세계의 모든 언어를 알아들었다."

"알리는 아담의 옷, 무사의 지팡이, 슬라이만의 반지를 가지고 있다."

"알리는 3천 개의 이름을 가지고 『성서』와 『코란』에 등장한다."

"그가 태어날 때는 밤이었지만 갑자기 세상이 환하게 밝아졌다. 그가 죽었을 때 예루살렘의 모스크와 그 주위의 돌은 모두 피로 물들었다."

이처럼 알리에 관한 전설은 이슬람 전승(傳承)의 보고(寶庫)라고 할 만하다. 특히 이란에서는 알리의 이름과 함께 조로아스터교에서 유래된 종교적 전통이 잘 보존되어 있다. 그런 전통 중에 하나로 춘분에 드리는 제사를 들 수 있다. 이는 원래 조로아스터교의 태양 숭배에서 나온 것이지만 지금은 무하마드가 알리를 후계자로 지명한 날을 축하하는 날로 바뀌었다고 한다.

이렇게 시아파는 살아남았다. 그리고 원래 이름인 '시아 알리'에서 알리를 빼고 분파를 뜻하는 '시아'라고만 부르게 되었다. 현재 시아파는 이란 지역을 중심으로 많은 신도가 있으며, 이슬람에서 두 번째로 큰 세력을 형성하고 있다. 그 모든 것은 형식적인 것을 거부하고 진실하게 신을 섬기고자 했던 한 남자로부터 시작되었다.

이맘

시 아 파 의 영 웅 들

이맘은 '규범' 또는 '지도자' 라는 의미를 갖고 있다. 수니파에서는 칼리프와 같은 의미지만 시아파에서는 '알리의 자손으로서 시아파의 최고 지도자' 라는 의미이다.

알리에게는 많은 자식들이 있었다. 그 중에서 무하마드 딸과의 사이에서 태어난 두 명의 아들인 하산과 후사인은 많은 사람들로부터 장래의 지도자감으로 널리 인정을 받았다(이는 물론 알리의 아들이라는 가계의 후광에 힘입은 바가 크다).

하산

형 하산은 지나치게 여성을 좋아했던 것으로 알려져 있다. 일생 동안 100번도 넘게 결혼과 이혼을 되풀이해서 '대이혼자' 라고 불리기도 했다. 그는 여자에게만 관심을 두었을 뿐 정치에는 그다지 흥미가 없었다. 알리 사후 시아파 사람들은 그를 새 칼리프로 선출했지만[*] 그는 수개월 후에 무아위야에게 양위하고 만다. 그 후에도 계속 여자에게만 관심을 갖다가 45세의 나이로 세상을 떠났다.

시아파에서는 알리를 초대 이맘, 하산을 제2대 이맘으로 여기고 전통을 계승하고 있다.

---

[*] 이맘에 추대된 것은 아니다. 시아파에서 말하는 이맘이라는 것은 700년 이후, 즉 시아파가 권력 투쟁에서 패한 후에 생겨난 것이며, 당시에는 지금과 같은 이맘의 개념이 존재하지 않았다.

후사인

동생 후사인은 형 사후에 시아파의 맹주가 되었다. 그가 제3대 이맘이다. 680년, 희대의 전략가였던 무아위야도 죽었다. 그는 아들 야지드에게 다음과 같은 유언을 남겼다.

"알리의 아들이 어떻게 될지는 모르지만 만약 그 세력이 커지지만 않는다면 굳이 죽일 필요는 없을 것이다."

유언의 진의는 알 수 없지만 후사인이 순교자로서 신격화되는 것을 두려워했는지도 모른다.

무아위야의 죽음이 알려지자 각지에서 반우마이야가를 기치로 한 반란이 봇물 터지듯 일어났다. 후사인은 이라크 지역의 반란에 동참해달라는 초대를 받고 메카에서 이라크의 쿠파로 향했다. 그를 따라 나선 사람은 모두 200명이나 되었는데, 그 중 남자가 70명, 여자와 아이가 130명이었다. 그러나 도중에 칼바라라는 곳에서 우마이야가의 기병들에게 포위되는 위기를 맞았다. 일행은 물이 끊어지자 그 주변으로 흐르는 강물을 보면서 갈증을 달래야 했다. 후사인은 기병들에게 이렇게 말했다.

"여기서 이러지 말고 함께 먼 전쟁터로 나가 이교도들과 싸우자."

하지만 이런 제안이 통할 리 없었다. 기병들은 무조건 항복을 요구했다. 교섭은 평행선을 달리다 결국에는 양측간에 전투가 벌어졌다. 승패는 이미 정해진 것이나 다름없었다. 그러나 다행스럽게도 후사인의 아들 알리(작은 알리)만은 살아남아 나중에 제4대 이맘이 된다. 전승에 따르면 작은 알리의 어머니는 페르시아 사산 왕조의 공주였다고 한다. 후에 시아파의 사파비 왕조는 이란의 민족주의를 고무하기 위해 이 점을 최대한 활용했다.

또한 칼바라는 후에 시아파의 성지가 되었다. 시아파에서는 후사인이 순교한 날을 아주라라고 부르며 기념일로 지정해서 성대한 행사를 치른다. 실

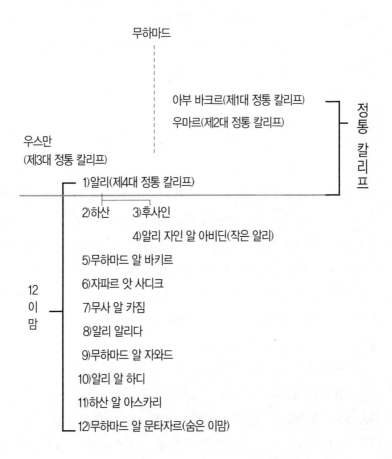

무하마드와 정통 칼리프, 12이맘

무하마드

아부 바크르(제1대 정통 칼리프)

우마르(제2대 정통 칼리프)

우스만
(제3대 정통 칼리프)

정통 칼리프

1)알리(제4대 정통 칼리프)

2)하산   3)후사인

4)알리 자인 알 아비딘(작은 알리)

5)무하마드 알 바키르

6)자파르 앗 사디크

12
이
맘

7)무사 알 카짐

8)알리 알리다

9)무하마드 알 자와드

10)알리 알 하디

11)하산 알 아스카리

12)무하마드 알 문타자르(숨은 이맘)

제로 이란에서는 매년 10일간에 걸쳐 순교제가 치러진다. 아주라의 마지막 날에는 행사 분위기가 최고조에 달하는데 참가자들은 격정에 사로잡혀 쇠사슬이나 검으로 자신의 몸을 내려치기도 한다.

이렇게 후사인은 순교자가 되었다. 사람들은 "저녁하늘의 놀은 후사인의 핏빛이다. 그의 죽음 이전에는 저녁놀이라는 것이 없었다"고 이야기한다.

숨은 이맘

작은 알리 이후 많은 이맘이 있었다. 시아파 중에서도 다수 의견에 따르면, 이맘의 수는 알리를 포함하여 12명이었다고 한다. 그 때문에 시아파 내의 주류파를 '12이맘파'라고 부르기도 한다. 그 12번째 인물이 '숨은 이맘'이다. 네다섯 살 때 신의 뜻에 따라 행방을 감추었다는 것이다. 하지만 그는 언젠가 이 세상으로 돌아와 거짓이 없는 풍요로운 세계를 만들 것이라고 한다. 이슬람 세계의 소수파(숫자가 더 많은 수니파에 비해)인 시아파의 입장에서 볼 때 숨은 이맘의 재림은 마음 깊은 곳에 자리잡고 있는 염원이라고 할 수 있다.

그 숨은 이맘의 본명은 무하마드 알 문타자르. 마흐디라고도 부른다.

살만

알리를 따랐던 페르시아 출신의 참모. 사실인지는 모르겠지만 이란과 시아파를 맺어주기 위해 창조된 가공의 인물이라고도 한다. 시아파의 전승에 따르면 살만은 페르시아인이다. 620년경 단신으로 아라비아에 갔지만 베두인(아랍 유목민)에게 속아 메디나의 노예 시장으로 보내졌다. 그러나 그 직후에 살만은 히즈라를 단행한 무하마드와 알리를 만나 이슬람교에 귀의하였다.

아라비아의 노예제도는 구미보다 그다지 엄격하지 않아서 돈으로 자유의 몸이 될 수 있었다. 살만은 상인 무하마드의 도움으로 돈을 벌어 주인으로부터 자유를 샀다.

후에 메카 군대가 메디나를 침공하자 살만은 참호를 파서 기병(騎兵)의 진격을 저지시키자는 제안을 하였다. 메디나는 기병들이 공격하기 쉬운 평지이므로 말이 접근하지 못하도록 참호를 파자는 것이었다. 이 전술로 메디나는 메카의 기병을 무력화시킬 수 있었다. 그때까지만 해도 이런 전술은 아라비아에는 없던 페르시아류의 것이었다.

참호 전술이 위력을 발휘하자 메카는 우세한 전력을 보유하고 있었음에도 불구하고 메디나 공략을 포기할 수밖에 없었다.

후에 무하마드가 죽자 살만은 알리를 후계자로 추천했다. 그런 살만이 이 세상을 떠난 것은 알리가 칼리프 자리에 오른 이듬해였다. 사람들은 "만약 그가 살아 있었다면 알리와 무아위야의 싸움은 상당히 다른 결과를 낳았을 것"이라고 애석해했다.

하룬 알 라시드 일행

『천일야화』의 해설자

8~9세기, 아바스 왕조의 수도인 바그다드는 큰 번영을 누렸다. 당시 세계 여러 곳에서 온 상선들이 이 도시를 드나든 것은 물론 군함과 물놀이를 위한 유람선도 있었다. 특히 중국 배들은 갖가지 물품을 가지고 와서 팔았으며, 또 그만큼의 상품을 싣고 떠나기도 했다. 말하자면 당시 세계의 부가 이 도시로 모여들었던 것이다.

옛날에는 전갈이나 투구벌레(풍뎅이과의 벌레), 족제비조차도 사치스러운 먹거리로 생각했던 아랍인들은 이러한 경제적 풍요를 바탕으로 향신료가 들어간 닭고기를 먹고, 장미향이 나는 음료를 마셨으며, 여름에는 얼음으로 더위를 식혔다.

칼리프와 바그다드의 영화

이 시대의 칼리프는 하룬 알 라시드(766~809)였다. 할아버지와 아버지가 남긴 막대한 재산으로 호화 생활을 하면서 다른 한편으로는 시인이나 학자들을 후원해 바그다드 문화를 비약적으로 발전시켰다. 하지만 그가 죽으면서 자식들에게 영토를 분할해준 것은 큰 실수였다. 자식들이 서로 싸우면서 바그다드는 점차 황폐해져 갔기 때문이다.

바그다드는 후에 재건되었지만 당시의 모습을 기억하고 있던 사람들은 이렇게 말했다.

"지금의 바그다드도 훌륭하지만 하룬 시절과는 비교할 바가 못 된다."

이처럼 하룬의 이름은 바그다드의 영화를 상징하게 되었다.『천일야화』는 이 시대의 바그다드를 무대로 하고 있으며, 하룬은 그 해설자 역할을 맡고 있다. 그는 시정을 살피고 견문을 넓히기 위해 재상 자파르, 흑인 환관인 마스루르와 함께 밤에 상인의 모습으로 변장해서 궁전을 빠져나왔다고 한다.

"우리는 티베리아스에서 온 장사꾼들입니다. 동업자의 초대로 왔다가 한참 이야기하고 밖으로 나와 보니 이렇게 밤이 깊어 숙소가 어디인지 잊어버리고 말았습니다……."

이런 식으로 많은 이야기가 시작된다. 그렇다면 이 일행의 행적을 역사적 사실과 『천일야화』를 통해 한번 추적해보자.

하룬 알 라시드

아바스 왕조의 제5대 칼리프. 매우 훤칠하고 성격은 선천적으로 신경질적이었다. 쉽게 감정이 격해져서 극단적으로 표출했으며, 좋고 싫음이 분명했다.

『천일야화』에는 관대하고 대범한 성격의 명군으로 기록되어 있지만 실제로는 그렇지 않았다. 뭔가 곤란한 일이 생기면 자신이 해결하기보다는 재상 자파르의 머리를 빌렸기 때문에 자파르는 항상 풀기 어려운 문제로 고민해야만 했다. 자기 마음대로 모든 일을 처리했다는 인상이 짙은데, 역사적 사실도 대개는 이와 부합하고 있다.

하룬은 칼리프 자리에 오른 후 처음에는 재상 자파르를 배출한 바르마크 가(家)에 정치를 맡겼지만 어느 날 갑자기 이들을 모두 죽여버렸다. 그때부터 죽을 때까지 자신이 정치의 전면에 나섰지만 악정을 펴는 바람에 도처에서 반란이 일어났다.

809년, 그는 중앙아시아의 반란을 진압하기 위해 출진했다. 이때 이미 몸은 병들어 있었는데, 그는 자신을 치료하는 의사에게 이렇게 경고했다고 한다.

"이 사실이 알려져서는 안 될 것이야. 만약 내 아들 중에 누가 이 사실을 안다면 일부러 나를 나쁜 말에 태워서 빨리 죽기를 바랄 것이 틀림없어. 알겠는가."

사정은 알 수 없지만 하룬은 이 원정에서 병으로 죽었다. 부하는 물론이고 아들조차도 믿지 못했던 고독했던 사나이 하룬은 머나먼 이국 땅에서 일생을 마감했던 것이다. 그의 사후에 두 아들인 알 아민과 알 마문의 권력 투쟁으로 인해 이슬람 세계는 두 패로 갈라져 싸우게 된다.

『천일야화』에 보면 '가짜 칼리프 이야기'가 나온다. 어느 날 밤 하룬 일행은 언제나처럼 시정을 살피기 위해 밖으로 나왔다가 아주 멋진 젊은이가 티그리스 강에서 뱃놀이를 하고 있는 모습을 보았다. 칼리프와 비슷한 복장에다 수행원의 숫자도 칼리프 못지않았다. 누군가 칼리프 행세를 하고 있었던 것이다. 그 모습을 본 하룬이 이렇게 말했다.

"저건 내 아들 중 하나로구나. 그러나 알 아민인지 아니면 알 마문인지는 모르겠구나."

그 두 아들의 권력 투쟁으로 찬란했던 바그다드는 불타버리고 말았다. 만약 이들의 다툼이 없었다면 바그다드의 영화(榮華)는 오래도록 계속되었을 것이다.

재상 자파르

아바스 왕조 초기의 명문가였던 바르마크가의 귀공자. 재능 있는 미청년으로서 명성이 높았다. 재상이 된 후에는 칼리프의 깊은 신임을 바탕으로 절대적인 권력을 휘둘렀다.

하지만 37세(803년) 때 갑작스런 하룬의 변심으로 참수를 당하고 말았는데, 그의 머리와 몸은 바그다드 다리 위에 내걸렸다고 한다. 처벌은 그만이 아니라 가문에까지 미쳤다. 일족 1,200명이 목숨을 잃었으며, 전 재산은 몰수되었다. 재상을 배출함으로써 확고한 지위를 누리던 바르마크가는 하루아침에 괴

멸되고 말았던 것이다.

『천일야화』의 기술에 따르면 "하룬 알 라시드는 자파르를 십자가에 내건 후 그의 죽음을 슬퍼하거나 조문을 하는 자가 있으면 그와 똑같이 십자가형에 처하라는 명령을 내렸다. 그래서 사람들은 처벌을 두려워하여 모두 조심했다"고 한다.

다른 여러 나라의 전승들에서도 찾아볼 수 있지만 『천일야화』류의 이슬람의 전승에도 극적인 반전이 일어나는 이야기들이 적지 않다. 예컨대 어느 부자가 일순간에 전 재산을 잃어버리고 거지가 되는 경우도 있다. 바르마크가야말로 그런 이야기의 상징적인 존재라고 할 수 있다.

자파르를 참수한 이유는 명확하게 밝혀져 있지 않다. 일설에 따르면 자파르의 목을 친 것은 함께 시정을 살피러 다녔던 마스루르였으며, 그가 후에 다른 사람에게 말한 바에 의하면 성격이 격했던 하룬이 자파르에 대한 질투심에 사로잡혀 그렇게 했다는 것이다. 그리고 다른 이유로는 자파르가 부유했다는 것, 그의 집안이 오랫동안 권세를 누리고 있었다는 것, 바르마크가의 정적들의 속임수에 걸려들었다는 것 등을 들 수 있는데 모두 확실한 것은 아니다. 그리고 자파르가 하룬의 여동생을 빼앗았기 때문에 죽음을 당했다고 이야기하는 사람도 있다. 이 역시 확실한 근거는 없다.

흑인 환관 마스루르

칼리프를 가까이서 보좌했던 흑인 환관으로 칼리프의 명에 따라 죄인을 처벌하는 사형집행관이기도 했다. 마스루르라는 이름은 행복을 의미하지만, 그가 맡은 역할과는 그다지 어울리지 않는다.

그는 언제나 장검과 양탄자를 가지고 칼리프를 따라다녔다. 장검은 칼리프의 뜻을 거역하는 자들의 목을 베기 위한 것이었고, 양탄자는 목이 잘린 사람의 머리를 올려놓아도 상에 피가 묻지 않게 하기 위한 것이었다.

불행하게도 이 장검과 양탄자는 자주 사용되었다. 하룬이 누군가에 대해 화를 내면 그 명령에 따라 마스루르는 목을 베어야 했기 때문이다. 하룬이 병사할 때 마지막으로 그의 임종을 지켜본 것도 바로 마스루르였다.

아부 누와스
술 에 취 한 시 인

이슬람이 성립되기 이전의 아라비아에는 많은 시인들이 있었다. 이들은 요령(妖靈, 진니)으로부터 영감을 받아 약탈과 복수, 순수한 사랑을 노래했다. 그뿐만 아니라 이들은 자신의 노래를 실천하는 데도 주저하지 않았다.

영웅시인

타앗바타 사란이라는 시인이 있었다. 이 이름은 '불길함을 몸 속에 품고 있는 자' 라는 의미다. 한번은 그의 천막을 적들이 기습했는데, 마침 외출 중이어서 그의 어머니가 "우리 아들놈은 죽음을 가져오는 불길한 것(검)을 몸 속에 품고 있어서 밖으로 나갔다"고 대답했다. 그는 도적단의 일원으로 발이 빠른 것으로도 명성이 높았는데, 생애의 대부분을 약탈과 전쟁으로 보낸 것으로 알려져 있다. 언젠가는 식시귀 굴과 마주쳐서 그를 죽이고 그 내용을 시로 짓기도 했다.

산파라라는 시인은 100명의 적을 죽이겠다고 맹세했다. 하지만 99명을 죽인 후에 자신도 쓰러졌다. 그래서 그 시체는 백골이 되었는데, 훗날 100명째 되던 적이 그 뼈를 발로 차며 시인을 조롱했다. 그런데 발로 찬 뼈가 튀어올라 다리에 상처가 나는 바람에 100번째 적도 죽고 말았다고 한다.

카이스라는 시인은 라이라는 여성을 대단히 사랑했으나 그녀의 아버지는 딸의 결혼을 허락하지 않았다. 그는 사랑에 미쳐 모래언덕을 헤맸는데, 사람들은 그를 마주눈(광인)이라고 불렀다. 그의 생애는 후세에 많은 노래의 소재가 되었다.

그들의 시는 실생활과 밀접하게 연관되어 있었으므로 사람들의 많은 갈채를 받았다. 그러나 시대가 흐르면서 그 시의 내용과 현실이 부합하지 않게 되었다. 과거에 황야를 유랑하면서 약탈과 싸움을 단지 스포츠 정도라고 생각했던 사람들의 후손도 '평안의 도시' 바그다드에서 안락하고 화려한 삶을 살아가게 되었기 때문이다.

그런 바그다드에 혜성과 같이 등장한 인물이 바로 아부 누와스(?~814?)다.

속물 시인

그때까지 시인은 약탈과 복수, 순수한 사랑을 노래했지만 아부 누와스는 이 모든 것을 거부했다. 그는 술과 여자, 미소년을 노래했으며, 실제로 자신이 노래한 내용을 실천하기도 했다.

아부 누와스라는 이름은 본명이 아니라 자기 멋대로 붙인 이름이다. 원래 누와스는 고대 예멘 땅에 존재했던 한 왕자의 이름이었다. 아랍의 명문가 출신들이 그러하듯이 그도 역시 이런 이름을 스스로 붙였던 것이다(서양에서도 이와 유사한 이야기가 있다. 프랑스 작가 오노레 드 발자크의 원래 이름은 오노레 발자크였다. 귀족은 이름 앞에 '드'를 붙이는 경우가 많았기 때문에 자신도 귀족처럼 보이려고 스스로 드를 붙였다고 한다).

아부 누와스는 젊을 때부터 방탕한 생활로 유명했지만, 다른 한편으로는 학문에도 관심이 있어서 카라프라는 대학자로부터 시를 배우기도 했다. 카라프는 제자의 재능을 시험해보기 위해 "나의 죽음을 추모하는 시를 지어보라"고 말했다.

그러자 아부 누와스는 곧바로 두 편의 시를 지었다. 스승이 시를 높이 평가하면서 칭찬하자 제자가 말했다.

"스승님, 죽으시지요. 그러면 훨씬 더 좋은 시를 지을 수 있습니다."

"네 이놈, 그게 무슨 말이더냐?"

"저는 스승님이 살아 계셔서는 어디에서도 슬픔을 느낄 수가 없기 때문입니다. 저의 진정한 슬픔은 스승님이 이 땅에 계시지 않을 때입니다."

이 무렵 아부 누와스는 어떤 명문가의 시녀를 사랑했지만 결실을 맺지는 못했다. 이 일로 인해 그는 술과 여자에 빠져 오직 그녀만을 생각하며 시를 써서 보냈다. 하지만 그녀로부터 아무런 반응이 없자 크게 절망한 그는 고향을 떠나 바그다드로 올라왔다. 이곳에서도 그는 실연의 상처로 술에 빠져 방탕한 생활로 세월을 보냈다. 그런 중에도 시심(詩心)만은 잃어버리지 않았고, 그 덕에 그의 뛰어난 재능이 칼리프 하룬 알 라시드의 눈에 띄어 궁정을 출입하게 되었다. 대시인 아부 누와스 탄생의 서막이었다.

문학혁명

당시 아랍의 시에는 이미 정형화된 형식이 있었다.

우선 본시에 들어가기 전에 사막 언덕에 버려져 있는 무너진 폐가의 모습을 묘사한다. 이는 과거에 시인의 친구나 연인이 살았던 곳이다. 거친 황야 속의 폐가는 시인에게 즐거웠던 추억을 떠올려준다. 대개 다음과 같은 형태로 되어 있다.

"사람들은 거친 아르흐부 땅을 떠났다네. 사람의 그림자는 어디에도 보이지 않고 단지 야수들만 어슬렁거릴 뿐. 세상은 모두 변하고 죽음의 신이 내려와 이곳을 지킨다네."

그러나 아부 누와스는 이런 기존의 형식에 자신의 시를 끼워맞추지 않았다. 그는 시로 노래해야 할 게 있으면 형식에 구애받지 말고 있는 그대로 노래하면 된다고 생각했다. 그래서 그의 시는 지극히 단순하고 단도직입적이다.

"새벽이 오기 전에 아침 술 생각이 떠올라 마음이 편하도다."

"어느 날 밤 나는 행복하게 잠을 잤다. 흰 피부를 가진 미소 띤 젊은이와 함께."

"말리크(친구 이름)여, 일어나면 우선 술을 한 잔 들게나. 말리크여, 값이 비쌀지라도 그대로 주게나."

그의 시는 대개 이처럼 직설적이었다.

술에 취한 시인

아부 누와스의 명성은 점차 높아졌고, 칼리프로부터 몇 차례 포상을 받기도 했다. 그러나 그는 곧바로 술집으로 달려가 수중에 있는 돈을 다 써버렸다. 그리고 미녀와 미소년에 빠져 생활은 말 그대로 방탕하기 짝이 없었다.

"사람들이 조용히 잠들어 있을 때 나는 술집 주인의 아내와 정을 통했다."

"금주령이 내려졌다. ……그래도 나는 술을 마셨다. 곤장을 80번이나 맞을 것을 알면서도."

"나쁜 일이든 음란한 일이든 개의치 않는다. 음란도 배교(背敎)만 아니라면 상관없지 않은가."

그는 시뿐만 아니라 행동도 실제로 그랬기 때문에 몇 차례나 투옥되었고, 결국에는 종이도 살 수 없을 만큼 빈궁해졌다.

그는 자신의 시를 팔아 생계를 유지해야 했다. 그 대표적인 예가 이집트 총독을 찬미하는 시다. 그는 찬미의 시를 지어주는 대가로 금화 3천 냥의 거금을 손에 넣었다. 하지만 그것도 순식간에 써버리고 추가로 돈을 요구했으나 거절당하고 말았다. 그래서 이번에는 총독을 비방하는 시를 쓴 후에 바그다드로 돌아왔다.

바그다드에서도 그는 칼리프 가문을 비방하는 시를 써서 투옥되었다. 그가 계속 감옥을 드나드는 동안 칼리프 하룬이 죽고 그의 아들인 아민과 마문

의 권력 투쟁시대로 접어들었다.

　그는 전쟁을 근본적으로 싫어했다.

　"칼과 싸움은 나와 무슨 관계가 있을까? 나는 놀고 즐기기 위해 살아온 것
을. ……나는 내 두 팔도, 방패도 어떻게 사용하는지 모르며, 투구와 턱받이
도 구별할 줄 모른다. 내 관심사는 전쟁이 일어나면 도망치는 길이 어느 쪽인
가 하는 것이다."

지극히 전쟁을 혐오했던 그는 바그다드를 휩쓴 전쟁을 어떻게 보았을까. 아마 온갖 저주의 말을 내뱉지 않았을까. 하여간 그는 전쟁이 끝나자마자 죽음을 맞이했다. 옥사라고도 하고 병사라고도 한다. 또는 술집 여주인의 집에서 죽었다고도 하고, 평소 원한 관계에 있던 사람에게 맞아 죽었다고도 하고, 독살되었다고도 한다. 어떤 이야기가 맞는지는 확실하지 않다.

사후에 그는 살아 있을 때보다 더 유명한 인물이 되었다. 『천일야화』에도 그가 주인공으로 등장하는 이야기가 많다. 이야기 속에서 그는 하룬 알 라시드의 궁정에서 일하는 모습으로 그려진다. 그는 시인다운 날카로운 관찰력으로 자신이 보지도 않은 정경이나 장소를 실제로 가본 것처럼 노래했다. 그러나 여기서만큼은 그의 노골적인 색정에 대한 이야기는 빠져 있다.

아부 누와스의 시는 지금도 널리 애송되고 있으며, 술을 마시지 않는 사람도 그의 음주시는 즐겨 듣는다고 한다.

하산 에 사바흐
'산 의 노 인' 이 라 불 렸 던 청 년

모든 분파들이 그러하듯이 시아파도 사분오열되었다. 그 중에 2개 파는 살아남았는데, 하나는 12이맘파이고 또 하나는 이스마일파(=7이맘파)다. 굳이 단순화하면 12이맘파는 온건파, 이스마일파는 과격파라고 할 수 있다.

이스마일파는 수니파로부터 가혹한 탄압을 받았기 때문에 선교도 은밀하게 하는 것으로 알려져 있다. '다이' 라는 포교자가 단계별로 조직되어 있으며, 그 정점에 있는 이맘은 '최고 다이' 라고 부른다. 다이들은 자신들이 미리 점찍어놓은 사람들에게 접근해서 비밀리에 교단에 가입할 것을 권유한다.

이스마일파의 교리를 받아들였던 파티마 왕조는 10세기에 최전성기를 맞았다. 당시 이 왕조의 세력은 북아프리카와 시리아, 남아라비아에까지 미쳤고, 두 성지(메카와 메디나)도 지배하에 두었다. 하지만 11세기 이후 군인 출신 재상의 전횡과 신흥 셀주크 왕조의 대공세로 몰락의 길을 걷고 말았다.

이렇게 해서 수니파에 저항했던 과격파의 공세는 종말을 고한 것처럼 보였다. 그러나 그 이후의 사건 전개는 극의 종말이 아니라 새로운 시작이었다.

암살자의 청년 시절

파티마 왕조의 몰락 후 새로운 주역으로 등장한 인물은 하산 에 사바흐(?~1124)라는 청년이었다. 이란에서 나고 자란 그는 자신의 설명에 따르면 "일곱 살 때부터 열일곱 살 때까지 모든 학문을 좋아했으며, 올바른 신을 찾기 위해 많은 지식을 쌓았는데" 열일곱 살 때에 다이의 권유로 이스마일파에 가입했다. 그때 이후로 그는 다이가 되어 이란 각지를 유랑하면서 많은 동지들을 규합했다.

1090년, 하산은 이란 북부의 엘부르즈 산 속의 알라무트 성을 빼앗았다. 탈취 방법에 대해서는 여러 설이 있는데, 하산을 선조로 하는 니자르파의 설에 따르면 성을 지키던 병사를 개종시킨 후에 야음을 틈타 성에 잠입, 성주를 내쫓았다고 한다. 하산은 알라무트를 본거지로 이란과 중앙아시아, 시리아 등지에 다이를 보냈고, 이들은 각지에서 반란을 일으켜 도시와 성을 장악했다.

그러나 1094년, 이스마일파 내부에서도 분란이 일어났다. 총본산에 해당하는 파티마 왕조 내부에서 칼리프 자리를 놓고 암투가 벌어져 원래 후계자였던 니자르가 재상에게 암살당한 것이다. 이때 하산이 니자르를 지지함으로써 파티마 왕조는 분열의 길로 나아갈 수밖에 없었다. 이후 하산과 그의 추종자들은 니자르파라 불리게 되었다.

말하자면 니자르파는 '영광스러운 고립'을 선택했던 것이다. 때문에 이들의 교단은 다른 교단과 달리 대단히 결속력과 조직력이 강했다. 기독교에는 교회라는 조직이 있다. 설교와 선교의 전문가를 길러서 그들에게 '비둘기의 화평함과 독사의 지혜를 겸비한' 인간으로 거듭날 것을 설파하는 조직이다. 하지만 이슬람 교단, 특히 하산의 교단은 그렇지 않았다. 하산은 절대적 권위에 대한 복종을 역설하였고, 교단 내부를 마치 군대처럼 엄격한 규율로 다스렸다. 하산의 두 아들도 규율을 어긴 죄로 처형당했을 정도였다.

니자르파는 정치적인 수단의 하나로 암살을 사용했다. 아바스 왕조의 칼리프와 셀주크 터키의 명재상 니잠 울 물크*도 그들의 손에 희생되었다. 이

---

* 니잠 울 물크(1018~1092) : 이란의 정치가. 셀주크 왕조의 재상으로서 정치 조직과 군대를 정비해서 왕조의 부흥을 이루었다. 그리고 주요 도시에 학원을 설립하여 많은 수니파 학자들을 양성했다.

니잠과 하산의 관계에 대한 유명한 일화가 오늘날에도 전해지고 있다.

니잠과 하산, 그리고 '로바이야트'의 시인 오마르 하이얌은 젊었을 때 같은 스승 밑에서 함께 학문을 배웠다. 세 사람은 아주 절친한 친구로서 "훗날 세 사람 가운데 누군가가 이름을 떨치게 되면 두 사람은 돕기로 하자"고 맹세했다.

이후 시간이 흘러 니잠은 셀주크 왕조의 재상 자리에 올라 두 사람을 불렀다. 오마르는 궁정을 싫어해서 니잠의 청을 거절했지만, 하산은 받아들였다. 그래서 하산은 궁정에서 일하게 되었는데, 야심이 있던 그는 점차 친구의 자리까지 넘보게 되었다.

이에 위협을 느낀 니잠은 자신의 지위를 지키기 위해 한 가지 계략을 생각해냈다. 그는 하산이 만든 나라의 회계보고서를 조작해서 도무지 이치에 맞지 않는 보고서를 제출하게 만들었던 것이다.

그 결과 지위를 잃어버린 하산은 분노하며 사회개혁을 주장하는 이스마일파에 가담했다. 그리고 수년 후, 니잠은 하산의 명을 받은 결사대원의 손에 암살되고 말았다.

그러나 이 일화는 세 사람의 생몰 연대가 서로 다르기 때문에 다소 무리가 따른다고 할 수 있다.

아사신

니자르파는 '암살'로 유명했다. 시리아의 니자르파는 대단히 용맹했는데, 아사신(대마大麻)파라 불리며 공포의 대상이 되었다. '아사신'은 수니파들이 이들을 모욕적으로 부르는 말이었다. 하지만 수니파들은 이들을 대단히 두려워해서 언제나 경계심을 갖고 대했다. 당시 수니파의 문인 무스타파는 이렇게 말할 정도였다.

"이것만큼은 확실하다. 이스마일파 놈들은 무슬림을 해치는 것이 자신들의 의무라고 생각하고 있다. 많은 무슬림을 잔인하게 죽이면 죽일수록 더 좋다고 생각한다."

영웅 살라딘조차도 시리아의 니자르파에게는 손을 쓸 수 없었다. 살라딘은 파티마 왕조로부터 이집트를 빼앗았으며, 시리아에도 정복의 손길을 뻗었던 인물이었기에 니자르파의 암살 기도는 충분히 예상되는 일이었다.

살라딘은 몇 차례 습격을 받자 마침내 니자르파 토벌에 나서게 되었다. 그래서 니자르파의 본거지인 시리아의 마스야후를 포위하고 장기전을 펼쳤지만 결국에는 화친 조약을 맺을 수밖에 없었다. 어느 날 밤 보초들을 세워두고 잠이 들었는데 어느 순간엔가 그의 베개에 한 장의 편지가 붙어 있었던 것이다. 거기에는 "네가 어떻게 발버둥치든 승리는 우리의 것이다" 라고 씌어 있었다. 그래서 그는 니자르파의 무서운 힘을 깨닫고 화친에 응했다고 한다.

여기까지는 역사책을 통해 전해진 것이다. 그러나 인간의 상상력은 무한한 것이어서 실제 역사적 사실이라는 것은 빙산의 일각에 지나지 않는다.

유럽으로

니자르파의 암살 활동에 관한 이야기는 12세기에 십자군을 통해, 14세기에는 베네치아 출신의 여행가 마르코 폴로를 통해 유럽에 전해졌다.

마르코 폴로가 현지 노인들에게 전해 들은 전설은 다음과 같은 것이었다.

"시리아에 있는 아라몬 산에 전설적인 초인이 있었는데, 그는 암살단을 조직해서 여러 나라의 왕후들을 위협했다. 사람들은 그를 '산의 노인' 이라고 불렀다. 이 노인은 건강한 젊은이를 데리고 가서 대마를 복용케 한 후에 미녀들과 즐겁게 놀게 했다. 그런 다음 '다시 낙원에 놀러오고 싶다면 신을 배반한 자를 죽이라' 고 명령했다. 암살자는 다시 대마를 복용하고 기쁜 마음으로 자신이 죽여야 할 인물이 있는 곳으로 떠난다."

이 노인이 하산이라는 것은 말할 필요도 없을 것이다.

그 후 니자르파는 19세기 유럽 문학을 통해 각광을 받았다. 대마가 유행하는 사회적 배경을 바탕으로 낭만파라는 일단의 문학 사조가 나타났던 것이다.

우선 대마에 대해 이야기해보자.

19세기 중반부터 유럽에서는 대마 복용이 유행했다. 게다가 유럽에서는 대마를 이슬람권에서처럼 피운 것이 아니라 잼처럼 만들어 음료에 타서 복용했기 때문에 상당히 위험한 것이었다. 프랑스의 시인 보들레르는『인공천국』에서 이렇게 말했다.

"스미스와 가치네르 등 여러 사람의 실험은 대마에서 특효 물질을 발견하기 위한 것이었다. ……그러한 물질을 발견하려면 우선 마른 풀을 거친 분말로 만든 후에 몇 차례 알코올로 세정한다. 그러면 기화하여 대부분의 알코올 성분은 사라진다. 이렇게 나온 물질은 부드러우며, 짙은 녹색으로 대마 특유의 향을 풍긴다.

콘스탄티노플이나 알제리, 그리고 프랑스에는 대마를 담배에 섞어서 피우는 사람들이 있다. 그러면 사물이나 현상이 정확하게 보이지 않고 완만한 형태로밖에 나타나지 않는다.

사람들에게 들은 바에 따르면, 최근에는 증류법을 이용해 대마에서 일종의 정유(精油)를 추출한다고 하는데, 이 기름은 지금까지 알려져 있는 모든 약제보다 지속성이 뛰어나고 그 효과도 강력하다고 한다."

낭만파에 대해 알아보자.

그때까지 유럽의 문학은 암묵적인 금기사항 때문에 다루는 소재가 한정되어 있었다. 좀더 노골적으로 말하면 당시 문학의 시점은 대부분 현재였고, 주제 및 배경은 성서나 그리스로 한정되어 있었다는 것이다. 하지만 각국에서 일어난 낭만파 운동의 물결은 이런 금기를 깨뜨렸다. 낭만주의 문학은 '지금이 아닌 시대'나 '현재 없는 나라'를 다루었다. 그것은 고대 이집트나 카르타고, 중세 독일과 스페인, 그리고 11세기의 중세 사회였다.

그런 작품 중에서 특히 유명한 것이 알렉상드르 뒤마의 『몽테크리스토 백작』이다. 복수를 맹세한 당테스는 막대한 부를 쌓은 후에 원수에게 접근하기 위해 그의 아들에게 대마를 권한다. 그때 당테스는 녹색 잼을 꺼내놓으면서 옛날 시리아의 아라몬 산에 살면서 여러 나라 왕자들을 위협했던 수수께끼의 인물 '산의 노인' 하산 에 사바흐에 대해 말한다.

물론 이때 당테스는 자신의 일을 하산 에 사바흐에 빗대서 이야기한다. 이처럼 하산 에 사바흐는 800년이 흐른 후에 종교나 조직과 전혀 무관한 수수께끼의 초인으로 되살아났다.

그 연장선상에서 언급해야 할 작품이 하나 더 있다. 그로부터 수십 년 후에 나온 빌리에 드 릴라당의 『악셀』이다. 독일 동북부 지방의 삼림 속에 있는 오래된 성에서 속세와 인연을 끊고 전래의 보물을 지키면서 살아가는 악셀은 보물을 노리며 찾아온 일당들과 결투를 벌인다.

상대는 "그런데 도대체 자네는 누구지? 그리고 이곳은 뭘 하는 곳이지?" 하고 물었다. 그러자 악셀은 냉정한 표정으로 이곳은 숲 속의 요새라고 답하면서 이렇게 말했다.

"너희들도 들은 적이 있을 테지…… 사람들이 흔히 말하는 '세상의 지붕'이라는 곳을. 그리고 그 산 꼭대기에 있는 아라몬 성의 깊은 곳에 살면서 여러 나라의 왕자들을 두렵게 했던 한 청년을 알고 있겠지. 사람들은 그를 '산의 노인'이라고 불렀지. 그런데…… 나는 '숲의 노인'이다."

이처럼 아사신파와 하산 에 사바흐는 19세기 프랑스에서 화려하게 부활했다. 20세기 들어서도 구미의 대중소설에는 '대마를 복용하고 암살을 자행하는 아랍인'이 종종 등장한다. 그리고 이런 이야기들은 후대의 만화와 애니메이션에도 많이 차용되었다.

아사신 교단 사람들은 대마가 없으면 그와 비슷한 종류의 마약을 복용하고 자신이 죽여야 할 인물이 있는 곳으로 떠났다. 이런 환각 성분이 있는 대마나 마약의 효능으로 암살자는 근육이 두 배로 늘어날 뿐만 아니라 뛰어난 민첩성과 함께 두려움도 사라졌다고 한다.

하산 에 사바흐로부터 900년이 지난 후에 니자르파 암살자의 계보는 많은 작가들의 이야기 속에서 이처럼 화려하게 되살아났던 것이다.

살라딘

십 자 군 의 호 적 수

11세기 말, 비잔틴(동로마) 제국은 아나톨리아(지금의 터키)에서 셀주크 터키와 영토 분쟁을 일으켰다. 황제는 용병을 모으기 위해 "성지 예루살렘에서 이슬람 교도들이 기독교 순례자들을 박해하고 있다"고 강변하면서 서유럽의 여러 나라에서 병사들을 모집했다. 로마 교황 우르바누스 2세가 이에 발맞춰 서구 여러 나라에 성전(聖戰)을 호소하자 마침내 두 종교 간에 전쟁이 벌어졌다. 이 출병을 유럽인들은 십자군 전쟁이라고 불렀지만 이슬람권에서는 '프랑크(유럽)의 침입'이라고 부른다.

당시 이슬람 세계는 사분오열되어 있는 상황이어서 십자군은 순식간에 성지 예루살렘을 점령한 후에 왕국(이를 '예루살렘 왕국'이라고 한다)을 세웠다. 이 십자군으로부터 예루살렘을 탈환한 이슬람의 영웅이 바로 살라딘(1138~1193)이다. 그렇다면 그는 과연 어떤 인물이었을까. 이제부터 한번 알아보자.

신앙의 평안

그의 정식 이름은 살라흐 앗딘(신앙의 평안)이며, 원래는 이라크에서 태어난 쿠르드인이었다. 시리아의 장기 왕조를 위해 일했던 그는 후에 한 지역을 통치하는 술탄으로 중용되었다. 당시 장기 왕조는 이집트의 파티마 왕조를 사실상 지배하고 있었는데, 살라딘이 그 지역의 술탄으로 임명되었던 것이다.

『코란』은 음주를 금하고 있지만 당시의 아랍 기사들은 특별한 제재 없이 술을 마셨다. 살라딘도 보통 사람들처럼 술을 마셨으나 재상이 된 후에는 술과 유흥을 멀리하고 성실한 이슬람 교도로 살기 위해 노력했다.

그는 파티마 왕조의 칼리프가 죽자 곧바로 이집트를 차지했으며, 장기 왕조의 술탄이 죽은 후에는 시리아마저도 수중에 넣었다. 그 자신은 스스로 술탄이라 칭하지 않았고, 단지 아바스 왕조 칼리프의 대리인에 불과하다고 했지만 사람들은 그를 술탄이라고 불렀다. 이렇게 해서 이집트와 시리아의 이슬람 세력은 통합되었다. 그 다음은 프랑크(유럽)였다. 1187년, 살라딘은 성지 예루살렘으로 진군해갔다. 이때 십자군은 예루살렘 왕 구이 데 루시단의 지휘하에 히틴 언덕에 진을 치고 있었다. 적의 포진을 파악한 살라딘은 이렇게 외쳤다.

"알라신께서 우리에게 승리를 가져다주셨다! 신은 우리에게 적의 약점을 일러주셨다!"

살라딘군(軍)이 호수 쪽에 진을 친 데 반해 십자군이 자리잡고 있는 하틴 언덕은 원래 화산이어서 물이 한 방울도 나지 않았다. 때는 7월 4일, 풀조차도 메말라서 불을 붙이면 금방이라도 타오를 그런 계절이었다.

해가 뜨자 살라딘군은 십자군을 포위했다. 그리고 갈증으로 고통스러워하는 십자군을 향해 화공을 퍼부어 완전히 궤멸시켰다. 구이 왕은 포로가 되었지만 당시의 관례와는 달리 살아남았다. 살라딘은 포로가 된 구이 왕에게 얼음물을 대접하며 "왕은 왕을 죽이지 않는다"는 명언을 남겼다고 한다. 왕이 적에게 사로잡힌 예루살렘 왕국은 그로부터 3개월 후에 몰락하고 말았다. 이렇게 예루살렘을 점령한 살라딘의 뛰어난 지략과 관대함은 이슬람권은 물론이고 유럽에도 널리 알려졌다고 한다.

명인전

그러나 십자군 쪽에서도 당하고만 있지 않고 제3차 십자군 원정에 나섰다. 이 십자군에는 독일·프랑스·영국의 세 국왕이 참가했기 때문에 흔히 '제

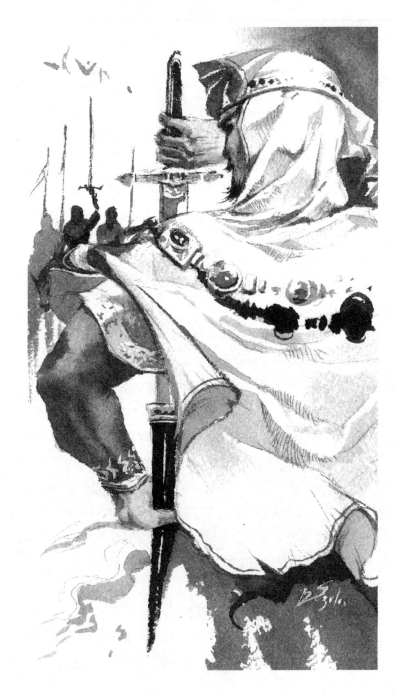

왕(諸王)의 십자군'이라고 부른다. 그러나 독일 황제 프리드리히는 진군 중에 익사했고, 프랑스 왕 필리프는 영국 왕 리처드와의 불화로 귀국해버렸기 때문에 사실상의 주력군은 리처드가 이끄는 영국군이었다.

리처드는 흔히 '사자 왕'이라고 불리는 남자로, 재위 중 영국에 머문 기간은 불과 6개월에 지나지 않았다. 전쟁에 자신의 모든 것을 걸었던 그는 기사도의 정화로 널리 칭송되었다. 사실 그는 국왕으로서는 그다지 능력을 발휘하지 못했지만, 장군으로서는 대단히 뛰어난 인물이었다.

리처드는 항구도시 아코(=아그레)를 점령한 후에 곧바로 예루살렘으로 향하지 않고 기수를 남쪽 항구도시로 돌렸다. 현재의 전력으로는 예루살렘을 점령하는 것이 무리라고 판단하고 힘을 비축하기 위해 주변 도시부터 장악했던 것이다. 맹렬하게 돌진하며 좌충우돌한다는 인상을 짙게 풍겼지만 전쟁터에서의 판단력만큼은 대단히 냉철했다.

살라딘은 이들을 끊임없이 뒤쫓았지만 십자군의 대응은 철저했다. 십자군은 행군 대열의 허리 부분을 장창병(긴 창을 가진 병사들)들이 지키게 해서 이슬람 기병의 습격을 막았다. 살라딘은 알스프 숲에서 기습하려 했지만 이 역시도 적에게 간파되어 오히려 이슬람 기병은 크게 패하고 말았다. 하지만 살라딘은 적의 움직임을 면밀하게 지켜보면서 아스카란 요새를 철저하게 파괴해서 적이 사용할 수 없게 만들었다. 이로 인해 리처드는 불리한 입장에 서게되었다. 또 십자군의 지휘관들로부터 "왜 성지 예루살렘을 탈환하지 않느냐"는 항변도 터져나왔다. 하는 수 없이 그는 예루살렘을 향해 진군했지만 보급선이 끊겼다는 사실을 알고서는 재빨리 퇴각했다. 상황 판단력만큼은 누구에게도 뒤지지 않을 정도로 뛰어났던 것이다.

이후 전선은 교착 상태에 빠졌고, 이듬해에 휴전 협정이 체결되었다. 살라딘은 예루살렘 영유권을 확보하고 어렵사리 체면을 지킬 수 있었다. 그러나 살라딘과 리처드의 결말은 그다지 좋지 않았다.

귀로길에 오른 리처드는 오스트리아에서 유폐되었다가 꿈에 그리던 고국으로 돌아갔지만 옛 동지였던 프랑스 필리프 왕과의 전투에서 목숨을 잃고 말았다.

살라딘은 휴전 협정을 맺은 다음해에 말라리아에 걸려 병사하였다. 독실한 이슬람 교도였던 그로서는 일생의 의무인 메카 순례를 하지 못했던 것이 가장 큰 아쉬움이었을지도 모른다.

바이바르스
노 예 왕 조 의 풍 운 아

살라딘이 세운 아이유브 왕조가 몰락한 후 그 뒤를 이어 맘루크 왕조가 들어섰다. 맘루크는 백인 노예를 지칭하는 말이다. 날래고 사나운 중앙아시아와 카프카스[*] 남자들을 노예로 사서 군사 훈련을 시킨 후에 중용했던 것이다. 이들은 용감한 군인으로서 맘루크에 강한 연대 의식을 느끼고 있었다. 이런 노예들은 대개 자유인보다 훨씬 더 윤택하게 살았으며, 그 중에는 장래의 출세를 위해 스스로 노예가 된 소년도 있었다고 한다.

아이유브 왕조도 이 노예 군인들을 중용했는데, 이들은 현실에 만족하지 않고 반란을 일으켜 맘루크 왕조를 세웠다. 원래 몸뚱이 하나만으로 정권을 잡은 이들이었기에 이 왕조에서 술탄을 결정하는 데는 가계가 그다지 중시되지 않았다. 선왕의 아들이 선출된 적도 있었으나 대개는 능력과 권력을 가진 인물이 술탄의 자리에 올랐다.

이 왕조의 제5대 술탄이 일세를 풍미한 바이바르스(1228?~1277)이다.

풍운아 바이바르스

바이바르스는 투르크족(터키) 출신으로 중앙아시아의 킵차크 대초원에서 태어났다. 그는 당시 이 지역에 침공한 몽골군의 포로가 되었다가 아나톨리아(지금의 터키) 노예 상인의 손에 넘어갔다. 후에 결과만 놓고서 보면, 그를 노

---

* 카프카스 : 코카서스라고도 한다. 흑해와 카스피해 사이에 자리잡고 있는 산악지대. 예로부터 많은 민족이 공존한 지역으로 알려져 있다.

예 상인에게 판 행위는 몽골군 스스로 최대의 적을 만든 것이나 다름없었다.

그 후 상인은 시리아의 지방 영주에게 바이바르스를 팔아넘겼는데, 영주는 그의 검은 피부가 마음에 들지 않는다며 되돌려보냈다. 다른 주인을 찾았지만, 한쪽 눈에 백내장 증세가 있다는 이유로 그를 다시 돌려보냈다. 세 번째로 그를 산 이는 아이유브 왕조 사람이었고, 바이바르스는 여기서부터 출세가도를 달리게 된다. 바이바르스는 곧바로 두각을 나타냈는데, 1250년에는 제7차 십자군의 수장인 루이 9세를 사로잡아서 일약 전쟁 영웅으로 부상했다. 또 그 직후에 일어난 군사 반란에서 지도자로 활약하여 맘루크 왕조의 성립에 공헌했다. 하지만 맘루크 왕조의 제2대 술탄이었던 아이바크는 바이바르스의 힘과 능력에 두려움을 느끼고 그를 제거하기 위한 계략을 세웠다. 이에 신변의 위협을 느낀 그는 동료들과 함께 수도 카이로를 벗어나 시리아로 숨어들었다. 그의 전기 작가는 다음과 같이 이야기하고 있다.

"바이바르스는 7년 동안 이국땅을 떠돌면서도 결코 동료들을 버리지 않았다."

1258년, 몽골군은 바그다드를 불태우고 극악무도한 약탈을 저질렀다. 이 사실을 안 맘루크 왕조의 실권자 쿠트즈는 젊은 술탄 알리를 퇴위시키고 자신이 술탄이 되어 몽골군과 싸울 것을 결의했다.

바이바르스는 이를 기화로 동료들과 함께 수도 카이로로 돌아가 쿠트즈의 밑으로 들어갔다. 그런데 그곳으로 몽골군이 보낸 사자가 편지를 들고 찾아왔다. 편지에는 이렇게 적혀 있었다.

"우리와 싸워서 후회하기 전에 어서 항복하라. 우리는 울고 절규하더라도 동정하지 않으며, 슬픔을 구걸해도 결코 받아들이지 않는다. 아군의 말은 준족이며, 활은 예리하다. 또한 칼은 번개처럼 빠르며, 사기는 산처럼 높고, 군병은 모래알처럼 무수히 많다……."

1260년, 쿠트즈는 사자(使者)의 목을 잘라 성문에 높이 내걸고 병사들을 출진시켰다.

선봉을 맡은 바이바르스는 팔레스타인의 가자에서 몽골군의 선두부대를 물리치고 맘루크군의 사기를 드높였다. 이 여세를 몰아 아인잘루트 전투에서 맘루크군은 몽골군에 대승을 거두었다. 그때까지 무적이었던 몽골군을 이슬람 세계의 군대가 처음으로 물리쳤던 것이다. 그래서 신명이 난 쿠트즈는 바

이바르스에게 아레포 지역 태수직을 주기로 약속했다.

암살

그러나 술탄의 약속은 지켜지지 않았다. 쿠트즈는 마음이 바뀌어 다른 인물을 아레포 태수로 임명했다. 쿠트즈는 바이바르스가 아레포에서 독자적인 세력을 형성할까 두려워했던 것이다.

하여간 카이로로 개선 도중 쿠트즈는 사냥을 하면서 즐거운 시간을 보냈다. 그런데 이때 바이바르스가 나타나 몽골군의 포로 중에서 한 미인을 달라고 부탁했다. 쿠트즈는 이 요청을 흔쾌히 받아들였다. 바이바르스가 감사를 표하기 위해 술탄의 손에 입맞춤을 하려고 하자 쿠트즈는 무심코 손을 내밀었다. 그때 바이바르스의 검이 허공을 가르며 쿠트즈를 베어버렸다.

바이바르스는 곧바로 술탄의 자리에 올라 카이로로 개선했다. 당연히 쿠트즈의 개선을 볼 것으로 생각했던 시민들은 술탄이 바이바르스로 바뀐 것을 보고 놀라지 않을 수 없었다.

지구를 일주한 사나이

바이바르스는 국내의 실권을 확고하게 장악했다. 이후 그는 재위 기간의 대부분을 말 위에서 보냈다. 맘루크 왕조는 십자군과 몽골군, 니자르파 등 많은 적들이 있었다. 하지만 그는 이 모든 적들을 무찔렀다. 특히 십자군과 니자르파 세력은 시리아에서 완전히 축출되었다. 후세 유럽의 역사가들은 그를 "흑심을 가진 맹수 같은 인물이지만 천재적인 군인이었을 뿐만 아니라 뛰어난 행정가"로 높이 평가했다. 이는 한 인간이 적으로부터 받을 수 있는 최대의 찬사일 것이다.

그는 17년간의 치세 동안 38번이나 시리아 원정을 단행했는데, 그 거리는 무려 4만 킬로미터가 넘었다. 거의 지구를 일주한 것과 마찬가지였다.

살라딘은 철인 같은 풍모를 지닌 인물이었지만 바이바르스는 남자답고 용감한 인물이었다. 그리고 이 남자는 살라딘 같은 천재도 이루지 못했던 일들을 철저한 낙관주의로 최후까지 관철했다.

살라딘은 술을 마시지 않았지만 바이바르스는 상당한 애주가였다. 그런데 이것이 그의 최후를 앞당긴 원인이 되었다. 어느 날 그는 연회 석상에서 마유주(馬乳酒)*를 너무 많이 마시는 바람에 목숨을 잃고 말았다. 독살되었다는 이야기도 있다.

사후에 그의 생애는 『바이바르스 무용담』으로 정리되었는데, 이슬람권에서는 『천일야화』나 『안타르 이야기』만큼이나 명성이 높다.

---

* 마유주 : 말젖을 발효시켜 만든 술. 알코올 도수는 낮지만, 경우에 따라서는 물에 타서 마시기도 한다.

『왕서』의 영웅들
이 란 의 영 웅 서 사 시

『왕서』는 이란의 영웅 서사시다. 10세기에 페르도우시라는 인물이 이 책을 썼다고 한다. 당시 이란은 이미 이슬람 국가였으며 페르도우시도 이슬람 교도였지만, 이 서사시에 등장하는 영웅들은 태양신을 숭배하고 있다. '무서운 페르도시우스'라는 말이 있는데, 이는 그가 세계에서 최초로 '자신과 다른 종교의 영웅들을 묘사한 인간'이었기 때문에 나온 말이다. 당시 이란은 지속적으로 투르크(터키) 왕조의 지배를 받고 있었으므로 이란 민족의 자긍심을 고취시키기 위해 태양신을 숭배했던 고대 영웅들의 활약상을 묘사했던 것이다.

그의 명성은 사후에 얻어진 것이다. 그는 『왕서』를 지역의 왕에게 바쳤지만 큰 대가를 받지 못해 불우한 삶을 살았다고 한다. 그러나 그 이후 『왕서』는 이란에서 큰 인기를 누리며 누구나 읽어야 하는 책이 되었다. 일본인의 여행기를 통해서도 그런 사실을 확인할 수 있다.

"그리스의 찻집과 마찬가지로 이곳 또한 남자들의 천하였다. 하지만 찻집에서 일본류의 우아하고 모던한 예술적 분위기를 떠올리기는 힘들다. 이곳은 마치 시골역의 대합실 같은 느낌이 든다. 긴 의자들…… . 작은 컵에 담겨 있는 홍차를 마시며 아주 큰 소리로 이야기를 주고받는 모습들. 그리고 물담배 기구를 앞에 놓고서 몇 시간이나 만지작거리고 있다. 그 중에 만담꾼 같은 사람이 나타나 16세기(원래는 끔찍했던 10세기라고 하는데, 이는 이슬람력 10세기를 말하는 것이다)의 서사 시인인 페르도우시의 시에 대해 장황하게 이야기를 늘어놓는다. 만담꾼은 몸짓을 섞어가면서 이야기를 하는데, 물론 청중들도 그 내용은 이미 잘 알고 있다. 그러다 중요한 대목에 이르면 청중들도 함께 소리를 지르면서 마치 합창처럼 되어버린다. 그렇게 이야기가 끝나면 만담꾼은 모자를 벗어 들고 그날 하루의 수입을 챙기고 돌아간다."

『왕서』는 네 왕조에서 일어났던 일을 서술한 장편 서사시로 길이가 무려 5만 행에 이른다. 그 속에는 많은 영웅 호걸이 등장하는데, 특히 명성이 높은 것이 카야니 왕조(신화 시대의 전설적 왕조) 시대의 용사들이다. 간략하게나마 그들의 면면을 소개해보겠다.

사므

영웅 로스탐의 할아버지. 등장할 때부터 이미 연로한 노인이며, 그의 활약은 그다지 많은 부분을 차지하지 않는다. 그러나 아들인 자르가 사랑의 열병을 앓을 때 그는 이란의 왕에게 도움을 청하기 위해 한 통의 편지를 쓴다. 편지 속에서 그는 용 퇴치에 관해 언급하는데, 이것만 보면 그가 『왕서』 최대의 영웅이 아닌가 생각될 정도다.

"내가 아니었다면 세상을 삼킬 듯한 기세로 카사프 강에서 나타난 그 용을 누군가는 물리쳐야 했을 것이다. 그 길이는 나라와 나라에 걸쳐 있었고, 그 두께는 산과 산을 겹쳐놓은 것 같았다. ……용이 토해내는 화염은 독수리의 날개를 태우고, 그 독기로 대지를 불태웠다. ……나는 이 세상에서 어느 누구도 이 용과 싸울 용기가 없다는 것을 알았을 때 ……코끼리만큼이나 거대한 말에 올라타고 안장에는 소머리처럼 생긴 창과 팔에는 활, 머리에는 방패를 쓰고 무시무시한 악어 같은 모습으로 출진했다. 내가 용에게 창을 휘두르는 것을 본 사람이라면 누구나 나에게 마지막 작별을 고했을 것이다. ……하지만 나는 용사답게 사자가 포효하는 듯이 외치며 ……활을 아가리 한가운데로 쏘자 용의 심장에서 피가 솟구쳐올랐다. 그럼에도 용이 나를 덮쳐오자 나는 소머리 창을 휘두르며 미친 코끼리처럼 용의 머리를 쳐부수었다. 그러자 용의 몸에서 쏟아져나온 독이 나일 강처럼 흘러내렸다. ……이 뇌수로 대지는 산만큼이나 높아졌고, 카사프 강은 마치 쓸개즙이 흘러내리는 것처럼 변했다. ……나는 그 독으로 오랫동안 병을 앓게 되었고, 그 지역에서는 언제까지나 수확을 할 수 없었으며, 불타버린 대지에서는 오직 가시나무만이 돋아날 뿐이었다.”

자르

사므의 아들. 태어날 때부터 완전히 백발이었는데, 이를 불길하게 여긴 아버지는 아들을 산에 갖다 버렸다. 하지만 버려진 자르는 영조(靈鳥) 시모르그의 품안에서 성장하고 마침내는 아버지에게로 돌아가게 된다.

그는 카불의 처녀인 루다베와 사랑에 빠져 그녀의 집 창 밑에서 끊임없이 인내하며 기다렸다. 루다베가 긴 머리를 풀어헤치고 창 밖을 내려다보면 자르는 그 모습과 향기에 넋을 잃었다(이는 유럽 문학에서도 가끔 볼 수 있는 장면이다). 루다베는 뱀의 왕 자하크의 자손이었기 때문에 이란의 왕으로부터 결혼 허락을 받아야만 했다. 이란 왕은 자르의 아버지인 사므의 편지를 받고 이 둘의 결혼을 허락한다. 자르와 루다베 사이에서 태어난 자식이 유명한 용사인 로스탐이다.

로스탐

이란 최대의 영웅. 대단한 힘의 소유자여서 단지 걷기만 해도 발이 바위에 깊이 박혔다. 이 때문에 곤란해진 그는 자신의 힘을 조금만 줄여달라고 신에게 기도를 드렸다. 신이 그 기도를 받아들여 그는 인간에 걸맞은 힘을 갖게 되었다. 그럼에도 불구하고 그는 거대한 애마 락슈를 타고 다녔으며, 사므가 사용했던 소머리 창과 악어라는 별명을 가진 검을 가지고 있었다.

어느 날 국왕 카우스가 악귀의 나라에 끌려가자 그를 구출하기 위해 아버지에게 길을 여쭈었다. 그러자 아버지 자르는 이렇게 말했다.

"길은 두 개다. 하나는 안전하지만 멀고 다른 하나는 멀지 않지만 위험하다. 세상 사람들은 이 길을 칠난도(七難道 = 일곱 가지 어려움이 있는 길)라고 한다."

로스탐은 락슈를 타고 온갖 어려움이 예상되는 칠난도로 향해 떠났다. 도중에 겪게 되는 일곱 가지 일은 다음과 같은 것이었다.

① 사자를 죽인다.

② 사막을 헤매다가 샘을 찾는다.

③ 용을 죽인다.

④ 마녀를 죽인다.

⑤ 마잔다란 지방의 영주인 우라드를 붙잡아서 길 안내를 시킨다.

⑥ 악귀 아르잔그를 죽인다.

⑦ 악귀의 두목인 백귀가 잠들어 있는 동굴로 쳐들어가서 무찌른다.

백귀는 잠들어 있었다. 하지만 로스탐은 불의에 습격하기보다는 정정당당하게 싸우기를 원했으므로 크게 소리를 질러 백귀를 깨웠다. 백귀는 거대한 돌절구를 집어던지고 연기 같은 모습으로 로스탐을 향해 다가왔다. 로스탐은 백귀의 한쪽 손과 한쪽 팔을 베어버렸지만 백귀는 더욱 기세 좋게 날뛰면서 달려들었다. 로스탐은 '오늘 이 싸움에서 살아남으면 영원한 생명을 얻게 되리라' 하고 생각했다. 반면 백귀는 '설사 이 용사를 죽인다 하더라도 수족이 잘려서는 다른 악귀들을 볼 면목이 없다' 고 생각하면서도 죽을 힘을 다해 싸웠다. 오랫동안 싸움을 계속한 끝에 로스탐이 백귀를 물리치고 국왕 일행을 구출하게 된다. 이로 인해 로스탐의 명성은 더욱더 높아졌다. 이것이 유명한 로스탐의 칠대업이다.

소호라부

로스탐과 적국 투란의 처녀 타하미네 사이에서 태어난 아들. 로스탐은 자신의 아들이라는 사실을 모른 채로 싸웠는데, 다른 상대와는 달리 고전을 면치 못한다. 그래서 '원래 태어났을 때 가지고 있던 힘을 되돌려받고 싶다'고 신에게 기도를 드려서 결국 승리를 거둔다. 자신의 아들을 단검으로 찔러 치명상을 입혔던 것이다.

그러나 곧 아들을 찔렀다는 사실을 안 로스탐은 당시의 왕인 카우스에게 사자(使者)를 보내 어떤 상처라도 치료할 수 있는 영약을 달라고 부탁했다. 하지만 투란의 힘이 커질 것을 두려워한 왕이 이 요청을 거절함으로써 소호라부는 목숨을 잃고 만다.

굴드 아흐리드

이란의 여전사. 이란과 투란의 국경에 있는 '백성(白城)'이라는 성에서 부장(副將)으로 복무했다. 대장이 소호라부에게 패하는 것을 보고 긴 검은머리 속에 투구를 숨기고 싸움터로 나갔다. 말을 타고 달리면서 활을 쏴서 소호라부를 괴롭히지만 그에게 지고 만다. 소호라부는 자신과 싸우다 붙잡힌 포로가 여자라는 사실을 알고 대단히 놀란다. 그녀가 "여자와 싸웠다는 것을 알았다면 당신은 부끄러워해야 마땅하다. 그러니 이 사실을 숨겨야 되지 않겠는가. 나는 성으로 돌아가 군사와 성을 당신에게 넘겨야 한다고 이야기하겠다. 그러니 교섭을 위해 나를 돌려보내는 것이 어떻겠느냐?"라고 하자 소호라부는 그녀를 성으로 돌려보냈다. 그러나 성으로 돌아간 그녀는 병사들과 함께 비밀 동굴을 통해 탈출해버렸다. 이에 소호라부는 격노했지만 그녀에 대한 연정을 숨길 수 없었다. 둘이 서로 사랑하는 사이가 되었을지도 모르는 이 이야기는 소호라부의 죽음으로 막을 내린다.

그다루즈

80명의 아들을 가진 용사. 창과 쇠망치를 능숙하게 다루었는데, 그가 로스탐에게 했다는 위로의 말은 대단히 유명하다.

"만약 자네가 이 세상을 떠나더라도 누군가가 세상에 영원히 남는다고 생각해보게. 우리들은 이미 죽음의 신에게 쫓기고 있는 몸이라네…… 그 길은 길고 짧다는 차이밖에 없지 않은가. 죽음이 다가오면 우리들은 모두 흩어질 수밖에."

이 말은 80명의 아들을 낳은 어머니들을 위로하는 말로도 유효한 것이었다고 할 수 있다. 80명에 이르는 자식들이 죽을 때마다 그는 필시 이런 말로 어머니들을 위로했을 것이다.

기우

그다루즈의 자식 중 하나. 뛰어난 용사로서 대장이 되었지만, 서사시에서는 심부름꾼으로 등장하는 경우가 많다. 왕의 뜻에 따라 무언가를 찾아다니거나 사자의 역할을 맡아 몇 년 동안 황야를 헤매고 다닌다.

토스

이란의 기사. 코끼리 인장을 가지고 있으며, 현실에서도 코끼리 부대와 사자를 통솔한다. 어느 날 카우스 왕은 하찮은 일로 로스탐과 언쟁을 벌이다가 "로스탐을 교수형에 처하라"는 말을 내뱉고 옥좌에서 일어났다. 왕도 화가 났지만 로스탐 역시 몹시 화를 냈다. 이때 토스는 로스탐을 달래는 척하면서 그를 쓰러뜨렸다. 이후에도 종종 로스탐과 왕의 중간에서 중재를 맡느라 고심했고, 소호라부에게 도전했다가 패하는 등 만사가 제대로 되지 않는 남자라는 인상이 짙다.

시아루스

카우스 왕의 아들. 자신을 유혹하는 계모의 청을 거절하자 계모는 왕에게 그에 관한 험담을 한다. 그래서 곤경에 빠지지만 자신의 순결함을 보여주기 위해 타오르는 불 속으로 말을 타고 뛰어든다. 하지만 그는 조금의 상처도 입지 않고 다시 나왔다고 한다.

그 후 신변의 위협을 느낀 그는 적국인 투란으로 망명하여 그곳 공주인 파라기스와 부부의 연을 맺는다. 그러나 그곳에서도 누군가의 모략으로 왕의 의심을 받아 많은 병사에게 쫓기는 신세가 되고 만다. 그는 자신의 결백을 주장하며 용감하게 싸우지만 사로잡혀 죽음을 당한다.

비잔

이란의 용사지만 투란의 마니제라는 여성을 좋아했기 때문에 투란군에 붙잡혀 깊은 동굴 속에 갇히게 되었다. 자신의 비극을 되풀이하는 것 같다고 생각한 로스탐은 그를 동굴에서 구출해서 마니제와 결혼시킨다.

이스판디얄

훗날 나이가 든 로스탐에게 최대의 적이 된 남자. 그때는 이미 카우스 왕은 죽고, 그수타스프 왕 시대가 되었다. 왕의 아들인 이스판디얄은 뛰어난 무용을 뽐내며 로스탐처럼 일곱 가지 어려운 과업을 수행했다. 하지만 왕은 자신의 아들을 싫어해서 "만약 로스탐을 죽이면 왕위를 물려주겠다"고 말했다. 아들이 로스탐을 이기지 못할 것이라고 판단했던 것이다.

이스판디얄은 전의를 불태우며 곧바로 늙은 영웅 로스탐에게로 달려갔다. 로스탐은 용감하게 맞서 싸웠지만 이미 노쇠한데다 이스판디얄이 하늘로부터 축복을 받아 이 세상의 어떤 무기에도 상처를 입지 않았기 때문에 이길 수가 없었다. 로스탐은 화살에 맞아 부상당한 몸으로 도망치다가 오래 전에 영조(靈鳥) 시모르그에게 받은 깃털을 불태웠다. 그러자 모습을 드러낸 시모르그는 로스탐의 상처를 치료한 후에 "이스판디얄을 죽일 수 있는 자는 이 세상은 물론 어느 세상에도 없다"며 더 이상 싸우지 말라고 경고했다.

그러나 싸움이 시작된 뒤부터 로스탐은 언제나 이스판디얄을 쓰러뜨릴 생각에 골몰해 있었다. 로스탐은 시모르그의 경고를 듣지 않고 이스판디얄을 쓰러뜨리기 위한 무기를 구하러 나섰다.

시모르그는 하는 수 없이 그가 원하는 곳으로 데려다줄 수밖에 없었다. 로스탐은 시모르그의 등에 올라타고 세상을 두루 살피다가 마침내 이 세상 끝에서 한 그루의 나무를 발견했다. 이 나무의 가지로 화살을 만들면 이스판디얄에게 상처를 입힐 수 있었던 것이다. 로스탐은 결국 이 화살로 젊은 용사 이스판디얄을 쏴죽인다.

하지만 시모르그의 예언대로 로스탐도 비운의 죽음을 당하고 만다.

샤간드

로스탐의 이복동생. 형을 시기해서 굴 속에 빠진 로스탐을 창으로 찔러 치명상을 입힌다. 그러나 빈사 상태의 로스탐은 동굴에서 기어올라와 동생을 향해 필살의 화살을 날린다.

샤간드는 나무로 만든 방패를 가지고 있었지만 로스탐의 화살은 큰 나무의 가지로 만든 것이어서 방패는 물론이고 그의 몸통을 정확하게 꿰뚫어버렸다.

로스탐이 남긴 최후의 말은 다음과 같은 것이었다.

"신이여, 감사합니다. 복수를 모두 할 때까지 낮이 밤으로 바뀌지 않았습니다. 모든 원한을 풀었습니다."

그 이후 이란에는 많은 영웅이 나타났지만 로스탐을 이긴 자는 없었다고
한다.

마 술 의 세 계

밤의 이야기 속에는 많은 마술이 나온다.

어떤 자는 가만히 앉아 있으면서도 천리 밖에서 일어나는 일을 볼 수 있다.

어떤 자는 부적이나 성스러운 말로 진니나 이블리스를 몰아낸다.

또 어떤 자는 주문으로 인간을 원숭이로,

납을 황금으로 바꿀 수 있다.

그리고 독실한 사람들은 '기원하는' 것만으로도 놀라운 기적을 일으킨다.

어떤 괴물이나 영웅도 마술의 힘에는 경외심을 나타낸다.

그러면 오늘밤에는

이 마술에 관한 이야기를 해보자.

아라비아의 마술
빛은 동쪽에서

'아라비아 마술'의 명성은 높다. 『천일야화』는 마술에 관한 이야기로 알려져 있으며, 유럽의 점성술이나 연금술은 모두 아라비아에서 전해진 것이다. 중세와 근대 유럽에서는 '동방의 사막에서 은자로부터 마술을 전수받았다'고 주장하는 몇몇 마술사들이 나타났다.

장미십자단

그런 마술사 중에서 가장 대표적인 인물이 유명한 마술결사인 '장미십자단'의 시조 크리스틴 로젠크로이츠다. 그는 16세 때 예루살렘 순례에 나섰다가 도중에 마법에 빠지게 되었다. 그의 이야기를 직접 들어보자.

"나는 다마스쿠스에 도착한 후에 예루살렘으로 가기로 했다. 하지만 몸이 약해서 다마스쿠스에서 시름시름 앓고 있던 중에 우연히 약제를 제조하는 터키인을 알게 되었다. 그를 통해 비법에 정통한 다마스쿠스의 아라비아 현자들의 이야기를 듣고 아라비아의 마법에 매료되었다. 그 후 나는 성지 순례를 포기하고 현자들의 가르침을 배우러 다녔다……나는 기독교 신앙과 인식의 종합을 추구했는데, 얼마 후 뜻한 바를 이루어 고향으로 돌아왔다."

그의 이야기에는 기독교 신앙이라는 말은 나오지만 이슬람이라는 말은 한 번도 나오지 않으며, 단지 사막에 동방의 현자가 있다는 이야기가 여러 차례 등장한다. 물론 '이슬람의 현자들'이라고 하면 기독교 쪽에서 가만히 있지 않을 것이기 때문에 이렇게 썼을 것으로 추측된다. 다른 마술사들도 대개는 이런 식으로 말을 돌려서 했다.

하여간 '아라비아 마술'의 명성은 높았다. 그러나 아라비아에서 예로부터 마술과 점성술, 연금술이 번성했던 것은 아니다. 문명 수준이 앞섰던 여러 나라를 정복하면서 그들의 학문을 받아들여 독자적으로 발전시킨 결과였던 것이다. 이를 연대순으로 이야기하면 다음과 같다.

신들림의 시대

이슬람 이전의 아라비아는 상당히 소박한 사회였다. 마술도 소박해서 오로지 신내림이나 신들림 같은 원시적인 형태의 마술만이 존재했다. 즉, 카힌 (무당)이라 불리는 남녀가 진니나 다신교의 신들에게 신들려서 신탁을 내렸다는 것이다.

신관(神官)은 신에게 공물을 바치는 신전을 관리하는 존재이자 신의 말을 사람들에게 전해주는 인간이다. 하지만 유목 생활 중에는 큰 신전을 지을 수가 없었고, 복잡한 예배 의식도 발달하지 않았다. 따라서 신관의 역할은 '신에게 공물을 바치는 신전을 관리한다'는 것보다 '신의 말을 인간에게 전해준다'는 쪽에 좀더 중점을 두었다. 이것이 바로 카힌이다.

그들은 인간 세계와 진니 세계의 불가사의를 이야기했다. 그러나 이들의 역할은 단지 그것만이 아니었다. 신들림은 무당이 원한다고 되는 것이 아니다. 대개의 경우 자신이 원하지 않는데도 어느 날 갑자기 신이 들림으로써 의식을 잃은 상태에서 자신도 모르게 '누군가'의 말을 하기 시작한다. 그 모습은 병으로 인한 발작과 비슷했는데, 심한 경우에는 진땀이 흐르고 수수께끼 같은 격한 말을 토해낸다. 때문에 무당이 된다는 것은 한편으로는 존귀한 일이었지만 다른 한편으로는 저주이기도 해서 보통 사람으로서는 죽고 싶은 마음이 들기도 했다.

당시 시인과 무당들은 진니의 신이 들려서 영감을 받았다. 그래서 이 시대에는 시인과 무당에 대한 구분이 명확하지 않았다.

전하는 말에 따르면, 무하마드도 계시를 받을 무렵에는 "진니가 들러붙은 것이 아닌가" 하고 두려워하며 외투를 뒤집어쓰고 부들부들 떨었다고 한다. 그러나 옷 속에 몸을 감춰도 천사 지브릴의 모습은 볼 수 있었다. 어디로 도망을 가더라도 지브릴은 그의 뒤를 따랐다. 그리고 예언도 따라왔다. 온몸을 덜덜 떨면서 자신이 생각지도 못했던 것을 이야기하게 되었던 것이다. 무하마드는 너무나 두려워 아내 하디자를 향해 이렇게 울부짖었다.

"나는 진니에게 홀려버렸어!"

하디자는 무하마드를 감싸안으며 이렇게 말했다.

"그 진니라는 걸 봤나요?"

"아니, 보지 못했어."

"그러면 괜찮아요. 진니가 아닐 거예요. 진니라면 그런 짓을 할 리가 없고 만약 천사였다면 결코 부끄러운 일이 아니에요."

그리고 하디자는 자신의 사촌에게 도움을 청했다.

"우리 남편이 지금 진니에게 홀린 것 같다고 하는데……."

그러자 사촌은 무하마드에게 이렇게 말했다.

"당신은…… 어쩌면 거짓말쟁이로 몰릴지도 모르오. 또 상처를 입을 수도 있고, 도망을 다녀야 하거나 싸움을 해야 할 경우도 있을 것이오. 하지만 내가 당신을 도와주겠소. 당신에게 들러붙은 것은 결코 나쁜 것이 아니오."

마침내 무하마드도 자신에게 들러붙은 것이 '좋은 것'이라는 사실을 깨달았다고 한다.

그러나 무하마드를 싫어한 메카의 실력자들은 "그놈은 무당이고 시인이야. 신이 들렸어" 하면서 계속 비방했다. 무하마드는 이런 모함을 부정하면서 자신은 무당이 아니라고 주장하는 한편 무당이나 시인을 혹독하게 비판했다.

이것이 무하마드 시대까지의 아라비아 마술이었다.

번역의 시대

그런 아라비아 땅에 이슬람의 대정복이 일어났다. 사막의 아랍인들은 하룻밤 사이에 페르시아의 사산 왕조를 무너뜨렸으며, 로마에서부터 이집트와 시리아에 이르는 광활한 지역을 정복했다. 또한 동쪽으로는 그 세력이 인도와 중국의 접경 지역에까지 이르렀다.

이 지역들은 모두 아라비아보다 훨씬 오래 전부터 문명과 학문, 마술이 존재하던 곳이었다. 아라비아 학문의 대부분은 이처럼 문명이 앞서 있던 여러 선진 국가의 문헌을 번역하면서 시작되었다. 그러다 8~9세기가 되면서 번역의 황금시대를 맞이하였다. 그리스의 철학과 이집트의 연금술, 갈데아의 점성술, 인도의 천문학과 수학 등이 번역을 통해 아라비아에 전해졌다. 그리고 번역을 통해 얻을 수 없는 것들, 즉 구전이나 실천으로만 가능한 수공품 기술이나 환술(幻術)도 전해졌다. 페르시아의 환술은 예로부터 그 명성이 높았다.

이렇게 해서 마술의 발전 기반이 갖춰지게 되었다.

통합과 발전의 시대

초기 이슬람 세계는 하나의 제국이 통치했지만 시간이 흐르면서 점차 분열의 길로 나아갔다. 10세기 초 이슬람권은 바그다드의 아바스 왕조, 카이로의 파티마 왕조, 코르도바(스페인)의 후(後)우마이야 왕조 등 세 왕조가 지배하고 있었다. 그 중에서 가장 강력한 세력은 아바스 왕조였다. 이후 이슬람권은 통일 국가를 이루지 못했다.

그러나 학자들의 왕래는 비교적 자유로운데다 여러 곳에 다수의 문화적 중심지가 있어서 아라비아 과학의 황금시대가 열리게 되었다.

당시의 학문 환경에 대해 일리인이라는 작가는 『인간의 역사』라는 책에서 이렇게 묘사했다.

"아라비아의 칼리프 왕국은 많은 국가로 분열되었다. 하지만 그런 이유로 학자들의 연구가 중단되지는 않았다. 자신이 코르도바든 부하라(현재 우즈베키스탄)에 있든, 또 바그다드나 다른 도시에 있든 어디서나 학자는 자신이 세계 시민의 일원이라고 생각했다.

그런 지역의 왕이나 태수들도 저명한 학자나 작가를 정중하게 궁정으로 초빙했다. 학교와 도서관, 천문대는 화려한 궁전보다도 더 멋지고 훌륭하게 도시를 장식했다."

점성술과 연금술도 이 시대에 크게 발전했다. 그리고 민간에도 여러 나라의 신앙과 마법이 전해졌으며, 그런 것들이 아라비아 전래의 진니 관념과 결합하게 되었던 것이다.

네 가지 마술

이런 과정을 거쳐 생겨난 아라비아 마술은 다음과 같이 크게 네 가지로 나눌 수 있다.

보는 마술 특별한 인간은 보통 사람이 보지 못하는 것을 볼 수 있다. 별의 움직임을 보고 인간의 운명을 예언하거나 사람의 얼굴이나 사소한 어투에서 마음을 읽어내기도 한다. 점쟁이, 점성술사, 천문학자, 시인 등이 이 '보는' 마술을 사용한다.

몰아내는 마술 진니나 악마는 여러 가지 나쁜 일을 저지른다. 병이나 여러 재앙은 대부분 그들이 일으키는 것이다. 이 밖에 인간의 저주나 질투도 재앙을 불러 일으킨다. 그러나 이런 것들은 모두 부적이나 주문을 외움으로써 사전에 막을 수 있다. 일반적인 사람 외에 의사나 진니 전문가 등이 이런 몰아내는 마술을 사용한다.

변하게 하는 마술『천일야화』에 등장하는 마술에는 변신술이 많다. 미녀를 개로, 왕자를 당나귀로 변하게 하는 것이 마술사들이 흔히 사용하는 기술이다. 그리고 현자들은 연금술로 납을 금으로 바꾸는데, 그 과정에서 사람의 마음도 변하게 한다. 마술사, 연금술사 등이 이 '변하게 하는' 마술을 사용한다.

기도에 의한 마술 수피(신비주의자)라 불리는 수행자들은 보통의 마술보다 훨씬 더 뛰어난 것을 행한다. 그들은 자신을 신과 합일시켜 기적을 일으키기 때문이다.

그러면 이 네 가지 마술에 대해 살펴보자.

보는 마술

점 성 술 , 관 찰 술 , 시 인 의 눈

전기의 혜택을 누리며 살고 있는 우리들은 아주 오랜 옛날 아무것도 보이지 않는 밤의 어두움을 상상하기가 쉽지 않다. 당시 사람들은 별을 바라보며 어두운 밤을 보냈다. 그런 별의 움직임은 방위나 기후, 시간을 알려주는 일종의 지침이었다.

별을 보면 여러 가지를 알 수 있다. 그래서 당시 사람들은 현명한 사람이 별을 보면 세계의 많은 것들을 알 수 있다는 믿음을 가지고 있었다. 이렇게 해서 점성술이 탄생되었던 것이다.

점성술

점성술은 세계 여러 곳에 존재했다. 고대 바빌로니아의 점성술은 후세에 커다란 영향을 끼쳤다. 바빌로니아에서는 칠행성(태양·달·수성·금성·화성·목성·토성)이 특히 중시되었는데, 세계의 운명을 모두 이 행성들의 운행에서 읽을 수 있다고 믿었다. 예를 들면 전쟁의 별인 화성이 역행해서 화(火)의 성좌에 들어가면 내전이 일어난다고 생각했다. 그리고 개인의 운명도 별과 적지 않은 관계가 있다고 믿었다. 가령 '오늘은 별이 나쁘기 때문에 거래는 내일로 미루자' 같은 식으로 별의 움직임과 개인의 운명을 결부시키기도 했다.

기원전 수세기 무렵에 황도 12궁(황도에 걸쳐 있는 12성좌) 개념이 성립되었는데, 이것과 칠행성의 관계를 이용한 12궁 점성술이 그리스와 로마에서 행해지기 시작했다. 이 12궁 점성술은 일찍이 인도에서 전래된 것이다. 인도에

서는 5~6세기에 천문학과 점성술이 크게 발달했다.

이슬람의 점성술은 그리스와 인도의 영향을 받아 발달했다. 9세기 무렵 바그다드 서점에는 천문학 책인 그리스의 『알마게스트』와 인도의 『싯단타』가 나란히 놓여 있었다. 그리고 그곳에는 수세기 동안 많은 나라의 지혜들이 책이라는 형태로 모여 있었다.

그 후 아라비아에서는 주로 개인의 탄생과 관련된 점성술이 발전했다(바빌로니아에서 그리스, 아라비아, 그리고 연대가 밑으로 내려갈수록 개인을 대상으로 한 점술이 늘어났다).

사람이 태어날 때 지평에서 솟아오른 성좌가 그 사람의 성좌다. 때문에 사람마다 성좌가 달랐는데, 이는 각기 다른 운명의 지배를 받고 있다는 것을 의미했다. 이러한 사상이 유럽에도 전해져 현재도 널리 퍼져 있는 '별점'의 기본이 되었다.[*] 이 밖에도 탄생 때가 아닌 수태 당시의 성좌의 위치로 점을 치는 방법도 있었다.

이런 점성술의 구체적인 내용에 대해 살펴보자.

우선 페르시아의 우화집에는 점성술에 대해 다음과 같이 이야기하고 있다.

"별의 법칙을 다루는 학문은 복잡다기(複雜多岐)하기 때문에 실수를 범하지 않고 그것을 완전하게 구현할 수는 없다. 실수를 범하지 않을 만큼 정확한 사람은 없기 때문이다. …… 점성술사는 12궁의 위치, 황도 제3지역, 삼궁(三宮)의 사성(司星), 궁의 구분, 최고 세력을 발휘하는 위치, 최저 세력의 위치, 환희, 불행, 먼 지점과 가까운 지점 등 모든 요소를 고려해야 된다. 그런 것들을 통해 달의 상태, 선악의 별, 양상, 결합, 분리, 먼 빛, 먼 결합, 운행 결여, 야생적 운행, 반발, 성좌 소멸, 수락, 결합과 접합의 동향성(東向性)과 서향성(西向性), 자녀들의 수명을 나타내는 요소(하이라지), 하이라지 궁의 사성, 선물, 생명의 길이, 운행 거리를 계산하는 다섯 가지 방법 등을 알아야 한다. 이런 것들에 모두 정통한 점성술사의 예언은 들어맞을 것이다."

점성술은 이처럼 복잡하다. 그러나 본서는 점성술에 관한 책이 아닐 뿐만 아니라 필자도 점성술을 잘 알지 못하기에 여기서는 점성술사들의 일화를 소개해보도록 하겠다.

---

[*] 그러나 현재 점성술에서는 '인간이 태어날 때 지평으로 솟아오른 성좌'가 아닌 '인간이 태어날 때 태양이 위치하고 있던 성좌'로 점을 치는 경우가 많다.

마자 알라흐(8~9세기) 유대 출신의 천문학자이자 점성술사.

마자 알라흐는 상당히 독특한 이름인데, '알라의 뜻에 맡긴다'는 정도의 의미를 갖고 있다. 이 말은 사시(邪視)를 막는 문구로서 흔히 부적에 쓰기도 하고, 어린이나 가축의 머리에 매달아두기도 한다. 현재 터키에서는 교통 사고를 막기 위해 승용차나 트럭의 앞부분에 이 문구를 써놓는다고 한다. 그의 본명은 페르시아어로 마나야라고 한다.

재미있는 것은 그의 점성술의 대부분이 페르시아에 기원을 두고 있다는 점이다. 그가 "인간 사회의 큰일들은 모두 목성과 토성의 결합에 의한 것"이라고 주장한 것은 페르시아 사산 왕조의 점성술에 따른 것이다. 그리고 조로아스터교에서는 '천년기(千年紀)'라는 사상이 있었다. 이는 세계가 기원전 8291년에 창조된 이후 천년에 한 번 행성의 영향하에 놓인다는 뜻인데, 그는 이 사상도 받아들였다. 정치적으로 그는 페르시아에 호의적인 입장을 견지하고 있었다. 점성술사로서 명성이 높았기 때문에 자주 궁정에 불려가기도 했다. 그래서 아바스 왕조가 수도 바그다드를 건설할 때 그는 별을 보고 이곳이 확실히 길조의 땅이라는 판단을 내린 후에 "건설을 하는 것이 좋겠다"고 대답했다고 한다. 당시 집이나 도시를 건설할 때는 점성술사들이 점을 쳐서 그 결과에 따르는 경우가 많았다.

아바스 왕조는 앞장에서 설명한 대로 시아파의 반란을 이용해서 우마이야 왕조를 전복시키고 권력을 잡았다. 마자 알라흐는 그 아바스 왕조 쪽에서 떠오르기 원하는 별을 보았지만 그는 이 왕조를 좋아하지 않았다. 그는 공개적으로 바그다드의 미래는 빛날 것이라고 예언했지만, 몇 가지 특별한 예언은 은밀하게 남겨놓았다. 그것은 "히즈라 기원 200년(서력 815년)에 바그다드가 불탈 것이며, 아바스 왕조는 무너지고 지상의 권력은 페르시아인의 수중에 들어갈 것"이라는 내용이었다.

이 예언은 부분적으로 들어맞았다. 812년, 바그다드는 아민과 마문의 싸움으로 불탔지만 그 직후 재건되어 과거의 영화를 되찾았다. 그리고 아바스 왕조 자체는 1258년까지 존속되었다.

아마 그는 사적인 감정(아바스 왕조를 싫어했던)을 예언을 통해 표출했던 것 같다. 그는 아바스 왕조의 멸망을 세기의 전환으로 생각했는데, 이는 이슬람에도 세기말 사상이 있었다는 것을 보여주는 좋은 실례라 하겠다.

아부 마샤르(?~886) 페르시아 출신으로 중세 이슬람권 최대의 점성술사. 유럽에서는 알부마자르로 알려져 있다. 중앙아시아의 발흐(현재 아프가니스탄 북부)에서 태어났으며, 바그다드에서 천문학과 점성술을 배웠다. 1백 년 가까이 살았으며, 만년의 풍모는 현자 같았다고 한다.

그는 지상의 사건은 모두 천체의 운행에 따른 것이라고 믿었는데, 그 예로 바다의 조수간만(潮水干滿)과 달의 움직임 관계를 들었다. 그리고 모든 사람의 운명과 생애 동안 일어나는 사건, 죽음의 원인도 모두 별의 영향을 받는다고 주장함으로써 후대의 점성술사들에게 지대한 영향을 주었다.

그에 대해서는, 사실 여부를 확인하기는 힘들지만 많은 일화가 전해지고 있다. 그 중 한 가지를 소개해보자.

어느 날 칼리프는 아부 마샤르와 또 한 사람의 점성술사를 불렀다. 칼리프는 두 사람을 향해 이렇게 말했다.

"별 하나 때문에 불길한 일이 일어날 것 같은데 그걸 맞춰볼 수 있겠는가?"

"그렇게 해보겠습니다."

두 사람은 별자리를 보고 계산을 했다. 이윽고 두 사람은 이렇게 말했다.

"폐하, 찾으시는 것이 태아가 아닌지요. 그것도 인간이 아닌 소의 태아가 아닌지요."

"잘 맞추었도다. 그렇다면 어떤 새끼를 낳을 것인지 생각해보라."

그러자 아부 마샤르가 다시 입을 열었다.

"검고 이마에 흰 별이 있습니다."

그리고 다른 점성술사가 말했다.

"검고 꼬리에 흰 얼룩이 있습니다."

그래서 칼리프는 새끼를 밴 소를 끌고 와서 배를 갈라보라고 했다. 그런데 놀랍게도 정말 검은 털로 뒤덮인 새끼가 나왔을 뿐만 아니라 꼬리 끝이 흰색이었다. 그 꼬리 끝은 말려 있었고, 또 이마에도 비슷한 것이 있었는데 마치 별처럼 보였다.

사람들은 벌린 입을 다물지 못했고, 두 점성술사는 극진한 대접을 받았다고 한다.

한번은 그 칼리프 앞에 아부 마샤르와 또 다른 점성술사가 기다리고 있었다.

"내가 지금 무엇인가를 숨겨놓았는데, 그게 무엇인지 알겠는가?"

두 사람은 별자리를 보고 계산을 했다. 그리고 점성술사가 말했다.

"과일입니다, 폐하."

아부 마샤르는 "살아 있는 것이로군요" 하고 대답했다.

칼리프는 먼저 대답한 점성술사에게 "훌륭하구나!", 아부 마샤르에게는 "그대의 답은 틀렸도다" 하고 말하고는 사과 하나를 꺼내 보였다.

하지만 아부 마샤르는 납득할 수 없다는 듯 천문표를 다시 본 후에 사과를 달라고 해서 두 쪽으로 갈라보았다. 그런데 그 사과 속에 벌레가 들어 있는 게 아닌가. 칼리프는 마샤르의 정확함을 높이 칭송하고, 후의를 베풀라는 명을 내렸다고 한다.

알 킨디(801?~866?/873?) 중세 이슬람의 점성술사 중에는 페르시아인이나 유대인이 많았다. 그는 순수한 아라비아인이었지만 "점성술사는 대개 페르시아인 아니면 유대인"이라는 말이 있었기 때문에 중세 페르시아의 일화집인『네개의 이야기』에는 유대인으로 되어 있다. 그 일화를 소개해보겠다.

어느 날 알 킨디는 칼리프 앞에서 이슬람교의 교리사보다 높은 자리에 앉았다. 교리사가 "당신은 유대교도로 알고 있는데 어찌해서 나보다 상석에 앉았는가?" 하고 묻자 알 킨디는 이렇게 대답했다.
"당신이 알고 있는 것은 나도 알고 있습니다. 그러나 내가 알고 있는 것을 당신은 모르기 때문입니다."
"좋다. 내가 종이에 어떤 말을 쓸 것이다. 무엇을 썼는지 맞춘다면 그 말을 인정하도록 하겠다."
교리사는 멋진 외투를 걸었고, 킨디는 훌륭한 장구를 갖춘 노새를 걸었다. 교리사는 종이에 글자를 쓴 다음 칼리프 앞에 내려놓았다. 킨디는 흙을 채운 화분에 천구도(天球圖)를 그린 후에 점을 치기 시작하더니 잠시 후에 이렇게 대답했다.
"폐하, 그는 종이에다 처음에는 식물, 그 다음에는 동물이 되는 것을 썼습니다."
칼리프가 종이를 들춰보자 그곳에는 '무사(모세)의 지팡이'라고 적혀 있었다. 사람들은 모두 킨디의 점술 능력에 감탄해 마지않았다. 알 킨디는 교리사의 외투를 사람들이 보는 가운데 두 개로 찢어 "각반(脚絆, 다리에 감는 헝겊 띠)으로 쓰면 좋겠군" 하고 크게 웃었다고 한다.
이 말은 바그다드에서 중앙아시아 지역까지 전해졌다. 이 이야기를 들은 한 광신적인 청년은 교리사에게 창피를 준 킨디를 살려두면 안 되겠다고 생각했다. 그래서 그는 예리한 단도를 점성술 책 속에 숨긴 후에 술법을 배우는 척하면서 기회를 노려 킨디를 찔러 죽이려고 했다. 그는 바그다드를 여행하다가 드디어 킨디를 만나 "선생님께 점성학을 배우고 싶습니다" 하고 말했다.

그러자 킨디는 크게 웃으며 이렇게 대답했다.

"자네가 이렇게 나를 찾아온 것은 별 때문이 아니라 나를 죽이기 위함이 아닌가. 그러면 안 될 것이야. 실제로 별을 배우면 자네도 위대한 점성술사가 될 것이네."

속셈을 들킨 청년은 사실을 고백하고 단도를 꺾어버린 후에 그 자리에 꿇어앉았다. 그는 킨디에게 15년간 점성학을 배운 후에 세계에서 가장 위대한 점성술사가 되었다. 이 청년이 바로 아부 마샤르였다고 한다.

알 비루니(973~1050?) 페르시아 출신의 수학자이나 천문학자, 점성술사, 의사, 과학자, 지리학자, 역사학자, 언어학자로도 유명하다.

비룬은 페르시아어로 '바깥쪽', 비루니는 '바깥쪽 사람'이라는 의미인데, 이 이름에 특별히 신비적인 뜻이 있는 것은 아니다. 단순히 호와레즘*의 수도 바깥쪽에서 태어났기 때문에 이런 이름을 가진 것뿐이다.

하지만 그가 언제나 바깥쪽에 마음을 두고 있는 사람이었던 것도 사실이다. 그는 이교의 나라인 인도를 여행하고 나서 뛰어난 여행기를 집필했으며, 또 이 세상 밖의 천궁(天宮)의 운행을 탐구하기도 했다.

이 세상의 사물에 대해서는 거의 관심을 두지 않았으며, 돈은 먹거리를 사는 데 필요한 정도만 있으면 된다고 생각했다. 그래서 먹을 것에 들어가는 비용만큼은 항상 지니고 있었다. 언젠가 그는 어느 나라의 술탄의 부탁으로 별의

---

* 호와레즘 : 중앙아시아 아무다리야 강 하류 일대를 지칭한다. 예로부터 동서문화가 만나는 요충지였으며, 후에는 이슬람 문화의 중심지 중 한 곳이 되었다.

운행에 관한 표를 만들었다. 술탄은 그 보답으로 은화를 잔뜩 실은 코끼리를 주었지만 비루니는 곧바로 돌려주었다고 한다. 그 외에도 다음과 같은 일화가 전해지고 있다.

어느 날 가즈나 왕조의 한 술탄이 문이 네 개 달린 방에 비루니를 불러놓고 이렇게 말했다.

"이 방에는 네 개의 문이 있다. 내가 어디로 나갈 것인지 맞춰보도록 해라."

그러자 비루니는 천문관측의(天文觀測儀)를 요구했다. 그는 이 관측의를 통해 별을 보면서 답을 종이에 써서 의자 밑에 내려놓았다.

그러자 술탄은 기다리고 있던 인부들을 불러 벽을 뚫어서 다섯 번째 문을 만든 다음 그곳으로 빠져나갔다. 그러고는 "이것만큼은 맞출 수가 없었을 테지"라고 하며 비루니의 답이 적힌 종이를 펼쳤다. 그런데 거기에는 "왕께서는 벽을 뚫고 나가실 것입니다"라고 씌어 있었다. 왕은 자신이 의도한 바를 맞춘 것에 화를 내며 그를 감옥에 가둬버렸다. 비루니는 왕의 시험은 무난히 통과했지만, 그의 심기만큼은 제대로 파악하지 못했던 것이다.

오마르 하이얌(1048~1131) 페르시아인. 시인으로서도 유명했지만 본업은 천문학자이자 점성술사였다. "점성술의 예언은 충분히 믿을 게 못 된다"고 하면서도 자주 예언을 하고 또 잘 맞추기도 했다. 학자다운 교제에 익숙하지 않았으며, 제자들에게도 그다지 상냥하지 않았던 그에 대한 평가는 극단적으로 엇갈린다. 그러나 그를 경애했던 제자들은 다음과 같은 일화를 이야기하고 있다.

어느 겨울, 호라산*의 술탄이 사냥을 나가려고 했다. 그래서 오마르를 불러 다음과 같은 명을 내렸다.

"며칠 동안 비나 눈이 내리지 않는 사냥하기 좋은 시기를 택해보게나."

오마르는 이틀 동안 밤하늘을 보며 신중하게 시기를 선택하고, 자신도 그 사냥에 동행했다. 그런데 술탄 일행이 출발하자마자 갑자기 구름이 하늘을 뒤덮고 바람이 세차게 불기 시작했다. 급기야는 눈까지 쏟아졌다. 일행이 오마르를 비웃자 술탄은 다시 돌아가려고 했다. 그러자 오마르는 이렇게 말했다.

"걱정하지 마십시오. 구름은 곧 걷힐 것이고 앞으로 5일간은 한 방울의 비도 내리지 않을 것입니다."

그 말을 믿은 왕이 말을 타고 계속 나아가자 이내 구름이 걷히고, 5일 동안은 한 방울의 비도 내리지 않았으며, 어느 누구도 구름을 보지 못했다고 한다.

마하무드 다우디(11~12세기) 페르시아인. 예언은 백발백중이었지만 갓난아기

＊ 호라산 : 현재 이란 북동부 지방

때와 다름없는 백치였다. 언젠가 술탄의 처소에 두 마리의 투견이 보내진 것을 보고 스스로 나가 싸워 무사히 도망쳤다는 일화도 있다. 그 후 그는 사람들의 입에 자주 오르내리는 인물이 되었다.

어느 날 사람들이 모여서 이야기하다가 한 사람이 "이븐 시나(중세 이슬람권의 저명한 철학자이자 의사)는 얼마나 위대한 사람이었을까" 하고 말했다. 그러자 옆에서 이야기를 듣고 있던 다우디가 벌컥 화를 내며 노한 목소리로 이렇게 말했다.

"이븐 시나가 누군지는 모르지만 나는 그보다도 천 배나 위대하다. 그는 고양이하고도 싸워본 적이 없을 테지만 나는 투견 두 마리와 싸웠다고."

이처럼 그는 완전히 미쳤지만 예언만큼은 한치도 틀림이 없었다. 어느 때 술탄이 작은 강에서 낚시를 하다가 그에게 "내가 얼마나 큰 고기를 낚을 것 같은가?" 하고 물었다. 그는 잠시 점을 친 후에 "15킬로그램은 될 것입니다" 하고 대답했다. 사람들은 "그런 큰 고기가 여기에서 잡힐 리 없다"면서 웃었지만 그는 "잠자코 있으라"고 일갈했다. 그런 후에 술탄의 바늘에 큰 고기가 걸려 뭍으로 끌어올려 보니 18킬로그램이나 되어 사람들은 놀라움을 감추지 못했다고 한다.

관찰술

이러한 일화들을 들으면, 점성술사가 별을 보고 점을 치면 이 세상의 모든 것을 알 수 있지 않을까 하는 기분이 든다. 하지만 점성술사들은 그렇게 말하지 않는다. 그들의 말에 따르면 점성술에도 할 수 있는 것과 할 수 없는 것이 있다고 한다.

점성술이 이만큼 편리한 것이라고 생각되는 것은 중세에 널리 믿었던 관찰술 때문이라고 할 수 있을지도 모른다. 관찰술은 다양한 의미를 가진 말인데, 굳이 정의를 하자면 '밖을 살펴서 안을 아는 술법', '눈으로 볼 수 있는 것을 통해 눈으로 볼 수 없을 것을 보는 술법', 이라고 할 수 있다.

- 인상견(人相見, 인간의 안색·체형·수족·사마귀나 검은 점 등을 보고 추측)
- 수상견(手相見, 손금)
- 족적견(足跡見, 족적을 보고 건강과 정신 상태를 판단)
- 가계학(家系學)
- 사막에서 족적을 보는 것
- 잃어버리는 것 탐색
- 귀금속 탐지
- 비의 예측

이러한 것을 일괄해서 '히라사' 라고 부른다. 이 모든 것을 깊이 연구하면 원하는 바를 거의 대부분 알 수 있게 된다. 그리고 신앙심이 깊은 현자는 개별적인 기술을 수련하지 않고 단지 신앙의 눈만으로 모든 것을 꿰뚫어볼 수 있다고 한다.

후세에 전해진 바에 따르면, 무하마드는 "참된 신도의 꿰뚫어볼 수 있는 눈을 경외하라. 그런 자는 신의 빛도 볼 수 있을 것이다" 라고 말했다고 한다.

그리고 사람들 사이에서는 "신앙심이 깊은 사람과 이야기할 때는 진실을 말하는 것이 좋다. 그러한 사람은 상대의 마음을 읽을 수 있으며, 심지어는 마음속을 드나들 수 있다", "매우 신앙심이 깊은 사람은 아주 예리한 통찰력도 가지고 있다" 는 등의 이야기도 있다.

그러나 이런 격언들을 모조리 믿어서는 곤란하다. 왜냐하면 민간 전승에서 "가장 예리한 통찰력을 가졌다" 고 전해지는 사람 중에 술과 여자를 대단히 좋아했던 속물 중의 속물 아부 누와스도 있기 때문이다.

시인의 눈

아부 누와스는 『천일야화』 속의 많은 이야기에 등장하면서 뛰어난 통찰력을 발휘한다. 그 중에 '하룬 알 라시드와 세 시인 이야기'를 소개해보겠다.

어느 날 밤 칼리프 하룬 알 라시드는 여자 노예에게 수청을 들라고 지시했다. 그러자 여자는 "내일 저녁까지는 좀 유예해달라"고 부탁했다. 칼리프는 여자의 부탁을 받아들여 그냥 보내주었다. 이윽고 다음날 아침이 되자 칼리프는 여자가 있는 곳에 사자를 보냈다. 그런데 여자는 이렇게 대답했다.

"밤의 말은 낮에 없어집니다!"

즉, 밤에 한 약속을 낮에 지킬 필요가 없다는 뜻이었다. 이 대답을 전해들은 칼리프는 여자의 기지에 감탄해 마지않으며, 기다리고 있던 세 사람의 시인에게 여자의 대답을 넣어 시를 짓게 했다. 그래서 시인 중 두 사람은 아주 멋진 시를 지었다. 그런데 세 번째 시인인 아부 누와스가 지은 시에는 시를 짓게 된 경위가 적혀 있었는데, 마치 모든 정황을 보고 쓴 것만 같았다. 이를 본 칼리프가 입을 열었다.

"두 시인에게는 은 1만 냥을 주어라. 그리고 아부 누와스는 즉시 참수하라! 이놈, 어찌 내가 후궁에서 했던 일을 낱낱이 알고 있단 말이냐?"

"저는 단지 폐하의 말씀을 듣고, 시심이 떠올라 그렇게 지었을 뿐입니다. 『코란』에도 이런 말이 있지 않습니까? '시인은 보지 않고도 말할 수 있는 존재'라는."

그러자 하룬도 부끄러움을 느끼고 아부 누와스에게 은 2만 냥을 주었다고 한다.

다른 이야기도 대개 이와 비슷한데, 아부 누와스는 '시인의 눈'이라는 말이 생길 만큼 대단히 뛰어난 지각력을 지닌 모습으로 등장한다.

어느 나라에서나 시인이라는 존재는 보통 사람들과는 구별되는 독특한 유형의 인간들이다. 일견 어수룩하게 보이기도 하고, 또 쉽게 인정에 끌리기도 한다. 그 중에서 『천일야화』의 아부 누와스는 칼리프의 궁정에서 광대도 겸하고 있었으므로 누구보다 현명했지만 때로는 마치 백치처럼 보이기도 했다.

그리고 그도 점성술사나 관찰술사와 마찬가지로 보통 사람들에게는 보이지 않는 것을 볼 수 있는 인간이었던 것만큼은 확실하다. 사실 이런 능력은 '보는' 마술이라고 할 수 있다. 불가사의한 것으로 보는 것인지도 모르지만 반드시 그것뿐만이라고 할 수도 없다. 가령 평범한 사람이 친구와 함께 길을 걸어가고 있다고 가정해보자. 그런데 이 두 사람이 실제로 무엇을 '보는가'는 사람에 따라 다를 것이다. 그런 것에서 한 걸음 더 나아가서 무엇인가를 확실하게 보는 것이 '보는 마술'일지도 모른다는 것이다.

그러나 세상에는 보는 것만이 아니라 그 이상의 것을 해야만 하는 사람들도 있다. 의사는 병을 본 후에 그것을 치료한다. 또 세상에는 진니가 많기 때문에 그들을 찾아내서 장난을 치지 못하게 하는 전문가도 있다. 그들이 사용하는 것이 바로 '몰아내는' 마술이다.

몰아내는 마술

진니, 사시, 저주 몰아내기

이 세상은 진니로 가득 차 있다. 자유자재로 변하는 진니는 어디에나 나타나 여러 가지 재앙을 불러일으키기 때문에 항상 주의를 게을리해서는 안 된다. 『천일야화』에 따르면, 어떤 상인이 대추야자 열매를 먹고 무심코 그 씨를 던졌는데 하필이면 사람의 눈에는 보이지 않는 새끼 진니가 맞아서 죽었다고 한다. 그러자 몹시 화가 난 새끼 진니의 아버지 이프리트는 큰칼을 뽑아든 채로 두 눈을 번뜩이며 상인에게 달려들었다.

이는 불운한 예라고 할 수 있지만, 사실 사람이 있는 곳이면 어디든 진니가 도사리고 있다. 예를 들면 어두운 길에서 비틀거리다 넘어지는 것은 진니의

습격을 받았기 때문이다. 잠을 자면서 이를 가는 것 역시 진니가 슬며시 다가왔기 때문이고, 아무리 먹어도 배가 부르지 않은 것은 뱃속에 진니가 있어 먹을 것을 가로채기 때문이다.

진니가 일으키는 병도 있다.

- 경련, 간질, 졸도, 통풍(痛風, 관절염), 신경통, 발광 등 발작성 질병
- 반신불수, 수족 마비 등 신경계 질병
- 콜레라, 천연두 등의 전염병

진니는 몸 속에 침투하거나 몸 밖에서 때리기도 하며, 또 침(針) 같은 것을 쏘아서 병을 일으킨다. 밤에 거울을 보다가 자신의 눈과 눈 사이에서 콩만한 진니의 모습을 볼 때가 있는데 그런 경우에는 눈에 염증이 생긴다고 한다.

진니에게 가장 공격당하기 쉬운 사람은 갓난아기와 그 어머니다. 진니야(진니의 여성형) 중에는 자신의 갓난아기와 인간의 갓난아기를 바꿔치기하는 경우도 있다고 한다.

그리고 약혼한 남녀도 위험하다. 성질이 나쁜 진니는 약혼한 인간 처녀를 가로채는 데 명수라고 한다. 만약 이 위기를 넘기고 무사히 결혼을 하더라도 주의를 게을리해서는 안 된다. 진니는 때때로 가정 생활에 끼어들어 결혼을 엉망진창으로 만들어버리기 때문이다.

진니 몰아내기

앞에서 진니의 몇몇 악행들을 소개했는데, 이러한 장난을 막는 데는 두 가지 방법이 있다. 하나는 경계를 하는 것이고 또 하나는 진니를 몰아내는 것이다. 경계는 누구나 할 수 있지만, 일단 사건이 일어나면 전문가에게 맡기는 편이 좋다.

우선 보통 사람이 할 수 있는 방법부터 소개하겠다.

- 물가나 불 옆, 폐허 등 진니가 좋아하는 장소를 피할 것. 부득이하게 그런 장소에 갈 때는 침을 뱉거나 소변을 보지 않는 것이 좋다.
- 언제나 "신의 이름으로", "신의 뜻에 따라" 등의 말을 하면서 행동할 것. 물건을 가게에 진열할 때도 그렇게 말하면 진니가 손을 대지 못한다.
- 진니는 새벽 3시경에 가장 활발하게 활동하기 때문에 이 시간에는 사적인 이야기를 삼갈 것. 빛을 싫어하고 어둠을 좋아하기 때문에 갓난아기나 임산부 옆에는 언제나 불빛이 있어야 한다. 매장하기 전의 사체도 마찬가지다. 만약 불빛이 사라지면 사체에 진니가 들러붙기 때문이다. 인도에도 시귀(屍鬼)라는 마물(魔物)이 있어서 매장하기 전의 사체에 들러붙어서 뭔가를 말하게 하거나 움직이게 한다.

다음으로는 전문가에게 맡기는 방법이 있다. 전문가도 두 종류로 나뉜다.

하나는 의사인데, 이들은 약을 처방해서 인간의 몸에서 진니를 몰아낸다. 진니는 소금과 쇠붙이, 동(銅), 타르와 화약을 싫어한다. 때문에 타르를 약으로 복용하기도 한다. 그 외에 명반(明礬, 유황을 함유한 일종의 광물), 대마(大麻), 예향(藝香), 안식향(安息香) 등 진니가 싫어하는 향이 강하게 나는 식물이나 광물로 만든 약을 처방한다.

또 하나는 '진니와 접촉하는 전문가'인데, 정확히 번역하기는 힘들지만 아일랜드 등에서는 흔히 '요정(妖精)학자'라고 부르기도 한다. 아일랜드 출신의 유명한 시인인 예이츠가 쓴 시에도 이런 요정학자들이 등장한다. 그의 글에서 인용해보자.

"현재 요정학자는 일정하게 집단을 구성하고 있는 요정들과 친교 관계를 맺고 있다. 우유로 버터를 만들 수 없거나 소가 젖을 내지 못하면 이들을 불러

서 그 원인이 흔히 있는 일인지 아니면 마력에 의한 것인지를 묻는다. 그런 때
는 대개 귀(鬼)가 토끼의 모습으로 변신해서 우유를 짜냈거나 죽음의 사자가
교유기(攪乳器, 우유를 휘젓는 그릇) 속의 버터를 빼돌렸기 때문이다. 그러면 학
자들은 주문을 외우기 시작한다. 학자들은 요정들이 어떻게 하면 좋아하는지
를 가르쳐준다. 그리고 요정풍(妖精風)이 생기면 또 어떻게 해야 하는지도 가
르쳐준다(요정에게 맞으면 혹이 나거나 마비가 오기도 한다. 이를 '요정풍妖精風'이
라고 한다)."

이슬람권의 요정학자(요령妖靈학자?)도 대부분 위에서 언급한 것과 크게
다르지 않다. 진니의 장난으로 병이나 불행한 일이 일어난 사람은 일반적으
로 요정학자와 상담을 한다. 요정학자는 대개 위대한 학자나 교리사이기도

한데, 간혹 무학(無學)의 촌부나 마을의 평범한 어른인 경우도 있다.

요정학자는 죄가 있는 진니를 불러내서 이야기를 나눈 후에 장난을 쳤던 사람의 몸에서 떠나게 만든다. 그래서 사죄를 하게 만들기도 하고, 경우에 따라서는 위협도 한다.

진니가 아주 성질이 나빠서 위협도 통하지 않을 때에는 최후 수단으로 실력 행사에 들어간다. 주술 문자나 그림을 그리기도 하고, 작은 석류(천국에서 자라는 나무) 가지로 병자를 때린다.

저주

진니만큼이나 무서운 것이 사람의 질투와 저주다. 청부를 받아 사람들에게 저주를 거는 전문적인 주술사도 있다.

저주를 거는 방법은 여러 가지지만 그 중에서 유명한 것을 소개하면 다음과 같다.

- 깍지를 낀 손을 머리 위로 들어올려서 저주할 대상의 이름이 들어 있는 말("아무개에게 신의 저주가 있기를" 등)을 되풀이해서 외운다.
- 끈으로 몇 개의 매듭을 만들어 숨이나 침을 불어넣으면서 속삭이듯이 저주의 말을 계속한다.
- 상대의 형상대로 인형을 만든 다음 별이 특정한 위치에 오면 신에 대한 불신의 말을 내뱉고, 악마의 도움을 빌려서 상대를 저주한다.

이렇게 저주를 받은 사람은 마치 진니가 들러붙은 것처럼 병이나 불행을 겪게 된다. 진니는 질병으로 인간을 죽이기도 하지만, 인간이 인간을 저주할 때는 직접 상대의 죽음을 바라는 경우도 있다.

사시

질투나 증오에 찬 시선은 인간에게 화를 불러올 수 있다고 한다.

사시(邪視)와 관련해서 "사시는 인가(人家)를 텅 비게 하고, 묘지를 가득 차게 한다", "인간의 절반은 사시 때문에 죽는다"는 등의 말이 있다. 그리고 식사 중에 사시를 만나게 되면, 특히 독 기운이 빨리 퍼진다고 한다.

인간은 누구나 많든 적든 사시를 행하기 때문에 사시를 피하기 위해 이슬람권에서는 "사람들이 선호하는 것은 솔선해서 상대에게 주라"는 풍습이 있다. 이집트인을 예로 들면, 사람이나 물건을 칭찬한 후에 "~을 본 내 눈은 차가워지고 있다(=나는 사시를 하지 않는다)"고 덧붙이는 관습이 있다고 한다. 그렇게 함으로써 상대에게 쓸데없는 의심을 사지 않는 것이다.

하지만 개중에는 특별히 사시의 힘이 강한 사람이 있다. 예를 들면, 안와(眼窩, 눈구멍)가 움푹하고 눈썹이 가운데 쪽으로 몰린 사람의 눈은 위험하다. 짝눈, 푸른 눈, 거의 붙어 있는 듯한 눈썹, 동물, 특히 뱀눈 등도 위험하다. 여성,

특히 노파의 눈도 마찬가지로 위험하다.

부자나 행복한 사람, 유아, 미인, 임산부 등은 사시의 위험에 노출될 가능성이 많다. 일설에 따르면, 여성이 집 안에 있거나 외출할 때 차도르로 얼굴을 가리는 것도 사시를 막기 위한 것이라고 한다. (오해하기 쉬운 것이지만, 차도르와 이슬람교는 원래 아무런 관계가 없다. 『코란』에는 여성이 얼굴을 숨겨야 한다는 말이 없으며, 차도르 착용에 관한 사항은 지역에 따라 다소 차이가 있다. 이집트에서는 도시 여성이 차도르를 두르지만 농촌 여성은 하지 않는 경우가 많다. 대단히 엄격한 이슬람 원리주의자들이 집권했던 아프가니스탄에서는 모든 여성이 반드시 차도르를 착용해야 하며, 이를 어기면 가혹한 제재가 가해진다. 참고로 말하면, 차도르는 지역에 따라 그 명칭도 제각각이다. 인도에서는 부르카, 아랍권에서는 아바 또는 이자르라고 부른다.)

여담이지만, 불교나 유대교에도 사시의 개념이 있다. 유대교 경전인 『탈무드』에 따르면 사시의 기원은 바빌론인데, 그 지방에서는 설사 자연사(自然死)한 사람이라 할지라도 실제로는 99명의 사람이 사시를 보냈기 때문에 목숨을 잃은 것이라고 한다.

저주와 사시 몰아내기

이처럼 무서운 저주와 사시로부터 자신의 몸을 지킬 방법이 있다.

저주에는 『코란』의 문구, 특히 마지막 두 장이 가장 유효하다고 알려져 있다. 이 두 장의 주제는 저주로부터 보호를 바라는 것이다.

제113장 여명
자비롭고 자비로우신 알라신의 이름으로……
일러 가로되 동녘의 주님께 보호를 구하며

창조된 사악한 것들의 재앙으로부터 보호를 구하며
어둠이 짙어지는 밤의 재앙으로부터 보호를 구하며
매듭으로 마술을 부리는 사람의 재앙으로부터 보호를 구하며
시기하는 자의 재앙으로부터 보호를 구하노라.

제114장 인간
자비롭고 자비로우신 알라신의 이름으로……
일러 가로되 인류의 주님께 보호를 구하고
인류의 왕이며
인류의 신에게
인간의 흉중에 도사리는 사탄의 재앙으로부터
인간의 가슴속에서 유혹하는 사탄의 유혹으로부터
요령(妖靈)과 인간의 유혹으로부터 보호를 구하나이다.

신앙의 문이 열린다는 의미를 갖고 있는 제1장 '개경장(Fatihah)'도 자주 사용된다. 사시에 대해서도 『코란』의 문구가 자주 사용된다. 이 외에 불을 지피거나 연기의 독기를 해독할 때, 또 소금이나 명반(明礬)을 뿌릴 때도 『코란』의 문구를 읊조린다.

숫자 5도 사시를 몰아내는 데 효과가 있다. 사시를 가진 사람의 면전에서 오른손(다섯 손가락)을 내밀면서 "너의 문 속에 5"라고 말하면 사시로부터 자신을 보호할 수 있다는 것이다.

그 밖에 앞에서 언급한 것처럼 여성은 차도르로 얼굴을 가리면 사시를 피할 수 있다. 남자아이는 여자아이처럼 기르거나 누더기 옷을 걸치게 해서 사람들의 이목을 피하기도 한다. 그리고 부적을 사용하는 것도 흔히 볼 수 있는 방법이다.

부적

부적은 각종 재앙으로부터 자신을 지키기 위해 사용한다. 사시나 저주, 중상(中傷), 병, 재난 등을 피하기 위해 지갑이나 터번, 반지, 팔찌, 발찌 등에 집어넣는 경우가 많다.

부적은 세계 여러 곳에서 널리 행해졌던 풍습이다. 아라비아에서도 예로부터 부적을 사용해왔는데, 무하마드는 함부로 부적의 힘에 의지하는 행위를 금지하고 신의 이름과 『코란』의 문구를 부적에 쓰는 것만은 인정했다고 한다. 물론 이 금지령은 제대로 지켜지지 않았다. 후세 민간에서 사용된 부적에는 다음과 같이 다양한 형태의 글과 그림들이 쓰였다.

- 『코란』의 문구
- 슬라이만(진니를 자유재자로 부린 것으로 유명했던 솔로몬)에 관한 말
- 천사들에 관한 말
- 달과 별, 모스크 모양
- 12궁이나 성좌 등의 그림
- 동물, 특히 뱀이나 전갈 등 독이 있는 생물의 그림
- 머리는 사람이지만 몸은 동물인 생물의 그림
- 귀중품, 조개, 뼈 등의 실물

대략 이러한 것들이다. 이 외에도 유명한 부적으로는 다음과 같은 것들이 있다.

나자르 본쥬 인간의 눈처럼 생긴 것은 사시를 몰아내는 효과가 있다고 한다. 이 것도 그 중 하나로 푸른 돌에 눈 모양이 그려진 것이다. 주로 터키에서 사용되며, 아이들과 젊은 처녀들이 몸에 지니고 있는 경우가 많다.

파티마의 손 파티마는 예언자 무하마드의 딸로서 후에 칼리프가 된 알리와 결혼해서 두 아들(하산과 후사인)을 낳았다.

후대에 이르러 파티마는 이상적인 여성으로 추앙받고 있는데, 특히 시아파 세계에서는 그녀의 손 모양을 본뜬 부적이 애용되고 있다.

펼친 손의 안쪽에 눈을 그려넣은 형태인데, 대개는 종이에 그리지만 금속판에 새긴 것도 있다. 사람이 아닌 가축의 머리에 걸기도 하며, 자동차나 자전거의 앞뒤 쪽에 붙이기도 한다.

'파티마의 손'이라고 불리기 전부터 이런 형태의 부적은 서아시아와 지중해에 널리 퍼져 있었으며, 고대 카르타고의 유적에서도 발견되었다고 한다.

방형 부적 방형(方形) 부적이란 정사각형 속에 아라비아 문자나 숫자, 마법의 주문, 신이나 천사의 이름, 일곱 행성과 일곱 요일, 4대 원소의 이름, 『코란』의 한 구절 등을 쓴 것이다.

몸에 가지고 다니기도 하고, 부적을 태워서 나는 연기로 사람을 그을리거나, 쓰여진 문자를 물로 씻은 후에 그 물을 마시기도 한다.

그리고 마법진(魔法陣)을 그린 것도 있다. 이것은 정사각형 속에 숫자를 나란히 쓰는 것인데, 그 수는 가로·세로·대각선 방향 등 어느 쪽으로 더해도 같은 수가 나온다.

바로 여기에서 브두흐라는 개념이 생겨났다(칼럼 참조).

　　이상에서 소개한 것이 '몰아내는 마술'이며, 전문가가 아닌 일반 사람도 매일의 삶 속에서 하고 있는 마술이다.

　　그러나 이 세상에는 진니를 '몰아내는' 것만으로 그치는 것이 아니라 그들과 접촉해서 환술과 변화, 변신술 등을 배우는 사람도 있다. 그리고 생성물질의 비밀 그 자체를 탐구하면서 납을 금으로 변화시키려는 학자도 존재한다. 그들의 사용하는 방법이 바로 '변하게 하는 마술'이다.

브두흐라는 말은 원래 아무런 의미가 없다. 무의미한 말이 있느냐
고 생각할지 모르지만 실제로 그런 말이 존재한다.

다음과 같은 마법진이 있다.

    4   9   2
    3   5   7
    8   1   6

다음으로 아라비아 문자를 알파벳순으로 놓고 각기 해당하는 숫
자에 대응시킨다. 1은 A, 2는 B 식으로. 그러면 다음과 같이 된다.

    D   Ṭ   B
    J   H   Z
    Ḥ   A   U

이 마법진의 네 귀퉁이에 있는 문자를 연결하면 Bduḥ가 된다. 이
것이 브두흐라는 말의 유래인데, 후세로 가면서 이 말에 무수한 의
미가 생겨났다.

일설에 따르면, 이 말은 페르시아어 '비두흐트(금성金星)'에서 나
왔다고 한다. 하지만 일반적으로 브두흐는 영원성을 상징하는 토
성과 관련이 깊은 것으로 알려져 있으며, 이 말을 처음 한 사람은
인류의 시조인 아담이라고 한다.

그리고 브두흐는 위대한 진니의 이름이며, 그 이름을 문자 또는 숫
자(2468로)로 쓴 것이라는 설도 있다.

또 다른 설에 따르면, 이 말은 옛날에 신앙심이 깊었던 상인의 이
름인데 그가 부치는 편지나 소포는 결코 행방 불명되는 법이 없었
다고 한다. 브두흐가 알라신의 이름 중 하나라는 다소 이색적인 설
도 있다.

하여간 이 말은 사용하기에 따라 행운과 불운을 불러온다고 한다.
긍정적으로 사용되면 위통과 생리불순, 성적 불능 같은 신체적인

고통을 치유할 뿐만 아니라 사람을 투명하게 할 수도 있다. 그래서 이 브두흐라는 문자는 보석, 금속판, 팔찌에 새겨지기도 했으며, 더 나아가 부적에 쓰이게 되었던 것이다. 책의 서문에 액운을 막기 위해, 또 편지나 소포가 올바르게 전달되도록 하기 위해 이 말을 써넣는 경우도 있다.

변하게 하는 마술

환 술 , 변 신 술 , 연 금 술

여기서 다룰 내용은 마술 중의 마술이라고 할 수 있는, 사물의 모습을 변하게 하는 술법이다. 아라비아어로는 마술을 시흐르라고 하는데, 이 말은 원래 '속인다' 는 의미가 있다. 즉, 본래의 모습이 아닌 다른 모습으로 바꾸는 것을 지칭한다. 예를 들면, 손수건을 비둘기로 변하게 하거나 밧줄을 뱀으로 만드는 것 등이다.

사람에 따라서는 이것을 최면술 혹은 손재주라고 하지만, 무하마드에 따르면 반드시 그런 것만은 아니고 마술이라는 것이 세상에 실제로 존재한다는 것이다. 그렇다면 진실은 무엇일까? 술법을 행하는 사람은 그 사실 여부를 알수 있지 않겠는가.

하여간 이런 변하게 하는 술법은 대표적인 마술로 굳건히 자리잡고 있다.

화려한 변신술

『천일야화』에 등장하는 마술도 대개는 변신술이다. 마법사나 마녀가 사람에게 물을 뿌리고 주문을 외우면 순식간에 개나 원숭이, 또는 당나귀로 변한다. 이런 마술을 통해 변신해버린 절세 미녀나 청년은 아무리 소리를 질러도 사람 소리가 아닌 동물의 울부짖음만 토해낼 뿐이다. 부모나 친구조차도 그를 동물로만 취급한다. 다른 친절한 마법사가 발견하고, 주문을 외워 술법을 풀어줄 때까지는 어떻게 할 수가 없다.

술법을 풀어주는 친절한 마법사는 간혹 역으로 주문을 거는 방법을 일러주기도 한다.

"상대의 허점을 노리다가 물을 뿌린 후에 역으로 당신이 주문을 거는 것이다……."

이렇게 하면 복수를 할 수 있다.

그러나 이 방법은 나쁜 마법사나 마녀가 '상대는 초심자' 라고 생각하고 방심을 하기 때문에 가능한 것이다. 만약 허점이 없는 경우에는 결코 마법사와 맞서 싸워서는 안 된다.

이란의 민화에는 다음과 같은 것이 있다.

오랜 옛날, 풀을 베는 가난한 청년이 있었다. 청년은 우연히 공주와 만나 서로 사랑하는 사이가 되었다. 두 사람의 결혼을 허락할 수 없었던 왕은 청년에게 도저히 풀 수 없는 문제를 던져주었다.

"이 나라에는 불가사의한 마술을 행하는 바자르잔이라는 마술사가 있다. 많은 젊은이들이 바자르잔의 제자가 되었지만 술법을 완전히 터득한 자는 모두 죽어버리고 말았다. 이 마술사의 술법을 터득한다면 내 딸을 주도록 하겠다."

그래서 청년은 마술사의 제자가 되어 술법을 완전히 배운 후 도망쳤다. 하지만 청년이 집으로 돌아가보니 일할 사람이 없어 더욱 가난해져 있었다. 그는 공주와의 일도 잊고 쇠잔한 부모를 위해 다음과 같이 말했다.

"아버님, 저는 말이나 양으로 변할 수 있습니다. 제가 그렇게 변하면 저를 시장으로 끌고 가서 파십시오. 그래서 그 돈으로 살아가십시오. 저는 반드시 다시 돌아올 것입니다."

청년은 그렇게 여러 번 술법을 써서 부모를 봉양했다. 그런데 몇 번째인가 양으로 변해 시장으로 가는 도중에 그만 바자르잔과 맞닥뜨리고 말았다. 바자르잔은 청년이 양으로 변했다는 사실을 알고 어떻게 죽일 수 있을까 생각했다. 그는 청년의 아버지와 흥정을 해서 양을 손에 넣었다. 하지만 죽은 목숨이나 다름없던 양은 다시 바자르쟌의 손아귀에서 벗어나 탈출에 성공할 수 있었다. 이에 격노한 마술사는 늑대가 되어 양의 뒤를 쫓았다. 청년이 침이 되어 땅 속에 숨자 마술사는 체가 되어 흙을 모두 뒤지고 다녔다. 청년이 비둘기가 되어 하늘로 날아오르자 마술사는 독수리가 되어 추격했다. 그래서 청년은 석류 열매로 변신해서 석류나무 가지에 매달려 있었다. 겨울인데도 석류가 열려 있는 모습을 본 정원사는 깜짝 놀라지 않을 수 없었다. 그는 석류를 딴 후에 왕에게 바치기 위해 급히 왕궁으로 달려갔다. 왕은 대단히 기뻐하며 정원사에게 큰 사례를 베풀었다.

이때 수도사로 변신한 바자르쟌이 왕궁에 나타나 『코란』을 외우기 시작했다. 그를 본 왕이 말했다.

"뭔가 원하는 것이 있으면 말해보게."

"말씀드리기 죄송하지만 폐하께서 갖고 계신 석류를 주셨으면 합니다만."

"이것은 천하의 진품일세. 아니 되네. 걸식이나 하는 주제에 어디 감히."

왕은 격노해서 석류를 상 위로 집어던졌다. 그러자 석류가 쪼개지면서 빨간 알갱이들이 사방으로 흩어졌다. 바자르쟌은 재빨리 수탉으로 변신해 그것을 쪼아먹었다. 청년의 혼이 들어가 있는 열매는 왕좌 밑으로 굴러 들어가서 닭에게 먹히지 않을 수 있었다. 어렵게 피신한 청년은 여우로 변신해서 닭을 덮쳤다. 수탉은 위험을 느끼고 급히 바자르쟌으로 돌아갔고, 여우는 다시 청년이 되었다.

왕은 너무나 놀라 자신의 눈앞에서 벌어진 일을 도무지 믿을 수가 없었다.

"대체 이게 무슨 짓들인가!"

"폐하, 저는 풀을 베던 젊은이였습니다. 술법을 모두 터득하고 바자르쟌 선생님을 여기로 모시고 왔습니다."

그러자 왕은 예전에 자신이 했던 말을 기억하고 약속대로 딸을 주었으며,

청년의 스승인 바자르쟌에게도 용서를 베풀었다. 이렇게 해서 모두가 행복하게 되었다.

변신술에 뛰어난 마술사들은 위의 이야기처럼 자유자재로 변신할 수 있었다고 한다. 이와 비슷한 이야기로는 중국의 『서유기』를 들 수 있다. 하지만 이런 술법이 어떻게 가능한지에 대해서는 의문을 갖지 않을 수 없다. 바자르쟌의 스승과 또 그 스승의 스승 식으로 끝까지 거슬러 올라가면 과연 어디에 도달할까. 어쩌면 그 끝에 진니가 있을지도 모른다. 앞서 언급한 것처럼 진니나 굴은 자유롭게 변신할 수 있는 존재가 아닌가. 그래서 진니는 얼마만큼의 비밀을 인간에게도 나누어주었던 게 아닐까.

마술의 근원

마법사 중에는 좋은 마법사와 나쁜 마법사가 있다. 10세기의 백과사전인 『피흐리스트』에 따르면 마술에는 이슬람의 교리에 부합하는 것과 그렇지 않은 것, 즉 좋은 마술과 나쁜 마술이 있지만 둘 다 진니를 사역한다는 점에서는 동일하다고 한다.

좋은 마법사는 신을 공경하면서 이 세상의 쾌락을 멀리하고, 알라신의 이름으로 진니에게 명령을 내린다. 그러면 진니는 신도가 되어 기꺼이 따르기도 하지만 알라신의 이름이 두려워서 할 수 없이 따른다고도 한다.

좋은 마술의 전통은 슬라이만까지 거슬러 올라간다. 그는 이 세상에서 최초로 진니를 자유자재로 부린 인물이었다. 그러나 슬라이만의 능력을 질투한 사람들은 그의 마술을 사술(邪術) 또는 요술이라고 몰아붙였다. 사실 슬라이만의 술법과 요술은 그 근본이 전혀 다른 것이었다.

한편 나쁜 마술사는 진니나 악마를 기쁘게 하기 위해 제물을 바치고, 신의 법칙을 깨뜨리기도 한다. 또 인간 세상에서 허락되기 힘든 근친과의 결혼도 서슴지 않는다.

그들의 마술은 원래 바빌론의 두 천사, 하루트와 마루트까지 거슬러 올라 간다. 오랜 옛날 악마나 요술사는 이 두 천사로부터 술법을 배웠는데, 이것이 지상에서의 요술의 기원이 되었다. 그때 이후로 요술은 들불처럼 세상으로 퍼져나가기 시작했다.

그러나 현재 나쁜 마술의 총수 노릇을 하고 있는 것은 이블리스의 딸로서, 물 위의 옥좌에 앉아 있는 바이자크이다. 요술을 배우려고 하는 자는 동물이 나 인간을 산 제물로 바치고 신이 정한 법칙을 깨뜨리면, 바이자크의 옥좌가 있는 곳으로 가서 직접 마술을 배울 수 있다고 한다.

어떤 요술사는 이렇게 말한다.

"나는 꿈 속에서 그녀가 옥좌에 앉아 있는 모습을 보았는데, 나중에 직접 보았을 때와 똑같았다. 그녀의 주위에는 많은 요술사들이 있었다. 요술사는 모두 맨발이었으며 발뒤꿈치가 두 개로 갈라져 있었다."

바이자크의 명령에 따라 악마들은 천궁의 이야기를 몰래 듣고 위대한 힘 의 일부를 훔쳐냈다. 이때 악마만큼 나쁘지 않은 진니도 호기심을 이기지 못 하고 이야기를 엿듣게 되었다. 그렇게 천상의 이야기를 들은 후에 자신들에 게 유리하도록 거짓말을 더해 사람들에게 전했다. 사람들은 그 이야기를 듣 고 요술사가 되기도 했으며, 또 카힌(무당)의 신탁도 악마나 진니의 말을 전하 게 되었다고 한다.

진니와 악마들이 천궁의 이야기를 엿듣는다는 사실을 안 천사들은 유성 화살을 쏘아서 이들을 쫓아냈다. 진니와 악마들이 천궁에서 듣고 싶어했던 것은 무하마드의 운명이었다. 하지만 천사들이 이들을 격추시키기 위해 수많 은 유성을 쏘았기 때문에 무하마드가 태어날 때 엄청나게 많은 유성이 하늘

을 수놓았다고 전해진다.

무하마드가 살아 있을 때는 천궁의 경호가 삼엄해서 진니나 악마도 하늘의 의도를 제대로 헤아리지 못했다. 그러나 무하마드가 죽자 천궁의 경호도 약간 느슨해져서 세상에서 요술의 수가 점차 늘어났다. 이것이 마술의 기원이라고 한다.

연금술

흔히 마술이라고 하면 변신이나 변화, 변성(變成)하는 것이라는 생각이 널리 받아들여지고 있다. 그리고 그런 변화나 변성을 통해 금은도 만들어낼 수 있다는 생각도 할 수 있다. 바로 이런 것이 연금술이다.

연금술은 상당히 오랜 역사를 가지고 있어서 중국은 물론이고 그리스, 로마에서도 기원전부터 널리 행해졌다.

중국에서는 4세기 초에 갈홍(葛洪)이라는 인물이 『포박자(抱朴子)』를 저술했다. 이 책에는 비금속을 금은으로 변하게 하는 방법과 금속을 이용해 영약(靈藥)을 조합하는 방법이 상세하게 적혀 있다. 책의 본래 목적은 불사(不死)의 영약인 '단(丹)'을 만들어내는 것이었는데, 단은 납 같은 물질을 금으로 변하게 하는 촉매제 역할도 한다는 것이다.

그리스와 로마 쪽에서는 연금술이 이집트에서 나온 것이라고 생각했다. 실제로 예로부터 이집트에서 널리 행해졌는지, 아니면 그리스인과 로마인들이 이국에 대한 막연한 편견으로 "연금술은 이집트에서 온 것"이라고 생각했는지는 정확하지 않다.

하여간 이런 연금술의 최초 목적은 금이나 은, 자줏빛(紫, 당시 이 자줏빛은 희귀한 조개에서밖에 추출되지 않아서 왕의 색으로서 대단히 소중하게 취급되었다)을 만드는 것이었다.

그렇다면 중국과 지중해 중 어느 곳이 연금술의 원조일까. 어쩌면 우연한 계기에 의해 생겨났는지도 모른다. 이슬람권의 연금술이 이 두 곳의 영향을 받았던 것 같다. 아라비아어로 연금술을 '알 키미야' 라고 하는데, 그 어원에 대해서는 다음과 같은 세 가지 설이 있다.

① 이집트의 별명인 케무(검은 대지)에서 왔다.

② 그리스어 키메이아(금속합성법)에서 왔다.

③ 중국어 킴(금金의 광둥어)에서 왔다.

모두 어느 정도 설득력이 있지만, 현재 두 번째 설이 가장 유력한 것으로 알려져 있다. 이유는 이슬람권의 연금술은 그 내용적인 측면에서 중국의 영향을 강하게 받은 것으로 보이지만 인명을 비롯한 기타 표면적인 부분은 그리스의 영향을 많이 받았기 때문이다.

그러나 전설에 따르면 이슬람권 연금술은 알렉산드리아의 마리아노스라는 학자로부터 비롯되었다고 한다. 여기에서는 마리아노스 이후의 연금술사들을 연대순으로 소개해보겠다.

하리드 이븐 야자드(?~707?) 아라비아 연금술의 아버지로 추앙받는 인물. 원래는 우마이야 왕조의 왕자였다. 왕자라 하더라도 왕위를 계승할 수 없는 경우가 많은데, 그 역시 평생 동안 왕자의 삶을 살았다. 혈통상으로는 직계 중의 직계였지만 칼리프였던 형이 죽었을 때 그는 아직 어렸기 때문에 권좌를 차지하지 못했다. 그래서 일찍부터 학문에 뜻을 두고 알렉산드리아의 마리아노스라는 학자에게 연금술을 배웠다고 한다. 물론 전설에 불과한 이야기지만, 이를 통해 아라비아의 연금술이 외부 세계에서 들어왔다는 사실만큼은 유추해볼 수 있다.

자파르 앗 사디크(699?~765) 시아파의 제6대 이맘. 학자풍의 온화한 인물로 무하마드를 비롯한 위인들의 언행을 소상히 알고 있었으며, 다방면에 해박했다.
그의 시대는 우마이야가(家)에서 아바스가(家)로 왕조가 넘어가는 권력 교체기로, 이른바 위기의 시대였다. 각지에서 시아파의 반란이 일어나자 아바스가는 이를 적극 활용해 우마이야 왕조를 무너뜨린 다음 시아파 운동을 차례로 압살해 나갔다.
그런 와중에도 그는 정치운동에 가담하지 않고 오로지 학문에만 몰두했기 때문에 적대적인 수니파 사람들과도 좋은 관계를 유지할 수 있었다. 어떤 의미에서는 자신과 시아파가 살아남기 위해 최선의 선택을 했던 것이다.
후세에 그는 알리, 하산, 후사인 다음으로 유명한 이맘이 되어 여러 가지 전설도 생겨났다.
일설에 따르면, 그는 위기를 예견하는 능력이 뛰어났으며, 새끼 소가죽에 예언을 기록해서 한 권의 책으로 만들었다고 한다. 말하자면 그는 '보는' 마술을 할 줄 아는 인물이었다.

또 다른 설에 따르면, 그는 '변하게 하는' 마술과 연금술에도 뛰어난 재능을 보였다고 한다. 유명한 자비르는 그의 제자로 알려져 있다.

자비르 이븐 하이얀(8세기?) 수수께끼의 인물이다. 자파르의 제자로 776년 무렵 쿠파(지금의 이라크 중부)에 살았다. 시아파는 물론이고 아예 이슬람 교도도 아니었던 그를 마음이 넓었던 자파르는 반갑게 받아주었다고 한다. 자비르 또한 스승을 존경해서 "나는 스승님의 능력에는 전혀 미치지 못한다"는 말을 입버릇처럼 했다. 이 밖에 두 사람에 관한 자세한 기록은 더 이상 남아 있지 않다.

시아파의 기록을 보면 자파르의 제자 중에서 자비르란 이름은 보이지 않는다. 어떤 필요에 의해 가명을 사용했거나, 아니면 아예 실재하지 않았던 인물이었을 가능성도 있다.

하지만 자비르가 썼다는 책은 대단히 과학적인데, 유화물(硫化物)에서 비소(砒素)나 안티몬을 분리하는 방법, 금속의 정련(精鍊), 동(銅) 제조법, 염료를 만드는 방법 등이 상세하게 기록되어 있다. 그리고 당시 알려져 있는 여섯 개의 금속에 대해 "그것들의 차이는 수은과 유황*의 성분비"라고 언급해놓은 대목도 있다.

그에 관한 한 가지 유명한 일화가 있다.

10세기에 쿠파에서 도로공사를 할 때 땅 속에서 그의 실험실이 발견되었다. 그런데 그곳에서 대량의 몰타르와 수은을 혼합시킨 커다란 금속 덩어리를 발

---

* 여기서 말하는 수은과 유황은 현재 우리가 원소기호 Hg(수은)와 S(유황)로 표기하는 것과는 차이가 있다. '연금술적인 수은과 유황'이라는 의미다.

견했다고 한다. 그렇다면 왜 이런 금속 덩어리를 만들게 되었을까.

원래 전설이긴 하지만 전설이 생겨나려면 그에 상응하는 근거가 있게 마련이다. 10세기에 서아시아에서는 심각한 은(銀) 부족 사태가 일어났다. 이유는 세 가지였다.

- 은 자체의 고갈. 9세기에 은 발굴량이 급증했다. 실제로 800년에 아바스 왕조의 칼리프가 모은 은의 총량이 1500년에 전세계에서 생산된 은의 총량보다 무려 25배나 많았다고 한다. 즉, 지나치게 많은 은을 채굴했던 것이다.
- 은의 정련에 사용되는 삼림 자원의 고갈.
- 사만 왕조의 성립. 9세기 말, 은의 대량 생산지인 마와라안나르(서투르키스탄)를 장악한 사만 왕조는 인도와의 교역을 강화함으로써 바그다드와는 별도의 경제권을 형성했다. 그리하여 은이 더 이상 바그다드로 유입되지 않게 되었다.

천연 자원이 발굴되지 않으면, 그것을 인공적으로 만들어낼 방법을 연구하게 된다. 그래서 10세기에 연금술이 비약적으로 발전하기 시작했다. 그런 와중에 연금술사 자비르의 명성은 날로 높아져만 갔다. 그리고 자비르의 뒤를 이을 제1인자가 나타났는데, 라지라는 남자였다.

앗 라지(864~925?/935?) 페르시아인. 음악성이 있어 비파를 연주하는 솜씨는 아주 뛰어났지만 눈이 몹시 나빴다. 화학 실험 때문에 시력이 떨어지자 그 치료를 위해 바그다드로 올라왔다*. 이 상경을 계기로 그는 바그다드의 석학들과 교류하면서 학문의 깊이를 더해갔다.

철학과 의학, 연금술에 능통했던 그는 연금술 분야에서 이크시르설(說)을 제기했다. 이크시르란 만병을 치료할 수 있는 영약인 동시에, 여기에 비금속을 뿌리면 금이나 은으로 변화시킬 수 있는 것을 말한다. 후세 유럽에서는 이크시르를 현지 발음으로 엘릭시르 등으로 부르기도 했다.

그리고 그는 실제로 사람들의 눈앞에서 황금을 만들어 보였다고 한다. 아쉽게도 이 황금은 시간이 흐르면 녹이 생겨나는 결점이 있어 '녹이 끼는 황금'이라고 불렸다. 그래서 이것이 동과 주석, 아연의 합금 또는 동과 아연의 합금이었다고 주장하는 사람도 있다.

그는 광물을 분류해서 그 성과를 의학에 응용하려고 했다. 그때까지만 해도 약의 재료는 동식물성이 대부분이었는데, 그는 연구를 통해 광물성 약도 만들어 사용할 수 있다는 것을 입증해 보였다. 후에 유럽에서 파라켈수스**라는 의사이자 연금술사가 이와 똑같은 약을 만들어냈다고 한다.

알 이라키(13세기) 페르시아의 연금술사. 그 생애에 대해서는 확실하지 않지만 연금술의 정신적인 측면을 중시한 것으로 명성이 높다.

예로부터 연금술에는 두 가지 측면이 있다. 하나는 실제로 금이나 은을 만들어내는 것이며, 또 하나는 금을 정련하고 물질을 순화하는 동시에 인간을 단련하고, 혼을 순화해서 신에 다가가는 것이다.

중국의 연금술은 후자를 중시해서 인간의 몸으로 신선의 반열에 드는 것을

---

* 옛날 서아시아에서는 뜨겁게 내리쬐는 햇빛으로 인해 눈병이 자주 발생했기 때문에 그 치료법이 발달했다. 이슬람권에서는 인간 해부를 싫어해서 의사들은 원숭이를 해부할 수밖에 없었고, 그 결과 외과 의학은 내과 의학만큼 발달하지 못했다. 하지만 안과만은 여타 의학 분야보다 높은 수준을 자랑했다.

** 파라켈수스(1493?~1541) : 유럽에서 연금술사의 대명사가 된 인물이다. 원래는 대학 교수였지만, 당시 의학의 주류였던 그리스와 아랍 의학에 반발함으로써 대학에서 쫓겨나고 말았다. 이후 긴 유랑 생활을 하다가 돌아와서 다시 대학 교수가 되어 큰 명성을 얻었다. 48세를 일기로 한 여인숙에서 의문사했다.

목표로 삼았다. 지중해 세계의 연금술은 처음에는 전자를 중시했지만, 헤르메스 트리스메기스토스(신에 가까운 전설상의 인물. 그리스와 이집트 등에서 믿었던 세 종교의 신을 합한 존재라고 한다)의 전설 등이 등장하면서 후자의 성격이 강해졌다.

이슬람의 연금술에서 라지는 오컬트와 상징주의를 폐기하고 무엇보다 실리 위주의 물질적 연금술을 추진한 인물이었다. 그러나 이라키는 연금술의 기원이 신에게 있다고 생각하고 정신적인 면을 강조했다. 인간 외의 사물이 변하는 것처럼 인간 내면의 혼도 순화되어야 한다고 주장했던 것이다.

이러한 사고는 후에 이슬람 신비주의에 지대한 영향을 끼쳤다.

이슬람 신비주의는 이슬람교의 형식주의를 배제하고 몰아(沒我)와 도취 속에서 신과 자신을 일체화하려는 사상이다. 이러한 사상의 교리를 형성했던 사람들은 어떤 마술사나 연금술사보다도 위대한 기적을 일으켰다. 그들이 사용했던 것이 바로 '기도'에 의한 마술이다.

기도에 의한 마술
성 자 의 기 적

이슬람교에는 사제가 없다. 이 말의 반은 맞고, 반은 틀리다. 그러나 한 가지 확실한 것은 이슬람에는 특권 계급으로서의 사제는 존재하지 않는다는 점이다. 무하마드가 사제 계급의 탄생을 극도로 싫어하여 계율로서 엄격하게 막았기 때문이다.

하지만 세상의 허식을 떠나 수행과 명상으로 신에게 가까이 다가서려는 사람들이 있다. 그들은 수피(신비주의자), 데르비시(수도자), 파키르(빈자貧者) 등으로 불린다. 그 중에서 숭덕한 자는 성자로 불리며 일반 신자들의 숭배를 받는다.

성자는 민중의 염원을 신에게 전하며, 어려운 사람들을 도와줄 수 있다고 한다. 때문에 사람들은 성자의 무덤에 참배하고, 신에게로 나아갈 수 있기를 기원한다. 이러한 관습은 『코란』에 반하는 것이어서 이슬람의 교리를 수호하는 법학자들은 대단히 싫어하지만 민간에서는 성자 숭배가 깊이 뿌리내리고 있다.

성자의 특징은 그것만이 아니다. 그들은 무수한 기적을 행한다. 사람의 마음을 읽고, 미래의 일을 예견할 뿐만 아니라 물 위를 걷기도 한다. 도대체 어떻게 해서 이런 불가사의한 일이 가능한 것일까. 그것을 알려면 우선 신비주의자와 신비주의에 대한 이해가 선행되어야 한다.

이슬람 신비주의

신비주의자(수피)란 앞서 언급한 것처럼 수행과 탁발, 명상을 통해 신에게

가까이 다가가려는 사람들이다. 어원에 대해서는 여러 가지 설이 있다.

①아라비아어 '사파(순수)'에서 파생된 것이다.

②그리스어 '소포스(신을 아는 자)'에서 파생된 것이다.

③아라비아어 '수프(양털)'에서 파생된 것이다. 현세의 허식을 버리고 조악한 양털 옷을 입기 때문이다.

현재 세 번째 설이 가장 유력한데, 일부 수피들은 "다른 말에서 파생되었다 해도 이 말은 대단히 숭고한 것"이라고 주장하고 있다. 하여간 이 신비주의자들은 한결같이 고행과 금욕, 청빈(淸貧)을 중시한다. 하지만 점차 금욕은 신에 이르는 긴 여정의 첫걸음에 지나지 않는다고 생각하게 되었다.

사람은 태어나기 전에 신과 함께 있다가 세상에 태어날 때 신과 헤어진다.

그래서 울면서 태어난다. 말하자면 무언가를 잃어버렸다는 사실을 알기 때문에 우는 것이다.

이 상태에서 벗어나 다시 신과 하나가 되는 것, 그것이 바로 신비주의자의 목적이다. 그들은 신의 이름을 반복해서 외우거나 혹은 정적인 명상에 잠기기도 하며, 때로는 음악에 도취되어 신에게 다가가려고 한다. 그래서 최종적으로는 자신의 존재를 잊고 오로지 신만이 존재하는 경지에 이른다고 한다.

그에 관한 일화를 소개해보겠다.

10세기의 일이다. 바그다드 도심에 하라지라는 성자가 있었다. 덕망이 높고 기품이 있어 누구나 그를 존경했다. 어느 날 그가 도심 한복판에서 큰소리로 이렇게 외쳤다.

"나는 신이 되었다!"

그는 신을 모독했다는 죄로 순식간에 붙잡혔다. 그리고 법정에 서게 되었다. 법관이 말했다.

"당신처럼 고매한 사람이 이 무슨 미친 짓이오. 빨리 당신이 했던 말을 취소하지 않으면 참수를 면치 못할 것이오."

"나는 신이 되었다."

그는 참수되었다. 그의 머리는 땅바닥에 구르면서도 "나는 신이 되었다"고 외쳤다. 그래서 사람들은 머리와 몸뚱이를 불태워서 재로 만든 다음 티그리스 강에 뿌렸다(아라비아어로 불과 지옥은 같은 단어로, 화장은 최대의 치욕이다). 그러자 흐르던 물 속에서 재가 "나는 신이 되었다"는 문자를 썼다고 한다.

이 성자의 말은 명백한 신성 모독이다. 하지만 신비주의자들에 따르면 그것이야말로 겸허함의 절정이라고 한다. "나는 신의 종"이라는 사람은 자신과 신이라는 두 개의 존재를 인정하는 것이다. 그러나 궁극적인 구도의 길에 다

다른 사람에게는 이미 자신이 없으며 오로지 신만이 존재한다. 그래서 하라 지는 "나는 신이 되었다"고 외쳤다는 것이다.

이런 경지에 도달한 사람에게는 모든 것이 가능하다. 그래서 이들에게는 아무리 뛰어난 마술이라 할지라도 아이들 장난이나 마찬가지라고 한다.

성자들의 놀라운 능력

그들은 본다.

어떤 성자가 제자들에게 둘러싸여 앉아 있을 때 제자 중 하나가 양머리 구이를 먹고 싶다는 생각을 했다. 그러자 스승은 이렇게 말했다.

"이 녀석에게 양머리 구이를."

제자들이 놀라서 말했다.

"스승님, 어떻게 아셨습니까? 이 녀석이 양머리 구이를 먹고 싶어한다는 것을."

"다른 건 없다. 사실 지난 30년 동안 나는 무언가를 먹고 싶다는 욕구가 일어나지 않았다. 그런데 갑자기 양머리 구이를 먹고 싶었다. 그래서 '아, 이건 다른 누군가의 욕구로구나' 하고 알았던 것이다."

그들은 몰아낸다.

어떤 성자는 항상 다리를 꼬고 명상을 하면서 눈은 언제나 배꼽 위를 보았다. 이렇게 수행을 하고 있는 성자에게 샤이탄이 다가갔다. 그런데 갑자기 샤이탄이 발작을 하기 시작했다. 그것은 진니나 샤이탄이 사람에게 들러붙을 때 그 사람에게 일어나는 현상과 똑같은 것이었다고 한다.

그들은 변신한다.

어느 도시에 성자가 있었다. 도시의 법관은 그를 이단자라고 생각하고 잡아들여서 벌을 주려고 했다. 그를 붙잡으려고 다가가자 성자는 순식간에 쿠르드인으로 변했다가 더 가까이 다가가자 사막의 베두인이 되었다. 좀더 가까이 다가가자 이번에는 신학박사의 복장을 갖추고서 "법관이여! 자네는 어찌하여 신과 일체가 된 자를 처벌하려 하는가" 하고 꾸짖었다. 그러자 법관은 성자가 예사 인물이 아님을 깨닫고 자신의 잘못을 뉘우쳤다. 그 후 법관은 성자의 제자가 되었다고 한다.

기적을 넘어서

앞서 소개한 것처럼 신비주의자들은 놀라운 능력을 가지고 있다. 그들은 때로 무에서 유를 창조하기도 하는데, 배고픈 사람이 있으면 갑자기 먹을 것을 내놓기도 한다. 보통 사람의 눈으로 보면 이런 일은 기적이다. 하지만 성자 자신은 "그것은 결코 기적이 아니다"라고 말한다.

우주는 순간에 만들어졌다. 만물은 매순간 신의 손에 의해 사라지고 다시 재생된다. 때문에 신에 의한 천지 창조와 천지의 유지는 동일한 노력으로 이루어진 것이다. 창조와 재생의 순서에 개의치 않고 방금 전에는 아무것도 없던 곳에 먹을 것을 만들어내는 일도 별다른 노력이 필요한 것이 아니다. 그래서 성자는 이렇게 말한다.

"나는 단지 신의 개입이나 조정을 원할 뿐이다. 그러한 것은 기적이 아니다. 그것이 기적이라고 한다면 사실 이 세상의 모든 것이 기적이다."

이러한 경지에 도달한 사람은 실로 무서운 존재라 하지 않을 수 없다. 예를 들면, 페르시아의 성인 바야지드는 신과 합일하여 도취한 상태에서 "나는 신이 되었다"고 외쳤다. 그는 제정신이 들자 자신이 외쳤던 소리가 신성 모독이라는 사실을 알고 제자들에게 "내가 만일 다시 그 같은 죄를 저지르면 칼로 베어 죽여라" 하고 명했다. 그러나 다시 도취 상태에 빠지자 광기는 그의 이성을 빼앗았고, 그는 전보다 더 모독적인 언사를 내뱉었다.

"천지는 모두 신을 구하지만 신은 내 옷 밑에 있도다!"

제자들은 공포에 질려 스승을 칼로 내리쳤다. 하지만 칼이 다시 퉁겨져 나오는 바람에 오히려 제자만 상처를 입게 되었다. 이처럼 영적으로 도취된 사람에게는 예리한 칼도 아무런 소용이 없다.

성자 중에 아부 하산 칼카니라는 인물이 있었다. 이 성자의 이야기는 상당히 재미있는데, 간략하게나마 여기에 소개해보겠다.

"장사를 위해 먼길을 떠나는 사람들이 여행 도중에 생길 수 있는 재난으로부터 몸을 지키기 위해 칼카니에게 기도의 말을 가르쳐달라고 부탁했다. 그러자 그는 '만약 곤란한 일이 생기면 내 이름을 외쳐라' 하고 알려주었다. 이 대답을 들은 사람들은 다소 불만스러웠지만 어쨌든 여행을 떠나게 되었다. 사막 중간을 가로질러 갈 때 도적떼의 습격을 받았다.

그때 일행 중 한 사람이 성자의 이름을 외치자 갑자기 그의 모습만 보이지 않게 되어 도적떼는 깜짝 놀라지 않을 수 없었다. 그뿐만 아니라 그가 갖고 있던 낙타나 상품도 보이지 않았다. 그러나 다른 일행은 가지고 있던 옷이나 상품을 모조리 빼앗기고 말았다. 다시 집에 돌아온 그들은 성자에게 사막에서 일어난 불가사의한 일에 대해 설명해달라고 부탁했다. 그러면서 '우리는 모두 신의 이름을 외쳤지만 허사였다. 하지만 당신의 이름을 외친 사람은 도적떼의 눈앞에서 모습이 사라져버렸다' 하고 말했다.

그러자 성자는 '당신들은 신의 이름을 단지 형식적으로만 외쳤을 뿐이지만 나는 간절하게 신을 불렀다. 사막에서 당신들이 내 이름을 외쳤다면, 내가 당신들을 위해 신에게 호소함으로써 그 기도가 이루어졌을 것이다. 신에게 형식적으로 호소하는 것은 아무런 소용이 없다'고 대답했다."

"어느 날 저녁, 기도 중에 소리가 들려왔다.

'아부 하산이여! 사람들이 너를 돌로 쳐죽이려고 하는구나. 내가 너에 대해 알고 있는 것을 그들에게 알려주어도 되겠느냐?'

하산이 대답하기를 '오! 주여, 당신은 내가 당신의 자비에 대해 알고 있는 것, 또 은총에 대해 느끼고 있는 것을 사람들에게 알려도 되겠습니까? 그래서 아무도 두 번 다시 당신에게 기도하지 않게 되기를 바라십니까?' 하고 되물었다. 그러자 소리는 '네가 비밀을 지키면 나도 너의 비밀을 지켜주겠노라' 하고 대답했다."

마지막으로

성자가 보여주는 기적은 실로 놀라운 것이다. 그러나 신비주의의 목적은 기적이 아니라 자신을 고양시켜서 신과의 합일을 이루는 데 있다. 신비주의자가 기적 그 자체를 일으킬 목적으로 수행하는 것은 일반적으로 사도(邪道)라고 한다. 기적을 행했으면서도 자신이 한 것이라는 사실을 모르는 성자도 많았다고 한다.

"누군가가 여기서부터 메카의 성소까지 하루 만에, 단 한순간에 갔다 하더라도 그것은 불가사의한 일도 기적도 아니다. 그런 것쯤이 기적이라면 사막에 부는 거친 열풍은 어떠한가. 사막의 열풍도 그렇지 않은가. 바람은 하루에, 한순간에 어디든 갈 수 있지 않은가 말이다. 진정한 기적이라고 말할 수 있는 것은 인간이 낮은 단계에서 높은 단계로 올라가는 것이다."

뭔가를 생각하게 해주는 의미 있는 이 말로 마법에 관한 항목은 이제 막을 내리도록 하겠다. 그리고 하루 낮과 사흘 밤을 이야기했던 이 책도 끝을 맺도록 하자.

부 록

[이슬람사 연표]

15세기	배화교 성립	기원전
11세기	다윗, 이스라엘의 왕으로 즉위	
11~10세기	【루크만, 다윗의 신하로 복무】	
10세기	솔로몬, 이스라엘의 왕으로 즉위	
6세기	조로아스터, 배화교를 개혁. 페르시아의 아케메네스 왕조, 오리엔트 전역 통일	
6세기	이솝 활약【일설에는 루크만과 동일 인물】	
5세기	인도에서 불교 성립	
5세기	중국에서 유교 성립	
5세기	그리스의 도시 국가 아테네의 전성기	
4세기	알렉산드로스 대왕의 대정복【일설에는 기원전 60세기】	
4세기	인도 마우리아 왕조 성립	
3세기	진(秦)이 중국 전역을 통일하나 곧 망하고 한(漢) 왕조 성립	
1세기	로마, 지중해 전역 통일	
1세기	기독교 성립	
2세기	쿠샨 왕조, 중앙아시아와 인도 북부부 지배	
3세기 전반	【알 아스마이 탄생】	
3세기	중국 후한(後漢) 멸망 후 삼국 시대를 거쳐 진(晉)이 중국 통일	
395년	로마 제국, 동서로 분열	
4세기	인도에서 굽타 왕조 성립	
476년	서로마 제국 멸망	
5세기 후반	쿠라이시 부족, 메카에 정착	

6세기	【안타르 출생】	무명시대
6세기	【안타르, 페르시아 사산 왕조의 호스로우 1세와 만남】	
6세기	인도 굽타 왕조 멸망	
6세기 후반	하팀 앗 타이, 시인이자 무사로 활약	
570년경	무하마드, 메카에서 탄생	
6~7세기	페르시아 사산 왕조와 비잔틴(동로마) 제국 대격돌	
7세기	【안타르, 비잔틴의 황제 헤라클리우스와 함께 스페인 침공】	
610년	무하마드, 처음 신의 계시를 받다.	무하마드 시대
618년	중국에서 수(隋) 멸망 후 당(唐) 건국	
622년	무하마드, 메카 상인들의 박해를 피해 메디나로 이주(히즈라)	
627~649년	당(唐), 번영을 구가(정관貞觀의 치治)	
630년	무하마드, 메카 입성	
7세기	【안타르 사망】	
632년	무하마드 사망, 아부 바크라가 초대 칼리프에 즉위	정통 칼리프 시대
636~642년	이슬람군이 시리아와 이집트, 이라크, 이란 정복	
644년	칼리프 우마르 암살, 우스만 즉위	
647년	북부 인도 지역의 통치자 하르샤 사망. 이후 인도는 수세기 동안 분열 시대로	
656년	우스만 암살, 알리 즉위	
657년	알리와 무아위야의 권력 투쟁. 알리파(시아파)의 일부 세력이 하와리즈로 분리	
660년	무아위야가 칼리프에 즉위	
661년	알리가 하와리즈파에 암살당함, 우마이야 왕조 성립	우마이야 왕조
676년	신라의 삼국 통일	
680년	알리의 아들인 후사인 살해당함	
698년	발해 건국	

711년	서고트를 멸망시키고 이베리아 반도 정복	
750년	아바스 왕조 성립	
762년	바그다드 건설 시작	
786년	하룬 알 라시드 즉위	
800년	카를 대제, 서로마 제국을 일시 부흥	아바스 왕조
803년	하룬, 바르마크가를 숙청	
809년	하룬 사망	
812년	하룬의 아들 아민과 아문의 권력 투쟁. 바그다드가 불탐.	
813년	시인 아부 누와스 사망	
870~890년	【알 아스마이, 하룬 치하의 바그다드에서 안타르 이야기를 집필】	
874년	무하마드 알 문타자르(숨은 이맘)가 세상에서 자취를 감춤	
909년	북아프리카에 시아파의 파티마 왕조 성립	
918년	고려 건국	
960년	중국에서 송(宋) 건국	
969년	파티마 왕조의 이집트 정복, 카이로 건설 시작	지방 왕조 시대
1010년	페르도시우스가 『왕서』 완성	
11세기	이 무렵부터 이슬람 세력이 인도에 침투	
1038년	중앙아시아에 셀주크 왕조 성립	
1090년	하산 에 사바흐, 아라무트를 근거지로 니자르파 조직	
1092년	셀주크 왕조의 재상 니잠 알 물크, 니자르파 자객에게 암살	
11세기	서유럽에서 교황권이 크게 신장	
1096년	제1차 십자군 발진	
1099년	제1차 십자군, 예루살렘 점령	
11세기	【안타르, 제1차 십자군 전쟁에 참전】	

1148년	제2차 십자군 실패
1171년	살라딘, 파티마 왕조를 무너뜨리고 아이유브 왕조를 세움
1187년	살라딘, 예루살렘 탈환
1190년	제3차 십자군이 아카레 점령 후 주민 학살
1191년	살라딘, 십자군과 강화조약 체결
1203년	제4차 십자군, 예루살렘 회복을 포기하고 콘스탄티노플 점령
1219년	칭기즈 칸 서정(西征) 시작
1227년	칭기즈 칸 사망
1250년	아이유브 왕조 멸망 후 맘루크 왕조 성립
1258년	몽골군이 바그다그를 점령하고 불태움. 아바스 왕조 멸망
1260년	맘루크 왕조, 몽골군 격파
1279년	중국 남송(南宋) 멸망
1291년	맘루크 왕조, 시리아에서 십자군 세력 축출

[참고문헌]

아부 누와스 아랍음주시선(アブー・ヌワース 飮酒詩選) 墙治夫 편역, 岩波文庫

아라비아의 과학이야기(アラビア科學の話) 矢島祐利 지음, 岩波新書

아라비아의 의술(アラビアの醫術) 前嶋信次 지음, 平凡社ライブラリー

아라비아 유목민(アラビア遊牧民) 本田勝一 지음, 朝日文庫

아라비안 나이트(アラビアン・ナイト) 前嶋信次・池田修 옮김, 平凡社東洋文庫

아라비안 나이트의 세계(アラビアン・ナイトの世界) 前嶋信次 지음, 平凡社ライブラリー

아랍 민화 상하(アラブの民話上下) イネア・ブ シュナク엮음, 靑土社

아랍 역사(アラブの歴史) ヒッティ 지음, 講談社學術文庫

아랍 역사(アラブの歴史) ルイス 지음, みすず書房

이슬람(イスラム) 蒲生禮一 지음, 岩波新書

이슬람 사전(イスラム事典) 平凡社

이슬람 네트워크(イスラム・ネットワク) 宮崎正勝 지음, 講談社選書メチエ

이슬람 신비주의(イスラムの神秘主義) ニコルソン지음, 平凡社ライブラリー

이미지 박물지 16(イメジーの博物誌 16 スーヒイー) ラレ・バフチイヤル 지음, 平凡社

이집트 맘루크 왕조(エジプトマムルーク王朝) 大原寫一郎 지음, 近藤出版社世界史硏究雙書

왕서(王書) フィルドウスィー 지음, 平凡社東洋文庫

코란 상중하(コーラン) 岩波文庫

책략의 서(策略の書) カーワン옮김, 讀賣新聞社

사막의 문화(沙漠の文化) 堀內勝 지음, 敎育寫歷史新書

3대륙 주유기(三大陸周遊記) イブン・バットウタ 지음, 角川文庫

생활의 세계역사7 이슬람의 영향(生活の世界歷史7 イスラムの陰に) 前嶋信次 지음, 河出文庫

세계의 영웅전설 6 알렉산더 이야기(世界の英雄傳說 アレクサンダー物語) 岡田惠美子 지음, 筑摩
　　書房

세계의 신화5 페르시아의 신화(世界の神話5 ペルシアの神話) 岡田惠美子 지음, 筑摩書房

세계의 전쟁3 이슬람의 전쟁(世界の戰爭3 イスラムの戰爭) 牟田口義郎 엮음, 講談社

세계의 민담9 이슬람 민담(世界のむかし話9 イスラムのむかし話) 井本英一엮음, 偕成社

세계의 민담 11 모로코 민담(世界のむかし話 11 モロッコのムのむかし話) クナつパート 엮음,
　　偕成社

세계의 역사8 이슬람 세계(世界の歷史8 イスラム世界) 前嶋信次 지음, 河出文庫

세계문학대계 68 아라비아 · 페르시아(世界文學大系 68 アラビア · ペルシア集), 筑摩書房

세계의 민담 · 중근동(世界むかし話 · 中近東) こだまともこ 옮김, ほるぷ出版

소비에트 민화집 2 중앙아시아 민화(ソビエトの民話集 2 中央アジア地方の民話) 新讀書社

소비에트 민화집 5 코카서스 민화(ソビエトの民話集 5 コーカサス中央アジア地方の民話) 新讀書社

페르시아 일화집(ペルシアの逸話集) カイ カーウース, 二ザーミー 지음, 平凡社東洋文庫

페르시아 신화(ペルシアの神話) 黒柳恒男 옮김, 泰流社

페르시아 문예사조(ペルシア文藝思潮) 黒柳恒男 지음, 近藤出版社

마호메트와 아랍(マホメットとアラブ) 後藤明 지음, 朝日文庫

맘루크(マムルーク) 佐藤次高 지음, 東京大學出版會

루바이야트(ルバイヤート) オマル · ハイヤーム 지음, 岩波文庫

루미어록(ルーミー語錄) 井筒俊彦 옮김, 岩波書店

아일랜드동화집 무리지어 다니는 요정들(アイルランド童話集 隊お組んで歩く妖精達) イエイ
        ツ, 岩波文庫

윌리에 드 릴라단 전집 III (ブィリエ · ド リラダン全集 III) 東京創元社

에피소드 마법의 역사(エペソード魔法の歴史) シェニングス 지음, 社會思想社現代教養文庫

금자광청전집 제4권(金子光晴全集 第四巻) 中央公論社

인공낙원(人工樂園) ボードレール 지음, 角川文庫

청춘의 회상(靑春の回想) ゴーチェ 지음, 角川文庫

무엇이든 알아보자(何でも見てやろう) 小田實 지음, 講談社文庫

인간의 역사(人間の歴史) イリーン, セガール 지음, 岩波少年文庫

장미십자단의 마법(薔薇十字團の魔法) 種村季弘 지음, 何出文庫

반아메리카 역사(叛アメリカ史) 豊浦志郎 지음, ちくま文庫

The Armies of Islam 7th–11th Centuries, D. Nicolle, Osprey Publishing Ltd.

Encyclopaedia Iranica Vol. I-VI, Ed. by Ehsan Yarshater, Routledge & Kegan Paul
        Press

Encyclopaedia of Islam Vol. I-IV E. J. Brill Press

Encyclopaedia of Islam(New Edition) Vol. I-VII E. J. Brill Press

Introduction to Islamic Theology and Low, I. Goldziher, Princeton Univ. Press